CB037699

Kimberly Knight

OBSERVE-ME

Traduzido por Martinha Fagundes

1ª Edição

The GiftBox
EDITORA

2020

Direção Editorial:	**Adaptação da Capa:**
Roberta Teixeira	Bianca Santana
Gerente Editorial:	**Tradução:**
Anastácia Cabo	Martinha Fagundes
Arte de Capa:	**Revisão e diagramação:**
Kimberly Knight	Carol Dias

Ícones de diagramação: Freepik/Flaticon

CIP-BRASIL. CATALOGAÇÃO NA PUBLICAÇÃO
SINDICATO NACIONAL DOS EDITORES DE LIVROS, RJ
Meri Gleice Rodrigues de Souza - Bibliotecária CRB-7/6439

K77o

    Knight, Kimberly
    Observe-me / Kimberly Knight ; [tradução Marta Fagundes]. - 1. ed. - Rio de Janeiro : The Gift Box, 2020.
    247 p.

    Tradução de: Watch me
    ISBN 978-65-5048-029-5

    1. Romance americano. I. Fagundes, Marta. II. Título.

20-62463
        CDD: 813
        CDU: 82-31(73)

NOTA DA AUTORA

Querido leitor,

Se você chegou a ler o conto que escrevi para a antologia sobre os personagens, saiba que tive que mudar algumas coisas para transformar a história em um livro completo.

Por favor, também tenha em mente que não sou policial. Tenho conhecimento legal, mas trabalhei para advogados e não para segurança pública. Fui assistente jurídica antes de começar a escrever, mas também sou uma aficionada por crimes reais. Dei o meu melhor, fiz uma série de pesquisas, conversei com esposas de policiais, porém, sempre existe a chance de algo sair errado. Cada cidade, estado ou distrito funcionam com legislações um pouco diferentes de um para o outro. No entanto, lembre-se de que esta é uma obra de ficção, baseada nas vozes na minha cabeça.

Espero que se divirtam ao ler Observe-me.

Boa leitura!
Beijos,

Kimberly Knight

CAPÍTULO 1

ETHAN

Nunca imaginei que estaria divorciado e com dois filhos aos quarenta e dois anos.

Mas estou.

Meu pai estava aposentado como Delegado da Polícia de Chicago e, um dia, eu esperava seguir seus passos e me tornar um. Trabalhei com afinco para subir de patente, e nos últimos dois anos eu já tinha passado de detetive a sargento. Um dos motivos que me levaram a essa promoção girou em torno de um caso que envolveu minha irmã.

Três anos atrás, entrei em seu apartamento para encontrá-la drogada e inconsciente, prestes a ser sequestrada pelo perseguidor que a estava infernizando. O vagabundo apontava uma arma contra a cabeça do namorado de Ashtyn – que no momento estava tentando impedi-lo –, e antes que o suspeito pudesse atirar, eu o fiz. Atirei diretamente contra a testa do filho da puta e o matei.

Era meu trabalho.

Era minha irmã.

Estava no meu sangue a função de proteger.

Como estava precisando de um lugar para morar, mudei-me para o mesmo apartamento onde o crime ocorreu. Para alguns, pode até parecer esquisito, mas eu sempre sorria quando passava pelo exato lugar onde o infeliz morreu, porque era um lembrete de que salvei as vidas de minha irmã e futuro cunhado, na época.

E eu faria tudo de novo.

Desde o meu divórcio, um ano atrás, trabalhei tanto quanto possível, com exceção das noites ou fins de semana em que ficava com meus filhos. Aquele momento era dedicado somente a eles. O caso em que estava trabalhando foi encerrado e não tinha nenhuma criança à minha espera em casa. Na verdade, não tinha ninguém esperando por mim. Então, acabei fazendo o que minha irmã e seu marido costumavam fazer quando eram solteiros.

Atravessei a rua e fui em direção ao bar Judy's, na mesma vizinhança em que agora morava.

CAPÍTULO 2

REAGAN

Comece a viver sua vida sem medo. Este é o início de tudo aquilo que você sempre quis.

Dois meses atrás, li estas mesmas palavras em um *post-it* grudado no meu laptop, incontáveis vezes, até que apertei o botão para enviar o formulário para a pós-graduação. As aulas haviam começado semana passada e levaria cerca de dez semanas até que eu recebesse meu certificado de conclusão do curso de Criminalística.

Sempre me interessei em desvendar crimes. Quando fui para a universidade, logo após o ensino médio, obtive meu diploma em Direito Penal. Nunca trabalhei na área porque me casei logo após o término da faculdade e tive minha filha em seguida. No entanto, quando pressionei o botão para finalmente me inscrever no curso, senti-me bem por ter tomado uma decisão para algo que sempre quis fazer.

Já estava divorciada há dois anos, morava em Denver, e minha filha estava começando o primeiro ano na Universidade de Michigan. Nasci e fui criada na Cidade dos Ventos, e Chicago era bem mais perto da UM do que Denver, então acabei me mudando alguns meses atrás. Meus pais agora viviam na Flórida, mas morar ali me deixava mais perto, caso Maddison precisasse de mim para qualquer coisa. Eu poderia ajudá-la e ainda assim lhe dar o espaço necessário para que levasse sua própria vida, fazendo suas próprias coisas, e isso significava que eu também precisava fazer as minhas por mim mesma.

Pelos últimos vinte anos ou mais, trabalhei como esposa e mãe, mas tive uma epifania logo após uma garrafa de vinho, a sós em casa. Decidi que deveria retomar minha vida, descobrir quem eu era aos quarenta e um anos, e batalhar por um certificado em uma área de trabalho que sempre tive interesse. Precisava de emoção na minha vida, e qual o melhor jeito de conseguir isso do que ajudar a colocar criminosos atrás das grades? Mesmo que o certificado fosse o mínimo para que pudesse atuar na área como perita, eu estava bem com isso. Era quase como colocar apenas a ponta dos pés para testar as águas. Se, depois de conseguir algum trabalho na área, eu realmente gostasse, então procuraria estudar para me tornar uma analista técnica ou principal. Além do mais, como nunca realmente trabalhei em justiça criminal, precisava relembrar as metodologias e procedimentos atuais.

Com o vinho correndo pelas minhas veias, acabei tendo outro momento de revelação. Decidi voltar a trabalhar como bartender enquanto cursava a escola de Criminalística. Trabalhei muito tempo no balcão de um bar quando estava na universidade e sabia que era um excelente meio de se conseguir uma grana extra. Precisava acrescentar um pouco mais à minha renda, ao invés de ter que depender de alguma ajuda do meu ex-marido. Depois de assistir às quarenta e quatro horas do curso online, dei uma relembrada nas minhas habilidades como bartender e consegui uma vaga no bar mais próximo.

Por conta do meu calendário de aulas, optei por ficar meio-período no Judy's. Trabalhava de quinta a domingo, das quatro da tarde à meia-noite. Era um horário bacana, e eu ainda conseguiria colocar em dia as tarefas da faculdade durante a semana.

— Ei, Tommy — cumprimentei assim que cheguei detrás do balcão. — Tarde cheia?

Ele encheu um copo de cerveja enquanto falava:

— Nada diferente do habitual. A galera do happy hour deve chegar daqui a pouco.

— Perfeito — respondi e peguei a toalha para limpar o balcão.

— Ah, e o novo assistente deve chegar em breve — Tommy informou.

— Tudo bem. Isso é ótimo.

Alguns minutos depois, Judy veio da parte de trás do bar com um cara a tiracolo.

— Tommy, Reagan, este é o Derrick, seu novo assistente.

Apertos de mãos foram trocados e Judy voltou para o escritório, enquanto o novato seguia os passos de Levi, o outro assistente.

As pessoas começaram a entrar, e em pouco tempo o bar estava tomado de risadas e conversas paralelas. Eu tentava dar conta de todos os pedidos, e estava bastante orgulhosa por estar conseguindo lidar bem, depois de apenas uma semana. Era uma sensação boa estar de volta atrás do balcão — apesar da dor nos meus pés —, e eu sabia que tinha tomado a melhor decisão quando optei fazer algo por conta própria. Mesmo que fosse para

Kimberly Knight

trabalhar em um bar. Estava sendo divertido.

Pelas próximas horas, Tommy me perguntaria se eu precisava de alguma ajuda, mas eu sabia que não. Eu estava no meu ambiente. Doses de uísque, margaritas, Negronis – coquetéis com gim – não eram um desafio para mim. Às sete, o outro bartender chegou, acompanhado de seu assistente. O público era constante, e os drinques saíam a todo momento. A atmosfera do Judy's era fantástica, e era exatamente isso do que eu precisava quando decidi trabalhar como bartender para passar o tempo. O que eu não queria – e que tinha acontecido muito na faculdade – era ser alvo de cantadas depois de algumas doses de tequila. Acreditei que não aconteceria, já que eu tinha mais de quarenta anos.

Estava errada, no entanto.

— Qual é o seu nome, querida? — perguntou um cara de bigode com o cabelo grisalho penteado para trás. Ele usava terno, o que mostrava que provavelmente viera direto do trabalho.

Eu me inclinei sobre o balcão, já sabendo que se flertasse um pouco, poderia receber uma boa gorjeta.

— Reagan.

— É um nome bonito para uma garota linda.

— Eu não sou uma garota — respondi rindo.

Os olhos acinzentados se moveram em direção aos meus seios e instantaneamente senti como se ele pudesse estar vendo através da minha camiseta preta.

— É verdade, você não é uma garotinha. Aposto que poderia me ensinar algumas coisas...

Ajeitei minha postura, de forma que não conseguisse mais ter uma visão do meu decote. Antes que pudesse responder, Derrick despejou gelo no balde perto de onde eu estava. O barulho fez com que eu desse um pulo, assustada. Os olhos castanhos se ergueram, e ele lançou um sorriso.

— Eu te assustei?

Coloquei a mão sobre o peito, sentindo o coração acelerado.

— Um pouco.

— Me desculpe — respondeu.

— Sem problema.

Na verdade, estava agradecida pela distração. Já fazia anos desde que um homem me passou uma cantada, e eu não sabia nem mesmo como responder a isto, mesmo que fosse inofensivo. Não estive em um encontro pelos últimos vinte anos, nem ao menos flertei com um estranho.

OBSERVE-ME

Olhei de volta para o homem grisalho.

— Posso te dar outra dose de uísque?

— Você pode me dar seu telefone — argumentou.

Meu olhar desviou para Derrick, que ainda se mantinha parado ao meu lado. Ele olhou para mim, silenciosamente perguntando se eu precisava de ajuda, mas apenas sorri para mostrar que estava bem. Estávamos em um bar lotado, e o cara estava apenas flertando.

Minha atenção voltou para o cliente sentado à frente.

— Sinto muito, mas isto não vai acontecer.

— E por quê? Você tem um namorado?

Percebi que Derrick estava fingindo lavar os copos na pia logo atrás do balcão – copos que eu inclusive já havia enxaguado.

— Não importa se eu tenho ou não. Estou aqui para preparar seus drinques, então se estiver a fim de mais alguma coisa, é só me avisar.

Afastei-me em direção a outro cliente, sem nem ao menos deixar o cara retrucar. Quando saí para o meu intervalo, o homem já havia ido embora, tendo acertado a conta com Frank.

— Como está indo sua primeira noite de trabalho? — perguntei a Derrick. Ele entrou na sala de descanso no momento em que eu fechava a porta.

Ele se sentou sobre a mesa pequena de madeira, abriu uma sacola de lanche e retirou um sanduíche do interior.

— Boa.

— É seu primeiro emprego em um bar?

— Sim. — Deu uma mordida no sanduíche que parecia ser de manteiga de amendoim.

— Pode ser cansativo, mas a gente acaba conhecendo pessoas interessantes.

Ele sacudiu a cabeça e mordeu o pão outra vez.

— Sim, alguns amigos meus virão em breve para tomarem umas bebidas de graça.

— Sorte da Judy que seu cargo aqui não é o de bartender. — Eu ri.

— É mesmo, mas nós conseguiremos mais gorjetas na hora que eu informar aos meus amigos o quanto a bartender é gostosa.

Comecei a rir e ignorei a referência à minha aparência.

— Você está cursando faculdade?

— Sim.

— Qual especialização?

— Ainda não decidi.

É claro que não. Mesmo que eu estivesse estudando outra vez, não fiz questão de dizer que também estava na faculdade.

— Bem, vejo você em instantes — disse e me virei para sair.

— Ei, Reagan?

Parei e olhei de volta para ele.

— Sim?

— Você *tem* um namorado?

Eu ri, me lembrando de que ele estava ao meu lado quando o cliente fez a mesma pergunta.

— Não.

— Bom saber — respondeu, balançando a cabeça, e sorriu.

Hesitei por um instante, porque ele era jovem e eu bem poderia ser sua mãe.

— Também não estou à procura de um.

— Bom saber disso, também.

Antes que a conversa se tornasse mais constrangedora do que já estava sendo, eu me afastei e saí da sala. O que disse a Derrick era verdade. Não estava procurando um namorado. Precisava descobrir quem eu era primeiro, antes de me amarrar a outro homem de novo. No entanto, no instante em que me aproximei do balcão e vi quem estava sentado na banqueta, desejei mudar de ideia.

Ele ainda usava o cabelo loiro escuro em um corte curto, das minhas lembranças de tanto tempo atrás, mas havia alguns traços acinzentados nas laterais. Eu não conseguia ver seu corpo todo, por ele estar sentado atrás do balcão de madeira, mas podia imaginar que ainda estivesse em boa forma, apenas por ver os ombros fortes dos quais eu me lembrava. Os braços musculosos ficavam evidentes contra o tecido da camisa preta de manga longa, e sua mão segurava com firmeza o copo de cerveja.

Um sorriso atravessou meu rosto assim que passei por trás do balcão e me postei diante da recordação do meu passado.

— Quem é vivo sempre aparece, Ethan Valor.

Os profundos olhos azuis de Ethan ergueram-se do líquido ambarino que ele bebia e se conectaram aos meus, verdes. Um sorriso curvou o canto de seus lábios, o mesmo que eu não via há duas décadas.

— Reagan Hunter, é você?

Dei a volta até me aproximar de seu assento e lancei meus braços ao redor de seu pescoço, assim que ele se levantou para me cumprimentar.

— Como está? — perguntei.

Meu sobrenome havia mudado quando me casei, mas não fiz questão de corrigir a informação.

— Melhor agora. — Ele me abraçou um pouco mais, antes de se afastar.

— O que está bebendo? Deixe-me encher seu copo novamente. — Voltei ao meu posto, do outro lado do balcão.

— Uma cerveja comum. Nada demais — respondeu e se inclinou contra o balcão. — Se eu soubesse que você estava trabalhando como bartender aqui, teria vindo bem antes.

Dei um sorriso e peguei uma nova caneca para preencher com a cerveja do barril. O cara que havia sido meu namorado no ensino médio estava bem à minha frente, e mesmo que só estivesse trabalhando no Judy's por apenas uma semana, eu queria dar ao primeiro homem que amei uma cerveja por conta da casa.

Além do mais, reparei que ele também não usava uma aliança de casamento.

CAPÍTULO 3

ETHAN

Aos dezenove anos de idade...

Eu não queria deixá-la ir.

Pelos últimos dois anos, nós tínhamos sido inseparáveis. Não importava que eu fosse um ano mais velho e já tivesse me formado. Não entrei na universidade logo após minha formatura do Ensino Médio, optando por frequentar a faculdade local para conseguir meu bacharelado em segurança pública. Sempre quis ser um oficial da lei, exatamente como meu pai, então tinha meu futuro bem-definido.

Estava destinado a entrar no Departamento de Polícia de Chicago.

Reagan, em contrapartida, estava indo para o outro lado do país, já que entrara em Stanford. O verão tinha acabado e nós sabíamos que esse dia chegaria. Sabíamos há muito tempo, mas nenhum de nós queria admitir que fosse acontecer de verdade.

Ela estava indo embora, mas a garota que eu amava continuava em meus braços, chorando porque, em cinco minutos, seus pais a levariam diretamente ao aeroporto, para que pudesse pegar o voo para a Califórnia. O tempo pareceu correr, quando o que mais queríamos era que tivesse parado.

— Nós nos falaremos ao telefone todas as noites — eu a relembrei.

— Não é a mesma coisa. — Soluçou em meu peito, e eu podia sentir suas lágrimas encharcando minha camiseta enquanto permanecíamos abraçados em frente à calçada de sua casa.

Eu sabia que conversas telefônicas não se equiparavam, mas não tínhamos alternativa.

— As férias de inverno chegarão antes de percebermos, e então poderemos passar o tempo todo juntos, assim que você voltar.

— Mas vou sentir a sua falta...

— Eu também sentirei a sua, flor. — Abracei-a com mais força.

— Reagan, entre no carro. Você não pode perder o voo — o pai dela alertou.

Ela olhou para mim com aqueles olhos verdes-esmeraldas marejados. As lágrimas desciam pelo seu rosto, e aquilo estava me matando.

— Só um segundo! — gritei de volta e segurei a mão de Reagan, levando-a para os fundos da casa, longe dos olhos de seus pais.

— E se eu não for? — perguntou.

— Você tem que ir. Conseguiu a vaga em Stanford.

Eu sabia que Reagan era inteligente pra caramba, e ter entrado em uma das universidades de maior prestígio do país só provava isso. Ela *precisava* ir.

— Eu sei — suspirou —, mas não quero ficar longe.

Ergui o rosto delicado com meus dedos, fazendo com que me encarasse outra vez.

— Vou economizar uma grana e dar um jeito de ir te visitar antes das férias de inverno.

Ela prendeu o fôlego por um instante.

— Jura?

— Eu faria qualquer coisa por você, flor, e o tempo em que ficarmos separados também vai ser difícil para mim.

Eu me inclinei contra ela e capturei seus lábios nos meus. Levaria meses até que pudesse provar o sabor daqueles lábios outra vez. Meses até que pudesse abraçá-la, tocá-la, vê-la.

— Reagan!! — o pai gritou. — Vamos embora!

Nós nos separamos e entrelacei os dedos dela aos meus. Sem mais nenhuma palavra, caminhamos de volta até a calçada da casa. Acenei para o pai de Reagan, e ele entrou no carro, onde a mãe dela já a aguardava.

— Eu te amo — confessei e trouxe seu corpo contra o meu outra vez.

— Eu também te amo.

Nós nos afastamos depois de um instante e Reagan entrou no carro. Vi uma lágrima solitária deslizar enquanto acenava um último adeus, do banco de trás, sem saber que vinte três anos se passariam até que eu a visse novamente.

Dias atuais

Observei Reagan se movendo por trás do balcão, conversando com clientes e preparando drinques. Ela não era a mesma garota de dezoito anos de tanto tempo atrás. Não. Ela era uma mulher. E uma bonita pra caralho. O cabelo ainda era longo, escuro e exuberante, e os olhos ainda eram do tom profundo de esmeraldas que eu amava contemplar quando éramos tão jovens. Mas o corpo dela...

Porra.

Ela agora tinha curvas em todos os lugares certos. Seus seios eram mais volumosos do que eu me lembrava, assim como o traseiro, tudo proporcional. Seu corpo tomou forma de uma maneira impressionante.

Reagan era deslumbrante e eu não era o único ali a notar isso. Enquanto bebia minha cerveja, pude notar que seu assistente de bar não tirava os olhos de cima dela. Ele sorria quando esbarrava nela, fazendo questão de, acidentalmente, acariciar o braço exposto todas as vezes que tinha a oportunidade. E mais... ele a observava atentamente quando achava que ninguém estava vendo.

Mas eu estava.

Era difícil não focar toda a minha atenção em quão linda ela era, mas, sendo um tira, era um hábito estar consciente de tudo ao redor. Um lado meu estava com ciúmes por ser ele o cara que trabalhava tão próximo a ela, no entanto, meu sexto sentido de policial indicava que havia algo de errado com o rapaz. Eu não poderia apontar exatamente o quê, mas precisava ficar de olho nele.

E foi o que fiz.

— Quer mais uma? — Reagan perguntou quando se aproximou de mim alguns minutos depois.

Analisei minha garrafa de cerveja, agora morna, ainda pela metade.

— Não, obrigado.

— Tudo bem. Me avise se quiser algo mais.

— Ei. — Estiquei meu braço e segurei o pulso delicado, antes que se afastasse. — Que horas encerra seu turno?

Ela sorriu calorosamente, inclinando um lado do quadril de um jeito sexy.

— Você está flertando comigo, Sr. Valor?

Sorri de volta, ainda sem afastar a mão de sua pele quente.

— E se eu estiver?

Antes que ela tivesse chance de responder, seu assistente esbarrou contra ela, fazendo com que meu agarre se perdesse.

— Desculpa — murmurou.

— Você está bem? — perguntei a ela.

— Sim.

— Desastrado ele, não?

— Sim, mas é minha primeira noite trabalhando ao seu lado. — Reagan riu.

Interessante.

Ela se aproximou de mim e respondeu:

— Saio em uma hora. Você vai ficar por aqui?

Porra, claro que vou.

Olhei para meu relógio de pulso, vendo que mal passava das onze.

— Sim. Não moro muito longe.

— Sério?

— Na verdade, no fim do quarteirão — respondi.

— Então você tem que vir aqui me visitar mais vezes.

Sorri e meu olhar deslizou para o dedo anular da mão esquerda. Sem nenhuma aliança.

— Estou planejando isso...

Percebi que o assistente de bar parou de enfileirar os copos na prateleira, por apenas um instante, como se estivesse ouvindo o que estávamos conversando. Era óbvio que ele tinha uma queda por Reagan e, honestamente, eu também. Os anos fizeram muito bem a ela. E meu corpo estava reagindo ao dela como se eu ainda fosse um adolescente com tesão.

O Judy's ainda estava fervilhando de pessoas, mas assim que o relógio bateu meia-noite, Reagan veio até mim, dos fundos do bar.

— Quer ir para um lugar mais calmo?

Um sorriso largo tomou conta do meu rosto.

— Você está flertando comigo, Srta. Hunter?

Agora foi a vez de ela rir.

— E se eu estiver?

— Então acho que devemos dar o fora daqui. — Desci da banqueta.

Um copo se estilhaçou atrás do balcão, e olhei a tempo de ver que o assistente havia sido o causador da confusão. O bartender que agora estava no posto se virou para ele e disse:

Kimberly Knight

— Limpe essa bagunça e depois pode ir para casa.

O rapaz acenou, olhou para onde estávamos, e se afastou para os fundos.

— Está pronta? — perguntei.

Ela se virou para mim.

— Sim. Para onde estamos indo?

— Bem, eu moro aqui perto — relembrei.

— Indo um pouco rápido, não acha? — provocou.

Bem, ao menos eu achava que ela estivesse provocando. Mesmo que transássemos essa noite, não seria nossa primeira vez juntos. Será que eu estava apressando as coisas? Não recusaria, mas também gostaria de apenas ir a um lugar sossegado para colocar o papo em dia. Queria saber o que havia acontecido em sua vida desde que nos afastamos.

Dei um passo mais perto e sussurrei em seu ouvido:

— Podemos ficar no seu carro, se preferir, e relembrar os velhos tempos.

CAPÍTULO 4

REAGAN

Desde o primeiro momento em que Ethan *literalmente* se chocou contra mim nos corredores da escola, sempre senti o estômago dar voltas ao ficar perto dele. Nenhum outro homem, nem mesmo meu ex-marido, havia conseguido ter aquele efeito sobre mim. Com o passar dos anos, tentei saber notícias através de redes sociais, mas não havia quase nada a respeito dele.

Presumi que havia se tornado policial, já que entrou para a academia, enquanto eu fui para a faculdade. Uma amiga minha de Denver me confidenciou, certa vez, quando estava namorando com um policial, que eles normalmente não tinham perfis em redes sociais, porque, se os criminosos descobrissem, poderiam ter acesso a informações sobre as famílias deles. E isso fazia muito sentido.

A irmã de Ethan era uma celebridade local, já que era a apresentadora principal do jornal da noite, mas seu perfil era privado e nunca vi uma foto, a não ser a que ela usava como a do perfil, sendo ela e o esposo.

— Você realmente mora aqui por perto? — perguntei.

Apesar de a ideia de trocar uns amassos com Ethan, na parte de trás do meu carro, ter feito meu estômago torcer de antecipação, eu não achava que precisávamos estar confinados em um espaço tão pequeno. Nós já não éramos adolescentes.

— A um quarteirão daqui.

Quando jovens, o homem que caminhava ao meu lado, naquele momento, teria segurado minha mão o tempo inteiro. No entanto, agora, enquanto cruzávamos a rua, estávamos a pelo menos três passos de distância.

Três passos que pareciam quilômetros.

Eu não sabia por que estava me sentindo daquele jeito. Não tínhamos nos visto por anos, mas eu queria que ele me tocasse. Queria relembrar a sensação de estar em seus braços, porque, quando estive rodeada por eles, eu me sentia segura. E mesmo que não houvesse razão alguma para que me sentisse de outra forma, queria trazer à memória a mesma emoção da certeza de que, não importa o que acontecesse, ele sempre estaria ali para me proteger. Havia algo em Ethan que sempre me tranquilizava.

Odiava a forma como nosso relacionamento acabara, porque a culpa era toda minha.

O som da chamada soou em meu ouvido, enquanto eu esperava que Ethan não atendesse do outro lado. Não queria que ele respondesse à ligação. Não queria ouvir sua voz, mas sabia que precisava romper nosso namoro, porque eu o havia traído. Tinha bebido mais do que algumas cervejas e acabei beijando outro garoto. Um cara que não era meu namorado. Um cara que não era o meu primeiro amor. Um cara que não era Ethan.

— Alô? — Ethan atendeu.

Respirei profundamente antes de responder:

— Oi.

— Oi, flor.

Uma lágrima escorreu pelo meu rosto ao ouvir o termo carinhoso com o qual sempre me chamou. Aquele apelido foi escolhido porque Ethan sabia que eu era apaixonada por Botões-de-Ouro, especialmente as flores parisienses, que se assemelhavam a rosas em miniatura.

— Nós temos que terminar — desabafei.

— O quê? — questionou.

— Nã-não está mais dando certo.

— Isso é besteira — disparou.

— Por favor... — implorei.

— É outra pessoa?

— Não. — E realmente não era. Eu sequer me lembrava do nome do cara que beijei. — Só é difícil manter um relacionamento à distância e as aulas. Não está dando certo.

Apenas uma parte daquela declaração era verdadeira, mas se eu não tivesse beijado outra pessoa-que-não-faço-ideia-de-quem-seja, não estaríamos tendo essa conversa, e meu coração não pareceria estar sendo arrancado do peito e partido em dois pedaços.

— Nós podemos fazer isso dar certo.

Mais lágrimas desceram pelo meu rosto enquanto eu tentava esconder o sofrimento em minha voz:

— Não podemos mais.

Ele não respondeu por um tempo, até que disse:

— Eu não sei por que caralho você está fazendo isso, mas um dia, Reagan Hunter, você irá se arrepender.

Eu já estava arrependida.

Quanto mais nos aproximávamos do seu prédio, mais eu sentia a necessidade de simplesmente confessar a razão de eu ter terminado tudo tantos anos atrás. Queria confessar como meu coração estúpido, ingênuo e adolescente achou que um beijo era o fim do mundo, mas não disse nada. Não queria estragar o momento trazendo essa memória do passado. Um passado de mais de duas décadas.

— Eu não tenho cerveja — ele disse assim que atravessamos as portas da recepção. Ethan cumprimentou o porteiro e nos dirigimos até os elevadores. — Foi por isso que acabei indo para o Judy's esta noite. Mas tenho suco de maçã, se você quiser.

— Suco de maçã? — Eu ri.

Um sorriso de lado apareceu em seus lábios enquanto ele pressionava o botão para subirmos.

— Meus filhos adoram.

— Você tem filhos?

— Dois garotos. E você?

— Eu tenho uma filha.

O elevador finalmente chegou e as portas se abriram. Entramos e Ethan pressionou o botão até seu andar.

— Só uma?

Suspirei e me recostei à medida que o elevador subia.

— Tentamos ter mais, porém nunca aconteceu. — O olhar de Ethan aterrissou na minha mão esquerda, mas antes que ele perguntasse, eu disse: — Estou divorciada agora.

— Eu também.

— Então isso é uma coisa comum para você?

— O quê? — perguntou quando as portas se abriram.

— Levar uma mulher para sua casa, depois de uma noite no bar.

Sorri, tentando fazer piada da situação. Uma parte minha estava confortável ao lado dele, mas a outra estava nervosa, como se eu realmente não o conhecesse. Mesmo que já tivéssemos nos relacionado intimamente, ainda assim, não nos conhecíamos de fato.

— Não. Não é uma coisa normal. Saí com poucas mulheres depois do meu divórcio, mas o trabalho toma a maior parte do meu tempo. — Ele sorriu.

— Então você acabou se tornando um tira mesmo, não é?

Eu já sabia a resposta, mas perguntei de qualquer forma, tentando fazer parecer que eu não havia pesquisado sua vida antes. Sei que toda mulher passa por isso em algum momento. Somos vencidas pela curiosidade e simplesmente digitamos o nome daquele ex na área de pesquisa do Facebook. Nunca encontrei o perfil dele na rede social, mas, no Google, descobri que era do Departamento de Polícia de Chicago. Também soube que havia se envolvido em um tiroteio que acabou com a morte do homem que tentou sequestrar sua irmã.

Acenando afirmativamente com a cabeça, Ethan pegou as chaves de dentro do bolso.

— Sim. Sou um sargento agora.

— Isso é maravilhoso — disse, empolgada.

— Eu amo o que faço. E você? Por que decidiu se tornar uma bartender?

Comecei a rir. Será que ele estava pensando que fui para Stanford para aprender a preparar bebidas? Tudo bem que eu não estava usando meu diploma...

— Na verdade — entrei na sala de estar de seu apartamento —, comecei a trabalhar no Judy's há apenas uma semana. Minha filha entrou para a universidade recentemente, e eu precisava fazer alguma coisa com meu tempo livre. Tenho bacharelado em Direito Penal, mas agora estou fazendo uma pós para me tornar criminalista.

— Não brinca! — Ele fechou a porta e jogou as chaves e o celular na mesinha lateral.

Observei enquanto se dirigia à cozinha espaçosa.

— Sempre quis trabalhar em criminalística, mas me casei e engravidei de Maddie assim que me formei na faculdade. Nunca pude trabalhar em segurança pública como sempre quis.

— E você não tem problemas em ver cadáveres?

Agora foi a minha vez de hesitar. Não por causa da pergunta chocante de Ethan, mas porque eu nunca havia pensado naquele aspecto. Fazia anos desde que pensei em seguir carreira em criminalística, e claro, eu sabia que teria que lidar com cadáveres, mas não tinha considerado que num futuro próximo eu realmente *veria* pessoas mortas.

— Acho que não. — Dei de ombros.

Ethan retirou a jarra de suco da geladeira e depois pegou alguns copos em um armário.

— É melhor ter certeza disso. — Riu.

— Como é lidar com isso? — perguntei, me sentando à mesa no centro da cozinha.

Ele parou o que estava fazendo, antes de dizer:

— Acho que depende de pessoa para pessoa. Para alguns, é repugnante. Para outros, como eu, por exemplo, é o que é. Mas o cheiro... esse é horrível. É o odor mais nojento de todos. Não dá nem para descrever.

— Uau.

— Vai ficando mais fácil lidar com tudo isso, mas matar alguém e presenciar o último suspiro... isso, sim, é difícil.

— Isso já aconteceu com você? Já teve que matar alguém?

Mais uma vez eu estava me fazendo de desentendida, mas não poderia dizer a ele que já sabia a resposta, porque não queria dar bandeira de que não o tinha superado e acabei tentando saber mais sobre a vida dele. Meu coração ainda doía, sempre que pensava na maneira como nosso relacionamento acabou.

Ethan suspirou antes de despejar um pouco de suco para cada um.

— Para dizer a verdade, aconteceu exatamente atrás de onde você está agora.

O tempo parou enquanto eu processava suas palavras.

— O quê? — Pisquei, assombrada.

Ele me entregou o copo e se inclinou contra o balcão de granito, apoiando-se em seus cotovelos.

— Minha irmã quase foi sequestrada. Cheguei bem a tempo de ver o cara apontando uma arma contra o namorado dela. Antes que ele pudesse atirar, eu o fiz.

— Nossa... — Suspirei, ainda processando a informação de que o cara que ele matou havia morrido a menos de um metro de onde eu estava.

Sabia que ele tinha matado alguém, só não fazia ideia de que estivesse no exato local onde tudo aconteceu.

— Isso aí... mas você não vai ter que atirar nas pessoas, então não precisa se preocupar com esse tipo de pesadelo te assombrando. Em que área de investigação você está se especializando?

Tomei um gole do suco antes de responder:

— Perícia criminal.

Havia uma gama de áreas criminais: forense, registros fotográficos, balística, análise de sangue e DNA, e reconstrução da cena do crime. Eu queria reunir e preservar qualquer evidência física das cenas do crime, depois seguir para um laboratório onde pudesse analisar tudo, efetuar exames em fibras e fios, ajudando a desvendar cada caso.

— Então talvez acabemos trabalhando juntos por aí. — Ele sorriu.

— Talvez, mas preciso arranjar um emprego primeiro.

— Nisso eu posso te ajudar.

— Sério? — Sorri.

— Tenho certeza que sim. Eu conheço pessoas, entende? — Piscou.

CAPÍTULO 5

ETHAN

A primeira pessoa a quem entreguei meu coração estava sentada à minha frente.

A primeira que também o quebrou, mas que ainda carregava um pedaço dele mesmo após todos esses anos. Quando eu me imaginava reencontrando Reagan, pensava que viraria as costas e me afastaria. Afinal de contas, ela havia arrancado meu coração do peito, sem nunca ter olhado para trás. No entanto, quando a vi no Judy's, todos aqueles pensamentos desapareceram, e agora eu a tinha ali, no meu apartamento, bebendo suco de maçã como se nada tivesse acontecido.

Eu não a odiava. Na verdade, era o oposto. Eu...

Eu ainda a amava.

Uma parte minha sempre amou. Dizem que nunca esquecemos o primeiro amor e isso era verdadeiro. Só o pensamento de Reagan sair pela minha porta e nunca mais voltar era de enlouquecer. Eu precisava esticar aquele momento ao lado dela, mesmo que já passasse de uma da manhã, e eu precisasse estar no trabalho em menos de oito horas. Mas não estava pronto para perdê-la de vista.

— Tenho certeza que sim. Eu conheço pessoas, entende? — Pisquei.

— Um trabalho na sua delegacia? — ela perguntou.

— Pode ser. Vou ver o que consigo arranjar.

— Eu só tenho que finalizar mais nove semanas na universidade.

— Talvez eu possa ser seu parceiro de estudo? — propus. — Sei tudo sobre criminalística.

— Você faria isso por mim? — Ela sorriu.

Dei de ombros e peguei meu copo de suco, indo me sentar mais próximo a ela.

— Claro. Por que não? Será como nos velhos tempos. — Soltei uma risada.

Ela sacudiu a cabeça, rindo baixinho.

— Velhos tempos onde nenhum dos dois estudava ou fazia o dever de casa.

Isso era verdade. Depois da aula e antes que nossos pais chegassem do trabalho, nós passávamos um tempo juntos e *estudávamos*. Nossas "primeiras vezes" aconteceram de mais de uma maneira.

— Você nunca reclamou — relembrei.

Ela inclinou a cabeça para trás, rindo à vontade.

— Não. Não reclamei mesmo.

O som de sua risada fez com que as palmas das minhas mãos formigassem, ansiosas em tocá-la, puxá-la para os meus braços, de forma que eu pudesse sentir seus lábios contra os meus, da maneira como eu costumava beijá-la. Ao invés disso, mudei de assunto:

— Então me diga, o que Reagan Hunter andou fazendo nestes últimos vinte e poucos anos?

Ela respirou profundamente, antes de responder:

— Bem, eu me formei em Stanford, me mudei para Denver, me casei, ganhei Maddison cerca de um ano depois, e acabei fazendo aquela coisa de mãe em tempo integral desde então. Ela me manteve bem ocupada.

— E agora você está morando aqui?

— Sim. Me mudei para longe o bastante do meu ex, e o mais perto de Maddie.

— E de mim — afirmei.

— E de você, mas eu nem sabia que você ainda morava aqui. O que esteve fazendo? — Reagan tomou um gole de sua bebida.

— Como eu disse antes, eu me tornei um tira, então me casei, tive meus dois garotos, dediquei a maior parte do meu tempo para o trabalho, de forma que pudesse assumir o cargo de delegado de polícia, como meu pai, me divorciei, e entrei em um bar cuja reputação é a de encontrar sua alma gêmea.

— O quê? — ela perguntou, franzindo o cenho.

— Minha irmã conheceu o marido no Judy's. — Eu ri.

— É mesmo?

Acenei e tomei mais um gole do suco.

— Cerca de três anos atrás. Nunca imaginei que na única vez em que pisei ali, daria de cara com a mulher que até hoje perturba meus sonhos.

Ela não disse nada.

Eu não disse nada.

O relógio da parede apenas marcava os passos do ponteiro...

Toc...

Tic...

Toc...

Tic...

Toc.

— Eu vou te dar o número do meu telefone, daí qualquer coisa que você precisar, basta me ligar.

Reagan se levantou, indo em direção à bolsa, em cima da mesa ao lado da porta. Depois de pegar o celular ali dentro, ela disse:

— Tudo bem, me dê o seu número.

Peguei o telefone de sua mão e depois de digitar meu número e adicionar aos seus contatos, mandei uma mensagem para mim mesmo, de forma que agora tivesse o número dela também.

— Estou me sentindo como se estivéssemos no Ensino Médio, trocando os telefones para que pudéssemos fazer algum trabalho em grupo.

— Eu sei. É como se estivéssemos começando de novo. — Ela riu.

Estava na ponta da minha língua perguntar se ela queria tentar outra vez, mas achei melhor esperar. Ao invés disso, devolvi seu celular e disse:

— Você está a fim de ir em alguma ronda comigo um dia?

Os olhos esmeraldas brilharam.

— Sério?

Sorri e me sentei no sofá assim que ela colocou a bolsa em cima da mesa.

— Sim. Desta forma vamos poder descobrir como você reage ao ver alguns cadáveres.

Reagan se sentou ao meu lado, mas não perto o suficiente para que nos tocássemos.

— Você vê isso todo dia como se fosse habitual?

Rindo, eu apenas respondi:

— Não, mas nós moramos em uma das trinta cidades mais violentas dos Estados Unidos. A que lidera o índice de assassinatos.

— Não é de se estranhar que você já esteja acostumado então.

— Exato. E como eu disse... vai ficando cada vez mais fácil lidar com essa realidade.

— Acho que pode ser divertido fazer uma ronda. Eu adoraria.

— Beleza, então vou organizar isso.

Sendo o cavalheiro que era, eu deveria me oferecer para acompanhá-la até sua casa – ou levá-la de volta até o Judy's, de forma que ela pudesse pegar seu carro –, mas eu não queria que ela fosse embora.

— Você quer assistir um filme ou outra coisa?

Ela hesitou por um instante, e eu sabia que queria fazer o que era o certo, que seria ir embora para casa, já que estava tarde. Em vez disso, respondeu:

— Sim. Deixe-me apenas usar o banheiro primeiro.

Um sorriso preencheu meu rosto porque a resposta dela me deu a esperança de que nós dois estávamos sentindo a mesma coisa.

— No final do corredor, primeira porta à esquerda.

Reagan voltou não muito tempo depois, e escolhemos um filme enquanto ela se ajeitava confortavelmente no sofá, de um lado, e eu, do outro. Eu tinha que admitir que nunca havíamos assistido a um filme dessa forma. Quando estávamos namorando, eu sempre mantinha meu braço apoiado sobre seus ombros. Agora, ela estava a centímetros de distância, e eu podia sentir o vazio entre nós.

Enquanto assistíamos TV, decidi que minha nova missão de vida seria reconquistá-la.

Reagan Hunter seria minha outra vez.

CAPÍTULO 6

REAGAN

Acordei em uma cama.

Uma cama que não era a minha.

Depois de abrir os olhos lentamente, olhei ao redor e percebi que estava sozinha. Não conseguia me lembrar de como havia pegado no sono, ou ido parar em uma cama – na do Ethan. Não estava me sentindo de ressaca, drogada ou qualquer coisa do tipo, então não compreendia como não conseguia me lembrar de nada, exceto me deitar para assistir a um filme no sofá dele.

Ergui o cobertor e conferi que ainda estava completamente vestida, com exceção dos sapatos. Ao virar a cabeça, notei o papel que repousava em cima do travesseiro mais próximo, e me sentei na cama para pegá-lo.

> *Flor,*
>
> *Você ainda é fofa, mesmo quando ronca.*
>
> *A chave está ao lado da sua bolsa. Tranque a porta quando sair, e eu dou uma passada no Judy's esta noite, assim que sair do trabalho, para pegar contigo.*
>
> *E.*

Eu *não* roncava. Tudo bem, apenas de vez em quando, mas somente no caso de um cansaço extremo.

O que fazia sentido, já que sequer conseguia me lembrar de adormecer no sofá. Normalmente, depois do trabalho, eu ia direto para casa, tomava um banho, e ia dormir perto de uma da manhã, ao invés de relembrar dos bons tempos com meu namoradinho do colégio até altas horas antes de cair no sono. É bem provável que dormi em alguma parte do filme e nem mesmo acordei quando ele me carregou para a cama. Ele me *carregou* para a cama?

Eu não me arrependia de ter passado a noite ali.

A cama dele era confortável pra caramba.

Toda vez que a porta da frente do Judy's se abria, eu olhava para ver se era Ethan. Queria vê-lo de novo. Ele era meu único amigo em Chicago e, honestamente, eu estava bem com isto.

A noite anterior tinha sido ótima. Ele não me interrogou sobre o real motivo de eu ter terminado tudo, tantos anos atrás, e também não bisbilhotei sobre sua vida de casado e há quanto tempo estava divorciado. Esperava que já tivesse sido há algum tempo, porque dessa forma eu não me sentiria um estepe – se acabássemos ficando juntos. Era como se estivéssemos começando tudo de novo de certa forma, deixando nossa infância de lado e seguindo em frente como adultos.

E aquilo me excitava.

A porta se abriu mais uma vez, atraindo meu olhar. Duas mulheres entraram, e voltei minha atenção à cerveja que estava despejando da torneira. Mais uma vez a porta se abriu, e mais uma vez me frustrei por não ver quem eu queria.

— Esperando por alguém?

Olhei para cima para ver Derrick parado ao meu lado, abastecendo a tigela de limões. Nós éramos os únicos servindo, já que Frank estava no intervalo, e o outro assistente já havia ido embora.

— Sim. Um amigo meu vai passar aqui para buscar uma coisa.

— O cara de ontem à noite?

Arqueei as sobrancelhas, confusa, até que percebi que ele deve ter me visto indo embora com Ethan.

— Sim. Ele mesmo.

Deslizei a cerveja em frente ao cliente e peguei o dinheiro da mão dele para fechar logo sua conta.

— Pensei que não tivesse namorado... — Derrick sondou, arrumando os copos logo abaixo do balcão.

— E não tenho — bufei.

— Mas você saiu daqui com ele na noite passada. — Aquilo não era uma pergunta.

— E por que você está tão interessado em saber com quem eu saio ou deixo de sair?

— Só estou jogando conversa fora.

Parei de pressionar os botões da caixa registradora e me virei de frente para ele, antes de falar:

— Nós nos conhecemos ontem à noite — apontei entre ele e eu —, e sei que vamos trabalhar juntos, mas não preciso de você questionando minha vida pessoal.

Ele ergueu as mãos para o alto.

— Opa, eu só estava puxando assunto para te conhecer melhor.

— Conhecer uma pessoa significa você querer saber sobre qual a cor favorita dela, qual a flor preferida. Não ficar me interrogando a respeito do cara com quem saiu na noite passada.

Não fazia ideia de o porquê estava tão puta por ele ficar bisbilhotando, mas eu era uma mulher de quarenta e um anos, e se quisesse ir para casa com um homem, ninguém tinha nada a ver com isso. Apesar de nada ter acontecido no apartamento de Ethan.

Derrick recostou o quadril nos armários que armazenavam garrafas extras de bebida alcóolica, atrás do bar, e me encarou.

— Tudo bem... qual é a sua cor favorita?

Bufei e revirei os olhos.

— Roxo.

— E sua flor preferida?

Hesitei. Não porque não soubesse, mas porque me lembrei do recadinho que Ethan havia deixado para mim hoje cedo, e aquilo me deu esperança de que poderia haver um "nós" no futuro. Eu queria muito isso. Uma parte minha sempre sentiu que nunca havíamos encerrado aquela história. Quando dizem que amar alguém é deixá-lo livre, posso afirmar que o que fiz foi exatamente isso. Meu coração adolescente pensou que eu acabaria fazendo-o sofrer mais, caso revelasse a verdade tantos anos atrás, então eu o libertei.

— Botões-de-Ouro.

Derrick hesitou como se não estivesse esperando aquela resposta.

— Botões-de-Ouro? Isso é uma flor?

Eu ri e voltei a atenção para a caixa registradora, finalizando a transação do cliente e pegando o troco que eu deveria entregar.

— Sim. E os parisienses são meus favoritos.

Ele ergueu o tampo do balcão e se virou para pegar o saco de lixo que já estava entulhado.

— Vou ter que pesquisar no Google para saber que flores são essas.

— Faça isso.

Não tive tempo de conferir o celular depois do meu intervalo, porque era sexta à noite, e o bar estava fervilhando. Quando fui até o depósito para buscar minha bolsa, disposta a ir embora depois da longa jornada, peguei o telefone do bolso traseiro e fui conferir se ele havia me enviado alguma mensagem. E lá estava.

> Peguei um caso novo. Vou tentar dar uma passada aí às 12h, quando sair, mas se não conseguir, fique com as chaves.

Recostei-me aos armários e enviei uma mensagem de volta, com um sorriso explodindo no meu rosto.

> Estou de saída agora. Quer que eu espere?

Peguei a bolsa do compartimento onde estava guardada, enquanto esperava sua resposta.

> Sinto muito, flor. Ainda estou na delegacia. Vamos almoçar amanhã?

Enquanto eu seguia rumo ao meu carro estacionado, respondi:

> Claro. Apenas me diga o local e te encontro lá.

— Tenha uma boa-noite, Reagan.

Estaquei e me virei a tempo de ver Derrick recostado contra a parede de tijolos, enquanto fumava um cigarro.

— Obrigada. Tenha uma boa-noite também.

— Ah, com certeza eu terei...

Eu não fazia a menor ideia do que a resposta poderia significar, mas preferi não perguntar, de forma que não alimentasse qualquer que fosse o jogo que ele estava fazendo. Eu já tinha percebido que ele parecia estar me paquerando, sei lá, e se esse fosse o caso, eu queria mesmo era estar com um homem como Ethan, não um garoto como Derrick.

CAPÍTULO 7

ETHAN

— A vítima é uma mulher. Aparenta uns vinte anos e apresenta múltiplas perfurações a faca — o policial Moore, que atendeu à chamada, declarou, à medida em que caminhávamos até o apartamento no primeiro andar.

Eu e meu parceiro, Shawn, acenamos. Depois de colocarmos os protetores de sapatos, entramos no local. Em todos os meus anos na polícia, nunca havia me deparado com um caso de esfaqueamento como este, e olha que eu já tinha visto muita coisa fodida por aí.

O brilho vermelho e azul dos *giroflex* preencheu o ambiente através do vidro da janela, enquanto observávamos o corpo nu estendido no sofá. O cabelo castanho estava mais escuro por causa do sangue; os olhos, abertos e sem vida, e eu tinha certeza de que o estofado estava encharcado do líquido carmesim. Olhei ao redor da pequena sala de estar já devidamente isolada enquanto as evidências eram coletadas, fotografias tiradas e buscas por impressões digitais eram feitas.

— Você encontrou a arma? — perguntei.

— Ainda não — respondeu o policial.

Aproximei-me da vítima, agachando até estar ao nível de seu corpo sem vida, percebendo que sua pele já estava adquirindo a palidez cadavérica.

— Quem ligou para informar o crime?

— O vizinho. A colega de quarto saiu correndo depois de encontrar o corpo, assim que voltou para casa ontem à noite. Ela disse que costuma ficar com o namorado de quinta a sábado, mas esqueceu a bolsa de maquiagem ou algo assim.

Não havia como saber há quanto tempo acontecera, sem que a equipe de legistas examinasse o corpo. Eu não podia atestar se o tom mórbido de sua pele era por já estar morta há muito tempo ou porque o contraste de sua pele contra todo aquele sangue tornava tudo muito mais evidente.

— Onde a colega de quarto está agora? — Shawn perguntou.

Kimberly Knight

— Ela foi levada até o hospital. A garota estava hiperventilando depois de ter visto a cena — Moore afirmou.

Acenei enquanto trocava um olhar com meu parceiro. Nós ainda não tínhamos colhido o depoimento da colega. Shawn e eu andamos pelo apartamento, procurando por qualquer coisa enquanto aguardávamos a equipe de legistas chegar, para que pudessem estimar a hora da morte. Não havia sinais de luta, e nada parecia ter sido levado ou estar fora do lugar – a bolsa da vítima estava em cima da cama.

Peguei um documento de dentro de sua carteira: Amy Kenny. Observei os detalhes a respeito da pobre garota. Ela parecia alguém de bem com a vida e com um futuro promissor. As fotos na parede mostravam que ela levava uma vida regada a diversão. Havia imagens dela sozinha ou com os amigos em bares, boates, shows musicais. Ao lado dos porta-retratos pendurados, ainda havia uma plaquinha de madeira em forma de coração com seu nome entalhado no meio, possivelmente feita em uma feira de artesanato.

Pelo menos essa jovem mulher teve uma vida feliz antes que alguém a assassinasse brutalmente em sua própria casa.

DESCONHECIDO

Meu sorriso não desvaneceu enquanto observava os policiais entrando e saindo, através da câmera da tela do computador que deixei aberta de propósito em cima da mesa de jantar. Tinha uma vista perfeita do corpo sem vida de Amy, no exato lugar onde a deixei. Não esperava que alguém a encontrasse tão rápido, e não previ que a colega de quarto voltaria mais cedo para casa, já que ela normalmente passava os finais de semana fora. Pensei que teria mais um dia para observar o corpo da garota no sofá.

No entanto, tinha que admitir que ver o departamento de polícia de Chicago se movimentando pelo apartamento, sem sequer imaginar que eu podia ver tudo, estava me dando um barato. Uma sensação parecida à que senti quando vi a vadia dar seu último suspiro.

Nunca me senti tão *bem* quanto naquele momento. Especialmente quando deixei minha ira assumir o comando e consegui a redenção que estava buscando.

Observar Amy tinha se tornado apenas um jogo a princípio. Ela deveria ter sido apenas uma peça no meu esquema que ninguém tinha noção. Era assim que eu as via, sempre que observava, através de suas webcams, as estudantes da Universidade Lakeshore.

Mas Amy era diferente.

Eu a havia visto pela primeira vez no final do ano passado, e desde aquela época, e durante as férias de verão, mantive meus olhos sobre ela, observando-a a cada chance que eu tinha. Eu sabia qual era sua música favorita, a bebida que sempre pedia, e o que gostava de comer quando achava que estava sozinha, achando que ninguém a veria comer uma barra de Snickers pelo menos uma vez por semana. Eu também sabia que tipo de pornografia ela gostava de assistir, quanto tempo levava para gozar e quantas vezes usava o vibrador rosa para se masturbar. *Três, se estiver interessado em saber.*

Meu Deus, ela *era* linda.

Eu queria tocar, cheirar, sentir o gosto dela. Queria olhar em seus olhos e dizer que conhecia todos os seus segredos. Que sabia o que a excitava. Queria enfiar meu rosto entre suas pernas, deixando que cavalgasse a minha língua por horas. Queria ser a pessoa que a foderia duro, fazendo com que gozasse uma e outra vez.

Era o meu desejo até que as aulas retornaram e a chamei para sair comigo. Ela riu na minha cara e respondeu:

— Acho que não.

Aquelas três palavras alimentaram meu ódio.

Continuei a observar através da webcam de seu computador porque, como a maioria das garotas estúpidas, ela tinha mania de deixar a tela aberta. Fiquei de olho nela até que meu novo plano entrasse em ação. Se não pudesse tê-la, ninguém mais a teria. Eu seria o último ser vivente que falaria com ela, ouviria sua voz e teria um gosto seu.

Quando percebi que estava sozinha, entrei em seu apartamento com a cópia da chave que fiz em minha impressora 3D. A tecnologia era muito útil nestes tempos. Você poderia tirar uma foto de uma chave e usar uma impressora de ponta para criar uma cópia. Só precisei de uma foto da chave da porta da frente e, por Amy deixar a tela do laptop aberta vinte e quatro horas por dia, fui capaz de dar um zoom nas chaves que ela deixava sempre perto da bolsa. Depois de criar um arquivo 3D no meu programa de AutoCAD, bastou pressionar o botão para observar a criação da chave de

Kimberly Knight

plástico bem diante dos meus olhos.

Quando Amy entrou no chuveiro, sabia que era chegada a hora de ir até o seu apartamento, abrir a porta e apenas esperar. Entrei no quarto dela, coloquei uma pílula dentro da taça de vinho tinto, sabendo que beberia o resto antes de se servir de mais um pouco. As drogas eram apenas uma parte do meu presente para ela. Eu não queria que ela lutasse comigo e tê-la chapada seria o melhor para nós. Meu outro presente seria a plaquinha de madeira com seu nome gravado. Deixaria minha marca – minha assinatura. Infelizmente, ela nunca tomaria conhecimento desse presente.

Depois que Amy bebeu o vinho, esperei até que a droga fizesse efeito.

E só aí ataquei.

ETHAN

Bocejei, recostando-me na cadeira. Eu vivia pela carreira policial, mas as primeiras quarenta e oito horas de um caso novo eram sempre as mais desgastantes.

Tínhamos acabado de receber uma atualização dos legistas, alegando que a vítima apresentava sessenta e oito perfurações. Nunca tinha visto tanta ira assim, e esse dado era um fato importante, levando-se em conta que eu morava em Chicago, onde o índice de homicídios era na média de setecentos por ano.

Este assassinato exalava ódio, paixão e fúria, e eu queria solucioná-lo o mais rápido possível, mas também queria ver Reagan outra vez. Não havia a menor possibilidade de ir ao seu encontro antes da meia-noite, então mandei uma mensagem convidando-a para me encontrar no almoço em um restaurante perto de casa. Quase a chamei para tomarmos um café da manhã juntos, mas sabia que precisava dormir – assim como eu.

Porra, o que eu não faria para tê-la na minha cama outra vez.

Na noite anterior, ouvi seu leve ressonar durante o filme. Depois de confirmar que estava profundamente adormecida, levei-a para a minha cama. Se estivéssemos juntos, eu não teria hesitado em rastejar ao lado dela e puxá-la contra o calor dos meus braços, para dormir até que tivesse que ir para o trabalho. Ao invés disso, tomei uma ducha rápida e dormi no meu sofá. Saí antes que ela acordasse, torcendo para que depois da minha jornada de dez horas de trabalho, eu pudesse encontrá-la no Judy's de novo. Mas ao contrário disso, um filho da puta resolveu assassinar uma mulher na calada da noite.

Os exames médicos indicaram que a hora estimada da morte se deu por volta das três da manhã. Como já passava da meia-noite, estávamos contando com vinte e quatro horas desde a hora da morte, e não tínhamos nenhuma pista, exceto a colega de quarto, que ainda não havia sido interrogada por se encontrar no hospital. O vizinho não ouviu nada fora do normal. Nossa unidade de crimes cibernéticos estava fazendo uma varredura pelo computador de Amy, e Shawn e eu já havíamos conseguido um mandado para checar os registros telefônicos e de transações do cartão de crédito.

— Estou indo para casa. Quer falar com a colega de quarto nas primeiras horas da manhã? — perguntei a Shawn.

Havíamos recebido a informação de que a garota receberia alta em algumas horas, e o namorado a levaria para a casa dele.

— Sim. É uma boa ideia.

Ambos deixamos a delegacia e fui direto para casa. Rastejei na minha cama, que ainda conservava o cheiro de Reagan – uma mistura de marshmallows assados na fogueira –, e rapidamente caí no sono, sonhando com ela.

Assim como planejamos, a primeira coisa que Shawn e eu fizemos foi nos dirigir para a casa do namorado da colega de quarto de Amy. Normalmente, nós nos encontraríamos na delegacia e seguiríamos juntos para o local, mas por eu ter compromisso logo mais no almoço, optei por irmos cada um em seu carro.

Batemos à porta assim que chegamos. Depois de alguns instantes, quando se abriu, eu e Shawn mostramos nossos distintivos.

— Eu sou o Sargento Valor, e este é o Detetive Jones. A Heather está?

O cara que atendeu à porta acenou afirmativamente e nos deu passagem. Uma jovem estava sentada no sofá. Os olhos azuis estavam injetados de sangue, provavelmente pela noite maldormida ou pelo choro incessante da noite anterior; o cabelo estava preso em um rabo de cavalo bagunçado.

— Você se importaria de responder a algumas perguntas? — perguntei.

Nós já sabíamos algumas respostas, já que o policial Moore nos dera uma breve explanação, mas queríamos fazer as mesmas perguntas para averiguar se o depoimento seria o mesmo.

— Tudo bem — ela respondeu.

Shawn sentou-se próximo a ela no sofá, enquanto tomei o assento ao seu lado. O homem, que presumi ser o namorado, foi até a cozinha para buscar copos de águas.

— Há quanto tempo você e Amy eram colegas de quarto? — perguntei.

Heather respirou profundamente, e lágrimas começaram a deslizar pelos olhos inchados.

— Cerca de oito ou nove meses. Eu me mudei no começo do ano.

— Você a conhecia antes de decidirem dividir o apartamento?

Ela negou com a cabeça.

— Não. Ela colocou um anúncio, e eu fiz contato.

O cara voltou para a sala e me entregou um copo. Shawn se levantou e saiu com o rapaz pela porta da frente. Dessa forma ele poderia ver se o namorado saberia alguma coisa, e eu poderia finalizar de colher as informações com Heather.

— Amy estava saindo com alguém? — questionei.

— Não que eu soubesse.

— Ela não saía em encontros?

— Ela saía, mas não sei se ela tinha algum namorado sério.

— Quando foi a última vez em que a viu com vida?

— Sexta. — Ela fungou.

— A que horas foi isso?

— Por volta das cinco. — Deu de ombros.

— Você deu a falta de alguma coisa? — perguntei.

Ela balançou a cabeça.

— Não, mas não fiquei ali muito tempo. Eu entrei e, quando vi... — respirou profundamente, com lágrimas descendo pelo rosto — o corpo estendido no sofá, coberto de sangue, eu simplesmente corri para fora dali. Estava assustada pra caramba.

— Você chegou a ver se havia mais alguém no apartamento?

— Não. Você acha que o assassino ainda estava por lá? — Os olhos dela se arregalaram.

Não acreditava naquilo, já que o corpo de Amy estava frio e pálido quando chegamos, porém queria testar qual seria a reação da garota.

— É uma possibilidade.

— Ai, meu Deus! — Ela cobriu a boca com a mão e começou a chorar com mais intensidade.

Ainda fiz mais algumas perguntas, sobre seu álibi e o quão chegadas elas eram, mas nada me deu a menor indicação de que Heather fosse a assassina de Amy. Pior. Nada me deu a menor pista sobre quem fora o criminoso. Não havia arma na cena do crime, sinal de arrombamento ou vestígios de sangue nas roupas de Heather quando ela foi encaminhada para o hospital.

Nada foi encontrado no apartamento, com exceção do corpo de Amy em uma poça de sangue.

Depois que acabamos, dirigi até o Big Jones, para me encontrar com Reagan. Era um restaurante rústico que servia comida sulista. Eu precisava de algo que me desse mais sustância do que um mero sanduíche, pois precisava focar naquele caso. Além do mais, o frango frito deles era campeão.

Quando virei a esquina para seguir para o restaurante, a vi me esperando na calçada. Vestia um jeans, botas até os joelhos e uma blusa que deixava em evidência todos os seus atributos. Porra, eu a queria. Eu a queria tanto que estava até mesmo salivando. Lembrei-me da sensação de estar dentro dela e ansiava por aquilo outra vez. Tê-la em meus braços.

Nossos olhares se encontraram assim que fui me aproximando, e ela sorriu.

— Acho que nunca te vi em um terno.

— Você me viu usando um no baile de formatura. — Eu ri e me inclinei para beijar seu rosto.

Um sorriso largo se estendeu em seus lábios.

— É verdade. Mas não era o Ethan adulto.

— Não. E te garanto que muita coisa mudou desde que usei aquele *smoking* na formatura. — Pisquei, e eu estava me referindo ao corpo dela também, mas não completei meu pensamento.

Abri a porta do restaurante e a guiei para entrar.

CAPÍTULO 8

REAGAN

Ver Ethan usando um terno fez algo com meu estômago *e* entre minhas pernas. Ele estava lindo com aquela barba sem raspar por alguns dias, aqueles olhos azuis da cor do mar e os músculos que eu queria sentir ao redor do meu corpo assim que nossos corpos se tocassem pele a pele.

— Você já esteve aqui antes? — Ethan perguntou assim que nos sentamos.

Neguei com a cabeça.

— Não. Eu só voltei há alguns meses e ainda não tive a chance de circular por aí.

— Posso te levar para dar uma volta depois — ofereceu.

— Adoraria isso. — Sorri.

Ethan pegou o menu rapidamente.

— Eu vou querer o frango frito — disse, colocando o cardápio na mesa —, e mais o camarão empanado, que é maravilhoso.

Sacudi a cabeça, ainda escolhendo entre as opções. Por fim, decidi acatar a sugestão dele pelo frango frito. Já fazia um bom tempo desde que comi uma refeição caseira típica do sul. Larguei o cardápio na mesa e bebi um gole da minha água.

— Você conseguiu resolver o caso?

— Longe disso. — Ele soltou uma longa respiração.

— Do que se trata?

Inclinando o corpo, ele apenas sorriu.

— Não posso te dizer, flor. É confidencial.

— Sério?

Acenando a cabeça, disse:

— Sério. Mas quando sairmos em uma ronda, vou pedir que assine um contrato de confidencialidade, e aí você poderá ficar sabendo sobre qualquer coisa que nos depararmos pela frente.

— Estou empolgada.

— Mas te aviso: se for algo parecido ao que vi noite passada, então vamos ter certeza se você estará pronta para perícia criminal.

— Foi tão ruim assim?

Ethan inclinou-se contra a cadeira.

— Sim. O homicídio mais sinistro que já vi.

— Nossa. — Respirei entre os goles de água. — Bem, de todo jeito estou empolgada. As aulas têm sido divertidas até agora. Acho que será bom para mim.

— Quer que eu dê uma passada na sua casa para que possamos estudar?

Ergui uma sobrancelha, em descrença.

— Estou falando sério. Eu posso te ajudar se você estiver com dúvidas.

A garçonete chegou até nossa mesa para anotar os pedidos.

— Prefiro muito mais estudar da forma como *estudávamos...*

Ele se engasgou com o gole da água que estava bebendo.

— Sério?

Inclinei-me para frente, apoiando meus antebraços na mesa.

— Me diga se eu estiver entendendo tudo errado. Você me levou para sua casa, me deixou dormir na *sua* cama, me deu a chave do *seu* apartamento, está *me* pagando um almoço, e ainda está se oferecendo para *me* encontrar hoje à noite, mesmo que esteja trabalhando em um caso de homicídio como você nunca viu antes.

Ethan sorriu lentamente.

— Reagan Hunter, você está *me* dizendo que quer "*estudar*"? — Ele enfatizou as palavras com as aspas, fazendo com que eu mordesse meu lábio.

— Sim, Ethan Valor. Eu quero estudar. A. Noite. Todinha.

— Conta, por favor!

Quando decidi assumir as rédeas da minha vida, não pensei que isso significaria retomar minha vida sexual.

— A que horas você precisa estar de volta na delegacia? — perguntei.

Ethan estava praticamente me arrastando pela rua, nossas mãos entrelaçadas.

— Não importa. Eu trabalho a noite inteira se for preciso, se isso realmente acontecer.

— Ué, não vai rolar?

Ele estacou em seus passos e olhou bem dentro dos meus olhos.

— Ah, vai. Vai sim. Quando começa seu turno?

— Às quatro.

O olhar de Ethan me varreu de cima a baixo.

— Você pode usar essa mesma roupa para trabalhar?

— Tecnicamente, eu posso. Mas tenho uma muda de roupas no meu carro.

Ele sorriu.

— Sua monitoria está prestes a começar, flor.

Ele me puxou pela mão que ainda se mantinha atrelada à dele, guiando-me por mais um quarteirão até o seu prédio. Como na outra noite, apenas cumprimentou o porteiro com um aceno de cabeça, enquanto seguíamos até o elevador. Como o mesmo já parecia apenas estar à nossa espera, entramos e Ethan começou a espancar o botão que nos levaria ao seu andar.

Ethan se virou, deu-me um olhar e, sem hesitar, aterrissou os lábios sobre os meus. Eles eram suaves e familiares, enquanto me imprensava contra a parede do elevador, devorando minha boca. Seus quadris resvalaram contra os meus, apoiados no suporte da parede, e pude sentir o quanto me queria, algo que nunca mais havia sentido por mais de metade da minha vida. Eu sentia falta daquilo. Sentia falta dele, e não tinha percebido o tanto até que as fagulhas que sempre se acendiam no meu corpo começaram a queimar enquanto nossas bocas duelavam.

O elevador chegou ao andar, e Ethan grunhiu contra a minha boca antes de me puxar para fora. Entrelaçamos nossos dedos outra vez à medida que caminhávamos rumo à sua porta do apartamento.

— Sabe — começou a dizer enquanto destrancava a porta —, não faço uma rapidinha desde... sei lá, desde que estávamos no ensino médio.

Aquela época em que matávamos aula para *estudar* veio à minha memória em um flash.

— Fiquei surpresa por você ter conseguido se formar.

Ele era um ano mais velho que eu, então, depois que se formou, só nos víamos depois das minhas aulas ou nos finais de semana, mas aquilo não impediu nossos hormônios adolescentes.

— Nós não perdemos tantas aulas assim. Além do mais, tive uma ótima parceira de estudos. — Ele piscou assim que fechou a porta com um baque atrás de nós.

— Certo... parceira de estudos.

Os lábios dele encontraram os meus novamente e começamos a descartar nossas roupas, respirando entre os beijos quando precisávamos. Assim que estávamos nus, nos encaramos por um tempo curto, e admirei o garoto que conheci, convertido em um homem agora. Duro, forte e *grande*.

— Você ainda é tão doce quanto eu me lembro? — perguntou.

Senti meu corpo inteiro ficar vermelho.

— Só há uma maneira de você saber...

Ele sorriu e me guiou para sua cama. Antes que eu percebesse o que estava acontecendo, ele me pegou no colo e me jogou de brincadeira no colchão. A suavidade de seus lençóis abraçou meu corpo, enquanto dobrei os joelhos. Ethan separou mais ainda minhas coxas, e quando sua língua tocou minha boceta, estremeci.

— Está com frio? — perguntou.

— Não — suspirei —, por favor, continue.

E assim ele fez.

O primeiro homem a me provar entre as pernas estava ali outra vez, fazendo-me ficar mais molhada a cada instante. Encharcada, quente e gemendo sem sentido, meu corpo estremeceu em espasmos enquanto eu gozava. Não demorou muito. Aquele era Ethan, e já fazia anos desde que um homem havia me dado aquele tipo de prazer. Eu queria mais.

— Você é ainda mais gostosa do que eu me lembrava.

Meu corpo se aqueceu ante suas palavras, ao ponto de eu sequer conseguir falar. Ele alcançou o criado-mudo e pegou uma camisinha da gaveta. Depois de abrir a embalagem, deslizou o látex sobre seu pau. Eu não queria nada mais do que senti-lo rastejar pelo meu corpo e se afundar completamente, mas também não queria a velha posição "papai e mamãe" que sempre havia compartilhado com meu ex-marido. Aquele era Ethan.

Ergui meu corpo antes que ele pudesse se mover mais um centímetro. Ele arqueou uma sobrancelha, em uma pergunta silenciosa.

— Sente-se — instruí. Ethan se sentou na beirada da cama. — Incline-se para trás — eu disse e apoiei minhas mãos ao lado de seus quadris. Ele se arrastou, do jeito que pedi, até que estava no centro da cama.

— Isso não é algo que estávamos acostumados a fazer. Você andou aprendendo novos truques.

Eu ri, rastejando sobre ele.

Kimberly Knight

— Eu só sei o que quero neste instante...

— E o que seria?

— Você — respondi simplesmente. Posicionei meus quadris em seu colo, meu olhar entrecerrado. — Eu sempre quis você.

Ethan segurou meu queixo, fazendo com que eu olhasse direto naquele oceano azul.

— Então por que você terminou comigo?

Engoli em seco, sentindo o nó na garganta. Uma parte minha esperava que ele nunca trouxesse o passado à tona, mas nunca imaginei que isso fosse acontecer com nós dois pelados, na cama, prestes a transar.

— Só me diga — implorou. — Eu não vou ficar puto. Achei que você não me amasse mais ou algo assim... Mas agora... agora não sei o que pensar.

Respirando profundamente, virei o rosto para o outro lado, evitando seu olhar.

— Eu fiquei bêbada em uma festa e beijei outro cara.

O tempo pareceu congelar enquanto eu aguardava que ele dissesse qualquer coisa.

— Você namorou com ele, mesmo estando comigo?

Meu olhar se voltou ao dele.

— Não! Eu nem sequer sei quem foi a pessoa que beijei. Eu estava bêbada demais para lembrar.

— Então como você sabe que beijou o cara?

— Eu só me lembro de ter beijado alguém. — Dei de ombros.

Nós nos encaramos por mais alguns segundos, e eu podia sentir as batidas aceleradas do meu coração.

— As coisas acontecem por algum motivo, não é?

Acenei afirmativamente, incerta sobre o que mais Ethan poderia dizer.

— Eu não vou jogar esse beijo de bebedeira na sua cara. Passado é passado, e somos adultos agora. Já se passaram duas décadas desde que isso aconteceu, então... vamos começar de novo.

Soltei um suspiro aliviado.

— Tudo bem...

Nada mais foi dito, e Ethan ajeitou-se na cama com as pernas cruzadas. O movimento fez com que eu ficasse cada vez mais perto de seu pau, até que cruzei as pernas ao redor de seu quadril. Meus braços enlaçaram seu pescoço, enquanto ele guiava a si mesmo para dentro do meu corpo. Assim que estávamos ajustados, começamos a nos beijar, e pude sentir o meu próprio gosto em seus lábios. Pude provar o prazer que ele havia me proporcionado.

Nossos corpos se chocaram à medida em que passou os braços ao meu redor e me puxou para cada vez mais perto. Estávamos tão próximos quanto costumávamos ficar, e o peso do término de nosso namoro já não pesava mais em meus ombros, o que fez com que eu ficasse cada vez mais relaxada.

Nossos lábios se separaram, em busca de fôlego. Não estávamos apenas fodendo um ao outro. Estávamos em sincronia, nos balançando juntos, enquanto o membro rígido de Ethan ia cada vez mais fundo, alcançando o ponto que ele havia sido o primeiro a descobrir.

— Eu não fazia ideia de como senti falta disso... de você — afirmou.

Meu olhar se prendeu ao dele, e sorri com candura.

— Nem eu.

O que teria acontecido conosco se eu nunca tivesse me embriagado naquela festa? Ainda estaríamos juntos? Teríamos tido filhos? Casado? Divorciado? Ele estava certo: as coisas acontecem por alguma razão, mas isso não significa que não estivesse triste pela forma como tudo aconteceu. Meu coração doía pelos mais de vinte anos em que nos mantivemos afastados.

Inclinei meu corpo sobre uma mão, criando um ângulo perfeito para que ele atingisse *aquele* ponto a cada rolar de nossos quadris. Meu ritmo acelerou e mantive meu agarre em sua nuca.

— Porra... — rosnou.

— Estou tão perto... — gemi. Ethan gemeu em conjunto e agarrou meus quadris, gozando ao mesmo tempo em que eu o fazia, sugando cada gota de seu pau.

Depois dos espasmos de prazer, enlacei seu pescoço com meus braços outra vez e puxei seus lábios contra os meus. Ficamos daquele jeito até que estivéssemos prontos para a segunda rodada, e depois a terceira no chuveiro antes que ambos tivéssemos que voltar para o trabalho.

Kimberly Knight

CAPÍTULO 9

ETHAN

Ao longo da semana que se passou, Shawn e eu refizemos cada minuto do dia em que Amy foi assassinada. Os vizinhos do andar inferior não ouviram nada, e os registros telefônicos dos celulares de Heather e do namorado indicavam que eles estavam realmente no apartamento dele às 17h30min até cerca de vinte minutos antes que o vizinho chamasse a polícia. Os registros de Amy também mostravam que ela havia permanecido no apartamento no exato momento. Aparentemente ela nunca deixou o local, e nós não tínhamos nenhuma maldita pista.

— Não estou gostando disso — suspirei, recostando-me em minha cadeira e jogando a caneta sobre a mesa.

Shawn ergueu a cabeça e olhou para cima.

— Eu também não. Está tudo muito limpo.

Tudo o que nós tínhamos era o número de vezes com que a vítima havia sido atingida. Os resultados dos exames toxicológicos levariam pelo menos mais quatro semanas para ficar prontos, e só então saberíamos se havia algo na corrente sanguínea de Amy, ou se ela estava lúcida no momento do ataque. Mas para que a cena do crime estivesse tão limpa, era necessário que a vítima estivesse amarrada ou inconsciente. Era meu palpite.

Will, da informática, caminhou até nossas mesas.

— Achei uma coisa.

Aquela notícia me trouxe alguma animação.

— O que foi?

— Bem, pode ser algo insignificante, mas... — ele respondeu.

— Desembucha, cara — Shawn insistiu.

— O computador da vítima tinha um *malware* instalado, e alguém estava usando isto para espioná-la através da webcam.

Meus olhos se arregalaram.

— Alguém a estava observando?

— Preciso vasculhar mais a fundo, mas a resposta é sim.

— Quem? — Shawn quis saber.

— É isso que estou tentando descobrir. Vai levar um tempo porque parece que o cara sabia o que estava fazendo. Os dados foram alterados diversas vezes por toda a parte.

— Poderia ser mais de uma pessoa? — perguntei.

— Talvez. — Will acenou rapidamente.

— De onde está sendo acessado? — Shawn inquiriu.

— Aí que está o mistério — Will respondeu. — O primeiro endereço de IP que rastreamos nos levou ao Japão. O segundo, na Holanda.

— Então... você acha que alguém veio até nosso país, a matou e foi embora? — Shawn argumentou.

— Ou este cara é um profissional e sabe como direcionar o rastreio do IP para outros lugares, mas ainda está aqui em Chicago.

— Você consegue descobrir isso? — perguntei.

— Posso tentar, mas vai levar um tempo — Will afirmou.

— Mantenha-nos informados — Shawn instruiu.

— Pode deixar. — Will se virou, afastando-se dali.

— Bem — levantei-me —, preciso ir.

— Está indo ao encontro da sua namorada? — Shawn caçoou.

Ele sabia sobre Reagan porque não consegui disfarçar o sorriso idiota o dia todo, mesmo que estivesse tentando focar no caso que investigávamos. Não conseguia parar de pensar nela. E queria contar para ele, já que éramos amigos, além de parceiros, pelos últimos sete anos.

— Não. Vou levar os meninos para jantar esta noite — respondi, rindo.

— Ah, é mesmo. Hoje é quarta.

— Mas depois de deixá-los em casa, certamente vou até Reagan. — Terminei de ajeitar o paletó sobre meus ombros.

— Eu tenho que ir para casa também. Julie está fazendo fajitas. — Ele se colocou de pé.

Desde o meu divórcio com Jess, Shawn passou a dar mais atenção à sua família. Nós ainda tínhamos trabalho que acabávamos levando para casa, mas ele não queria que Julie se sentisse como Jess. Uma das alegações de minha ex era que ela estava me deixando porque eu nunca estava em casa. Eu não era o marido que *ela* queria que eu fosse. E posso não ter sido mesmo, mas era um pai presente. Fazia questão de sempre comparecer aos eventos esportivos, às atividades da escola, muito porque éramos uma família, mas não percebi que *ela* precisava de uma parte minha também.

Com Reagan, eu não cometeria esse mesmo erro. Queria passar cada minuto do meu dia com ela. Queria recuperar todos os anos perdidos. Não me importava que estávamos juntos de novo há apenas alguns dias. Tinha mais do que certeza de que a queria para sempre, da mesma forma que me sentia quando estávamos no Ensino Médio e no ano seguinte. Agora que ela estava de volta à minha vida, não queria desperdiçar nenhum segundo.

Encostei a F150 na calçada da minha antiga casa. A porta da frente se abriu de repente assim que desci da caminhonete, e Tyson, meu filho de apenas cinco anos de idade, veio correndo ao meu encontro.

— Ei, amigão. — Peguei-o no colo e o abracei apertado. — Está pronto para uma pizza?

Tyson acenou em concordância e olhei acima de seu ombro, vendo que Cohen, meu mais velho, de oito anos, saía pela porta.

Estes meninos eram a minha imagem cuspida e escarrada, com seus cabelos loiros e olhos azuis. Cohen era mais comedido que o irmão destemido, mas eu achava que era por conta da idade. Aos cinco anos você não se preocupa por estar descendo uma ladeira de patinete. A preocupação de se estrepar e acabar machucado nem passa pela cabeça.

Estendi um braço para enlaçar Cohen em um abraço lateral.

— Está com fome?

Ele acenou e deu um passo para trás.

— Giovanni's?

Sorri, ainda com Tyson em meus braços.

— Claro.

Meu olhar foi atraído para a porta outra vez, e vi Jess recostada contra o batente, com os braços cruzados. Houve um segundo em que o pensamento de colocar Tyson no chão e ir até ela para falar que estava namorando surgiu em minha mente. Não fiz isso, de qualquer forma. Nós estávamos divorciados, mas não estava planejando apresentar Reagan aos meus filhos esta noite e, honestamente, estava pouco me fodendo para Jess. Ao invés disso, apenas acenei e me virei para ajeitar meus filhos dentro do carro.

Depois de comermos uma torta inteira, levei meus filhos de volta para casa. Agora eu estava a caminho do apartamento de Reagan, e meu coração estava feliz. Tinha passado um tempo com meus garotos e estava indo ao encontro da minha mulher. Já fazia um bom tempo que não me sentia tão animado com minha vida.

Quando cheguei à sua porta, bati, segurando uma caixa com o restante das fatias de pizza. Segundos depois, ela abriu e me brindou com seu sorriso lindo.

— Eu preciso de uma chave — informei.

Ela deu um passo para trás, permitindo-me a entrada.

— É mesmo? Você não acha que está indo rápido demais, não?

Coloquei uma mão livre sobre seu rosto, percorrendo sua pele com meu polegar, e encarei aqueles olhos esmeralda.

— Talvez, mas você também não me devolveu a chave da minha casa. — Pressionei meus lábios contra os dela.

— E você as quer de volta?

Estendi a caixa de pizza.

— Não, flor. É exatamente isso que estou querendo dizer. Nós podemos ter recomeçado, mas certamente não estamos no início de um relacionamento.

Ela levou a caixa até a cozinha e eu a segui, vendo-a colocar uma fatia sobre um prato.

— E em que ponto estamos agora?

Eu sorri e enlacei seu corpo, pressionando suas costas contra meu peito. Descendo uma mão para a parte baixa de seu ventre, brinquei com o botão de seu jeans.

— Podemos estar *nesse* ponto.

Reagan riu e se virou, me empurrando de leve.

— Estou no meio de uma lição de casa.

— Então... nós podemos *estudar*. — Arqueei uma sobrancelha.

O som de sua risada me deixou mais duro ainda.

— Estou quase terminando, aí podemos *estudar*. — Ela voltou para a mesa, onde o laptop permanecia aberto, e levou o prato com a fatia de *pepperoni* que eu havia lhe trazido.

Gemendo, peguei uma garrafa de cerveja da geladeira e fui em direção ao sofá. Estava passando um jogo do Cubs na TV, de qualquer forma. Dois minutos depois, senti seu olhar sobre mim. A mesa de Reagan ficava no canto da parede atrás do sofá, então me virei e olhei por cima do ombro.

— O que foi?

— Lembra que te disse que estava tentando terminar um trabalho?

— Sim?

— Você está assistindo TV.

— E?

— Não consigo me concentrar com o barulho da televisão.

— Pensei que você estivesse quase acabando o dever...

— E estou. — Revirou os belos olhos verdes.

— Então qual é o problema?

— Estamos prestes a ter nossa primeira briga?

Virei-me por completo para olhá-la de frente, apoiando meus cotovelos sobre o encosto do sofá.

— O quê? Não!

— Tudo bem. Você pode me dar só uns quinze minutinhos, talvez vinte?

— Por que não me deixa te ajudar?

Ela sorriu e automaticamente fiquei mais relaxado. Não queria discutir com ela.

— Quero fazer isso por conta própria. Mas vou te pedir ajuda se estiver em dúvida com alguma coisa.

— Okay. — Desliguei a TV e fui até ela. Depositei um beijo em seus lábios antes de dizer:

— Vou tomar um banho.

DESCONHECIDO

Eu precisava de uma nova mulher para observar. Não, precisava de outra vítima. Tinha que parar de pensar nelas como mulheres. Elas eram minhas presas – meu grande prêmio naquele jogo recém-descoberto.

Deus, eu amava ser capaz de entrar em um computador e ver o que elas estavam fazendo através de suas webcams, sem que tivessem a menor ideia disso. Era tão fácil quanto foi conseguir acesso às chaves do apartamento de Amy. Cada estudante ou funcionário tinha um perfil no servidor da Universidade Lakeshore. É claro que o acesso ao portal era diferente para cada um, mas *eu* tinha acesso completo. Sempre que entrava um novo aluno ou funcionário, eles recebiam um e-mail com um link em anexo para que acessassem e cadastrassem uma nova senha. Cada link codificado me entregava de bandeja o IP e as senhas criadas. Cada um tinha seu próprio computador e quase sempre o usavam para gerar a nova senha. É claro que eles sempre poderiam utilizar os computadores da biblioteca ou de outro lugar, mas eu tinha um número suficiente de mulheres para observar, mesmo que isso acontecesse.

Loguei no banco de dados duplicado que criei, e comecei a percorrer os nomes, filtrando a lista para ter acesso apenas ao corpo de alunas. A foto de cada uma estava ao lado de seus nomes: Lisa Vitous, Ebonie Hill, Cherica Hasner, Sally Oey, Samantha Burch, Reagan McCormick. As cinco primeiras não estavam visíveis em suas webcams. No entanto, a Srta. McCormick... me dava uma verdadeira visão.

Eu não tinha como dar uma boa olhada no homem que estava andando atrás da mulher de cabelos escuros, mas continuei observando à medida que ele se inclinava e sussurrava algo em seu ouvido. Tive que me esforçar para conseguir ouvi-lo.

— *Agora?* — ele perguntou.

Ela pressionou o botão do mouse, esperando apenas por um segundo antes de inclinar a cabeça contra o peito dele.

— *Agora.*

O homem agiu com rapidez ao pegar a morena no colo, arrancando-a da cadeira e levando-a até o sofá. Foi somente naquele momento que percebi para quem eu estava olhando. Dizem que o mundo é pequeno e, enquanto eu observava o detetive responsável pela investigação da morte de Amy, apenas sorri de orelha a orelha. O quão estranho era aquilo? Nunca imaginei que teria um lugar na primeira fila para sua vida pessoal. O jogo tinha acabado de ficar mais excitante.

— *Você está usando muita roupa ainda.* — Ele retirou a camiseta da mulher.

Ela sorriu e estendeu a mão para trás, para desabotoar o sutiã.

— *E agora?*

— *Ainda está* vestida.

Eu tinha que concordar. Observar os dois estava me deixando com tesão. Continuei a olhar para a cena como *voyeur*. Porra, eu era isso mesmo. Observei a interação de Amy com alguns homens, sabendo que era melhor que todos eles, mas não desejava essa mulher, Reagan. Isso não me impediu de deslizar minha mão por dentro da minha roupa íntima, tocando-me devagar, enquanto ela se ajeitava acima do corpo do detetive. Eu não conseguia ver o movimento completo porque o encosto do sofá bloqueava minha vista, mas o mero pensamento de sua boceta sendo fodida era mais do que o suficiente para mim.

— *Porra...* — ele gemeu.

Meus olhos permaneceram colados aos seios dela, que balançavam para cima e para baixo à medida que o cavalgava. Minha mão moveu-se com rapidez, tentando encontrar o mesmo ritmo. Tinha que admitir que por mais que estivesse procurando alguém para espiar, não imaginava que teria tanta sorte. Eles começaram a se beijar, obstruindo minha visão dos seios fartos, mas continuei me masturbando enquanto os observava. Isto era melhor do que qualquer pornô que eu já tinha assistido. Saber que esses dois estavam fodendo naquele exato momento estava me deixando em um puta estado de excitação, e eu não pararia de olhar até que terminassem.

Reagan gozou com um gemido alto e agudo, trazendo-me de volta ao presente. Fiquei imaginando a que distância de mim ela se encontrava enquanto estava sendo fodida. Será que poderia estar no meu prédio? Na rua de baixo? Do outro lado da cidade? Fiz uma nota mental para checar depois nos arquivos da Universidade, a fim de descobrir o endereço dela, porque agora havia batido a curiosidade. Enquanto observava o detetive se levantar e apoiar o corpo dela contra o encosto do sofá, decidi que queria que eles soubessem que eu estava observando. Eles nunca me encontrariam, é claro. Se chegassem à conclusão de que os observei através da webcam, meu VPN, a rede de comunicações privada que teci ao redor do meu computador, os levaria a um rastro na China. Ou Japão. Ou Holanda, França... Ou...

Eles nunca me encontrariam.

O detetive alinhou o corpo ao dela, por trás. Estilo cachorrinho era o meu preferido. Observar uma mulher sendo fodida com força, ver as bolas batendo contra a boceta, fazia com que eu gozasse rápido, sempre que assistia. Fechei os olhos e minha mão começou a se revestir de gozo, à medida que eu acelerava o ritmo. Quando eu estava quase lá, Reagan olhou diretamente para a tela do computador. Como se soubesse que eu estava ali, observando-a... Enquanto nossos olhares se conectavam.

E então eu gozei.

Ao observar os dois terminarem aquilo que começaram, soube o que precisava saber. Reagan McCormick ganharia uma plaquinha de madeira minha.

CAPÍTULO 10

REAGAN

Trabalhar, assistir às aulas e sair com um *novo* cara fez com que eu me sentisse de volta aos meus vinte e poucos anos. No entanto, aquele malabarismo era meio exaustivo. Sinceramente, eu adorava o fato de estar namorando com Ethan. Sempre o amei. *Ainda* o amava. Cada momento que passávamos juntos fazia com que aquele amor se fortalecesse. Ele disse que não estávamos mais nos estágios iniciais, e eu tinha que concordar. Mas ainda era muito cedo para confessar que o amava, não era?

Nunca pensei que desejaria me casar de novo, mas, embora Ethan e eu estivéssemos reacendendo nosso romance, uma parte minha sempre acreditou que algum dia nós nos casaríamos. Claro que nunca pensei que haveria um divórcio para cada um e que estaríamos em nossos quarenta e tantos anos. Mas, e se Ethan nunca mais quisesse se casar? E se ele não quisesse um relacionamento longo e duradouro? Eu ainda teria que conhecer seus filhos, e talvez essa fosse a resposta que eu precisava. Talvez aquilo fosse só um passatempo. Se Maddie estivesse na cidade, eu a apresentaria a ele. Tudo bem que ela era mais velha e podia lidar com a mãe se envolvendo com outro homem, mas os garotos de Ethan ainda eram crianças e provavelmente não entendiam por que o papai e a mamãe já não moravam juntos.

Até que soubesse para onde nosso relacionamento seguiria, eu aproveitaria ao máximo. Já estávamos juntos há quase um mês e o sexo era muito melhor agora do que quando éramos adolescentes. Óbvio que era porque agora sabíamos o que estávamos fazendo e o que queríamos. Eu não me cansava dele. Era por isso que fazia questão de acordar no exato momento em que o alarme dele tocava, mesmo que não tivesse aula até as dez. Queria vê-lo sair para o trabalho, desejar boa-sorte em qualquer que fosse o caso que ele tivesse que pegar, me assegurando que já começasse o dia da *melhor* maneira.

Caímos contra os travesseiros, buscando fôlego.

Kimberly Knight

— Quem precisa de academia quando pode acordar desse jeito?

— Exatamente. — Eu sorri.

Ethan rastejou para fora da cama.

— É sério, sexo duas vezes por dia é um excelente exercício de cardio.

— Com certeza.

Ele se aproximou de mim, depositando um beijo suave em meus lábios.

— Volte a dormir, amor. Eu te vejo à noite no Judy's.

— Tudo bem. — Sorri de volta e puxei os lençóis para me cobrir, pronta para mais uma horinha de sono.

Afinal, eu não tinha conseguido dormir *muito* na noite anterior.

O Judy's estava lotado.

Isso era normal numa noite de quinta e eu conseguia boas gorjetas, o que fazia com que valesse a pena. Assim que pegasse meu diploma, tentaria arranjar um emprego como assistente de criminalística e então não precisaria trabalhar mais no bar. Queria trabalhar apenas com o que sempre sonhei. Mesmo que não soubesse a carga horária que porventura teria num emprego assim, conseguia me ver jantando com Ethan a cada noite. Conseguia nos ver desfrutando de finais de semanas preguiçosos onde poderíamos apenas assistir TV ou fazer alguma viagem a passeio — dependendo do número de casos que estivesse investigando, claro.

— Precisa de alguma coisa? — Derrick perguntou enquanto estocava mais copos limpos.

— Gelo, por favor.

Não olhei para cima, pois estava anotando a bebida que havia acabado de preparar para um cliente.

Ele chegou mais perto de mim e perguntou:

— Você gosta de comer gelo?

Hesitei ante sua pergunta e virei a cabeça para olhá-lo de frente.

— Por quê?

— Uma vez me disseram que quem come gelo está em abstinência sexual. — Deu de ombros.

Comecei a rir.

— Não... eu não como gelo.

— Então seu namorado está dando conta do recado?

Parei o que estava fazendo e o encarei friamente. Ele esteve flertando comigo desde o primeiro dia e sempre o descartei. Já estava ficando chato. Cheguei a uma distância ínfima dele e sussurrei em seu ouvido:

— Todas. As. Noites.

Virei-me de volta para o bar e perguntei ao cliente que havia acabado de chegar:

— O que posso pegar pra você?

Ele tinha mais ou menos a minha idade, e o cabelo castanho combinava com a cor dos olhos escuros.

— Uísque, puro.

— Alguma marca em especial?

Ele olhou para cima, vendo os rótulos das garrafas atrás de mim, e me virei percebendo que Derrick tinha saído fora.

— Uísque Irlandês.

Acenei e peguei um copo, depois a garrafa da bebida, despejando em seguida.

— Está sozinho aqui?

— É assim tão óbvio? — Ele sorriu.

— Não. Estou só puxando papo. — Ri.

— Justo. — Deslizei o copo com o líquido ambarino, pegando a nota que ele me entregou. — Está tendo uma noite agradável?

— Só um pouco cheia — respondi enquanto registrava a transação no sistema do caixa.

— Isso é bom, não?

— É, sim. Me avise se precisar de mais uma dose. — Fui em direção ao outro cliente. — Refil?

A loira olhou para sua taça de martini e depois para mim.

— Claro, por que não?

Comecei a fazer seu *Cosmo,* observando o homem sentado ao lado dela, encarando-a. Ela estava sozinha, ele também, e estávamos em um bar onde aparentemente as pessoas encontravam suas almas gêmeas. Pelo menos fora aquilo que Ethan me disse a respeito da irmã e do marido dela. Do tempo que estávamos juntos outra vez, eu ainda não tinha me encontrado com Ashtyn. Quando éramos mais novas, não costumávamos ser amigas. Ela era cinco anos mais nova que eu, e naquela época, essa diferença era considerada enorme, mas eu gostava dela. Ethan também tinha um irmão mais novo, Carter, que era dois anos mais novo que eu. Ele era o filho do meio e era médico, e eu também ainda não o tinha visto. Fiquei imaginando se eles já sabiam que eu e Ethan estávamos juntos. O que pensariam? O que os pais deles pensariam?

Antes que pudesse bancar a casamenteira, o homem que estava consumindo meus pensamentos entrou pela porta do bar. Nossos olhares se conectaram e simultaneamente sorrimos um para o outro. Meu coração começou a bater acelerado, repleto de emoção.

— Olá... — Ethan me cumprimentou, inclinando-se sobre a pequena fresta do balcão ao meu lado.

— Olá para você também. — Eu queria beijá-lo, puxar a lapela de seu terno e arrastá-lo por cima do tampo do balcão para plantar um beijaço em seus lábios, mas provavelmente aquilo não era apropriado no meio de um bar lotado. Então, ao invés disso, servi um copo de cerveja e deslizei até ele. — Como foi o trabalho?

Ele deu de ombros e tomou um gole da bebida escura.

— Se eu te contar, vou ter que te matar.

— Nós não queremos isso. — Eu ri.

— Não, não queremos. — Piscou e tomou mais um gole.

Senti meu rosto corar como o de uma adolescente. Quando percebi, Uísque Puro estava me encarando, e não mais à loira ao lado.

— Precisa de mais uma dose? — perguntei a ele.

O olhar escuro foi de mim a Ethan e voltou. Ele deslizou o copo à frente e disse:

— Claro. A saideira.

Servi-lhe outra dose de uísque e, mais uma vez, estava prestes a dar uma de cupido, mas um grupo de três mulheres cercou a loira, e minha noite se tornou mais agitada até que desse o meu horário e pude caminhar até Ethan.

Ethan e eu sempre tínhamos um delicioso café da manhã na cama, nos finais de semana que ele não ficava com os filhos. Depois disso, ele assistia TV ou trabalhava no caso que estava investigando, enquanto eu fazia as lições de casa ou conferia meus recados e compromissos da semana. Almoçávamos antes que eu tivesse que me arrumar para o trabalho. Okay, talvez houvesse uma sessão de sexo entre o café da manhã e o almoço. Nós estávamos, sim, no *início* de namoro, e não conseguíamos manter nossas mãos longe um do outro. E eu não estava reclamando, que fique claro.

Nem um pouco.

— No próximo final de semana... — Ethan fez uma pausa.

Levantei a cabeça de seu peito nu e apoiei meu queixo sobre ele, olhando diretamente para aqueles olhos azuis.

— Hum?

— Vou ficar de novo com meus filhos. — Ele puxou uma inspiração profunda.

— Eu sei. Vou ficar no meu apartamento, como fizemos no final de semana passado.

Ele começou a brincar com uma mecha do meu cabelo, distraidamente.

— Isto... — pausou outra vez — não é onde quero chegar...

— Okay? Então... onde você quer chegar?

— Eu... ah... — hesitou. — Eu nunca tive que fazer isso antes.

— Você está querendo dizer que quer me apresentar aos seus filhos? — Eu sorri.

Ele sorriu de volta.

— Sim. Era isso o que estava tentando pedir...

Ergui o corpo mais ainda, até que estivesse sentada escarranchada sobre ele.

— Eu adoraria.

— É claro que tenho que avisar Jessica primeiro.

— Entendo. — O fato de Ethan pedir para que eu conhecesse seus filhos já era um grande passo. Aquilo significava que não estávamos apenas nos divertindo, que estávamos nos relacionando a sério. Eu o beijei. — Alguém mais sabe que estamos juntos?

— Você quer dizer minha família?

Acenei.

— Sim. Quero dizer... se eu conhecer seus filhos, eles acabarão descobrindo, não é?

Ethan me puxou para baixo, fazendo com que eu soltasse um gritinho quando nos rolou na cama para que pudesse ficar no topo.

— Não se preocupe com eles, flor. Vão aceitar numa boa.

— Tem certeza disso?

— Eu não vou mentir... Eles sabem que você quebrou meu coração, mas vão superar.

Senti meu coração afundar.

— Eu quebrei meu próprio coração também.

Pressionando os lábios contra os meus, ele disse:

— Eu sei. Nós não precisamos falar disso. Eles vão pensar que foi o destino, já que Ash conheceu Rhys no Judy's.

— Então nós deveríamos fazer um jantar ou sair, sei lá, com eles. Eu adoraria vê-los outra vez.

— Jura? — Ele sorriu.

— Nós não somos mais crianças, querido. Acho que posso lidar com um encontro, quer dizer, um reencontro, com sua família — bufei.

Mesmo que eles me criticassem por ter magoado seu filho, tudo tinha dado certo ao final, não é? Quero dizer, ele conheceu Jessica e teve seus dois filhos. Não era como se tivesse ficado amargando uma fossa por mim pelos últimos vinte e três anos.

— Tudo bem. Vou organizar tudo certinho e te avisar. — Ethan me beijou outra vez.

Tudo estava entrando nos eixos. Pelo menos, eu achava que sim.

— Então, temos mais uma coisa pra fazer.

— E o que seria?

Virei nossos corpos outra vez, de forma que agora eu pudesse estar por cima, e alcancei minha bolsa no criado-mudo. Peguei o molho de chaves e retirei a cópia que havia feito na quarta-feira, quando ele estava com os filhos.

— Você precisa da sua própria chave.

— Já não era sem tempo. — Pegou a cópia da minha mão.

Não era como se eu não quisesse ter entregado antes a chave do meu apartamento. Eu ainda estava com as chaves dele, e confiava em Ethan com a minha própria vida. Eu realmente não tinha uma reserva, já que Maddison havia ficado com ela. O que significa que precisei fazer uma visita ao chaveiro.

— Isso mesmo. Agora, cala a boca e me beija.

Toda manhã, antes da primeira aula, eu dava uma passada na cafeteria do *campus* para tomar um copo de *capuccino*, mesmo que já tivesse tomado uma xícara de café em casa, como de hábito.

Precisava de cafeína extra no meu sistema, para que pudesse enfrentar a jornada do dia. Ainda que me sentisse como se estivesse de volta aos meus vinte anos, sabia que não estava, e ficar acordada até tarde, com poucas horas de sono, estava começando a me afetar. Isso não significava que pararia de fazer qualquer uma das coisas, porque amava minhas sessões matinais com Ethan.

— Bom dia, Reagan. O de sempre? — Krystal, a barista, perguntou.

Sorri de volta. Era nítido que eu vinha aqui cinco vezes por semana.

— Sim, obrigada. — Entreguei meu cartão de crédito. Quando me virei, acabei esbarrando em alguém. — Opa, desculpa — balbuciei.

— Está tudo bem — o homem respondeu.

Olhei para cima e dei de cara com os olhos do Sr. Uísque Puro; acabei lhe dando um sorriso caloroso.

— Oh...

Ele deu uma parada, como se estivesse tentando se lembrar de onde me conhecia.

— Você é a bartender do Judy's, não é?

— Eu mesma — concordei, ainda sorrindo.

— Bem que achei você familiar quando entrei aqui.

— Você... estuda por aqui?

Eu não queria insinuar que ele trabalhava ali, já que eu mesma, na minha idade, estava na Universidade para estudar. Talvez ele estivesse estudando também, tentando fazer alguma pós-graduação para conquistar o trabalho dos sonhos.

— Na verdade, eu trabalho aqui.

— Ah, claro. — Sorri de volta.

— Você *estuda* aqui?

— Sim. — Sacudi a cabeça.

— Sério? Qual é a sua especialização?

— Bom, estou quase terminando Criminalística.

Ele hesitou, como se minha resposta não fosse a esperada.

— Você gosta de assassinatos ou coisas desse tipo?

Comecei a rir.

— Sempre foi um assunto que me interessou.

Ele se aproximou mais de mim e falou, em um tom de voz quase inaudível:

— Então... você é uma assassina?

— O quê? — Ri mais alto. — Não! Eu quero solucionar crimes, não cometê-los.

— Sem querer ser abusado, mas não me importaria nem um pouco de ser algemado por você.

Como é?

— Reagan, seu *cappuccino* de baunilha — Krystal informou.

Fui até o balcão e peguei minha bebida, virando-me para olhar para o Sr. Uísque Puro.

— Tenha um bom-dia.

— Você também. — Ele sorriu, gentil.

Saí da cafeteria, caminhando contra a brisa suave. O tempo estava começando a esfriar com a chegada do outono. Enquanto caminhava para chegar ao prédio onde teria minha aula, liguei para o celular de Maddison, sabendo que naquele horário ela estava no intervalo. Já fazia alguns dias desde que tínhamos nos falado. Ela era jovem, tinha acabado de entrar na universidade, então eu evitava ligar nos finais de semana.

— *Oi, mãe* — disse ao atender o telefone.

— Oi, querida. Como foi seu final de semana?

— *Foi legal.*

— Foi para alguma festinha?

Ouvi a risada do outro lado da linha.

— *Sim.*

— Só tenha cuidado, okay? — Tomei um gole da minha bebida.

— *Sempre. E você, está sendo cuidadosa? Afinal, você está na faculdade também.*

— Não acho que esses garotos queiram uma quarentona em suas festas. — Eu ri.

— *Eles estarão tão bêbados, que nem perceberão a sua idade.*

— Talvez... — Sorri enquanto tomava mais um gole. — Antes de desligar, tem uma coisa que quero falar pra você...

— *Tudo bem...*

Respirei profundamente. Não porque não quisesse contar sobre Ethan, mas porque nunca havia namorado alguém desde o divórcio.

— Estou saindo com uma pessoa.

Ela fez uma pausa do outro lado.

— *Não é um aluno, é?*

— O quê? Não! — bufei.

— *É alguém do bar onde você trabalha?*

— Bom, mais ou menos... Mas ele não trabalha lá.

— *É um cliente?*

— Ele... ele é mais do que isso.

— *Como assim?*

Bebi mais um pouquinho do *cappuccino* antes de dizer:

— Algumas semanas atrás, meu antigo namorado do colégio entrou no bar, e desde esse dia, estamos nos vendo de novo.

— *O quê? Mãe! Isso é... isso é sensacional!*

Meus ombros perderam a rigidez imediatamente, e senti a tensão abandonar meu corpo. Sorri ao pensar em Ethan.

— Sim. É mesmo.

— *Será que vou conhecê-lo no Dia de Ação de Graças?*

— Espero que sim.

Ela tinha programado me visitar no feriado. No Natal, Maddie iria para Denver, para passar o dia com o pai, e o restante dos dias seria comigo até que tivesse que voltar às aulas no final de janeiro. Achei que ia querer passar mais algum tempo com os amigos da escola, no Colorado, mas ela decidiu que queria vir para Chicago. Eu não diria a ela para não vir. Estava animada para que conhecesse Ethan, assim como eu estava para conhecer seus filhos.

Esta não era a vida que planejei anos atrás, quando Ethan e eu fomos namorados de colégio. Mas agora que estávamos juntos, não mudaria absolutamente nada.

Kimberly Knight

CAPÍTULO 11

ETHAN

Eu não estava nervoso porque Reagan ia encontrar minha família outra vez. Eles sabiam que ela tinha partido meu coração, mas sempre gostaram dela quando éramos mais jovens. As pessoas crescem, mudam, seguem em frente. Isso ficou claro quando conheci Jessica. É óbvio que ela sempre seria a mãe dos meus filhos, mas o que senti por ela nem sequer se comparava aos sentimentos que eu tinha e *ainda* tenho por Reagan.

Uma vez por mês, minha família combinava um jantar com todos juntos, e por conta de a quarta-feira ser o meu dia com os meninos, acabou que aquele foi instituído o dia para tal encontro. Às vezes Rhys não comparecia, quando havia jogos do BlackHawks; Carter também, se uma cirurgia de emergência surgisse, mas na maioria das vezes, sempre conseguíamos conciliar.

Eu queria adicionar mais uma pessoa àquela reunião de família.

— *Oi, mãe* — *cumprimentei quando liguei na segunda de manhã.*

— *Oi, querido. Está tudo bem?*

— *Sim. Escuta... estou ligando para dizer que... que vou levar uma pessoa, além dos meninos, no jantar de quarta.*

— *Oh...* — *ela suspirou.*

— *A senhora se lembra da Reagan?*

— *Reagan Hunter?* — *disse sem pestanejar.*

— *Sim. Mas ela tem um nome diferente agora.* — *Eu sorri.*

— *Por que está casada?*

— *Divorciada.*

— Oh... — suspirou outra vez. Daquela vez senti um traço de esperança em sua voz, então fiquei mais aliviado.

— Nós estamos... namorando de novo.

Mamãe puxou uma inspiração profunda, antes de soltar:

— Jura?

— Tudo bem. — Fiquei de pé e peguei meu blazer, antes de dizer para Shawn: — Te vejo pela manhã.

— Droga. Nem percebi que já são quase cinco. — Conferiu o relógio de pulso.

Estávamos trabalhando todas as horas possíveis para solucionar o caso de Amy, mas ainda não tínhamos nenhuma pista. Tínhamos a esperança de que alguma testemunha aparecesse, no entanto, nada aconteceu, e o rastreio por conta do acesso à webcam não nos levou a lugar nenhum. A pessoa – ou pessoas – era simplesmente boa demais no que fazia, mascarando sua localização, e nenhum dos endereços de IP registrados deu qualquer pista.

— Quando eu vou conhecê-la?

Eu já tinha começado a caminhar até a porta, mas a pergunta de Shawn fez com que eu estacasse em meus passos.

— Quem? Reagan?

— É. — Sacudiu a cabeça.

— Segunda. — Dei um sorriso enviesado.

— O que tem a segunda?

Ah, certo. Com tudo o que estava acontecendo, esqueci de dizer a ele que a levaria para uma ronda. Além do mais, os dias estavam passando acelerados.

— Vou levá-la para uma ronda.

— Sério?

— Sim. Quer vir junto?

— Claro. — Ele riu. — Podemos dar a experiência completa e um passeio na viatura.

Comecei a rir.

— Acho que ela vai adorar isso.

Despedimo-nos e dirigi até a casa de Reagan, já que precisava pegá-la antes de buscar os garotos para irmos até a casa dos meus pais. Logo após a ligação para minha mãe, informando que levaria uma companhia para jantar, telefonei para Jessica. Eu não precisava da permissão dela nem nada, mas, por uma questão de respeito, preferi informar que apresentaria Reagan aos nossos filhos. Estávamos separados e divorciados há bastante tempo e, além do mais, ela também já havia namorado outras pessoas.

— *Alô?* — *ela atendeu.*

— *Oi, sou eu.*

— *O que houve?*

Respirei profundamente e falei de uma vez:

— *Estou namorando outra mulher, e ela vai comigo para o jantar mensal na casa dos meus pais.*

Silêncio preencheu a ligação.

— *Jess?*

— *Desculpa* — *fez outra pausa* —, *você está pedindo minha permissão?*

— *Não. Estou apenas informando que os meninos vão conhecer minha nova, quer dizer, não realmente nova, namorada.*

— *Então vou apresentá-los ao meu namorado também.*

— *Tudo bem* — *concordei.* — *Faça o que quiser.*

Assim que estacionei na garagem do prédio de Reagan, percebi que tinha chegado mais cedo do que o previsto e ela não estava à minha espera nas escadarias, como o planejado. Mas tudo bem. Eu tinha a minha chave.

Entrando em seu apartamento, encontrei-a sentada à mesa, em frente ao laptop.

— Está pronta, flor?

Ela olhou para tela, provavelmente conferindo a hora, e respondeu:

— Sim. Só preciso salvar o arquivo e colocar meus sapatos.

Fiquei parado atrás dela, que olhou para mim. Depositei um beijo em seus lábios.

— Espero que esteja com fome. Minha mãe costuma dar uma exagerada.

— Estou faminta.

— Ótimo. Ah, eu recebi a permissão para levá-la numa ronda. Segunda, depois das suas aulas, vamos dar uma volta por algumas horas e ver o que aparece.

— Oba! — gritou, levantando-se e enlaçando meu pescoço. — Você acabou de tornar essa noite muito melhor.

— Que bom. Agora, é hora de encontrar e reencontrar os Valors. E também, Rhys.

— E Jessica.

— Jessica? — Pisquei sem entender.

— Estou prevendo que ela vai sair de casa para dar uma conferida em mim.

Gemi e olhei rapidamente para o teto, antes de responder:

— Sim, acho que ela vai acabar fazendo isso. Sabe como é, para ter certeza de que você não é alguma espécie de assassina ou criminosa, mesmo eu sendo um policial.

Reagan riu alto.

— Segunda-feira, um cara me perguntou exatamente isso: se eu era uma assassina.

Hesitei por um momento.

— Sério? Por quê?

Ela deu um passo para trás.

— Era um cliente do Judy's. Ele trabalha no *campus* da universidade, sei lá.

— E como a conversa acabou descambando para você ser ou não uma assassina? — Franzi o cenho.

Ela riu mais uma vez e caminhou até o quarto, comigo em seu encalço.

— Ele perguntou qual era a minha especialização, e eu disse que estava estudando para ser criminalista. Ele brincou comigo e perguntou se eu era fascinada por homicídios.

Encostei-me contra o batente da porta, observando-a calçar as botas.

— Você falou para ele que seu *namorado* é um tira e possivelmente não gostaria desse tipo de brincadeira?

— Não. A conversa não se prolongou a esse ponto.

— Se você o vir novamente, faça o favor de dizer isso.

Reagan se levantou e segurou meu rosto entre as mãos quentes.

— Você não tem nada com o que se preocupar. Você é o único homem que eu quero. — Ela sorriu.

— Bom mesmo.

Eu não queria parecer tão possessivo, mas não estava a fim de perder Reagan uma segunda vez. Nunca mais queria me afastar dela.

— Posso marcar meu território quando formos pegar seus filhos? — ela caçoou, passando por mim para pegar sua bolsa em cima da mesa da cozinha.

— Somente quando se trata de Jess, e não dos meus garotos.

— Eu sei que seus filhos são sua prioridade.

— Eles são — concordei. Apontei o polegar acima do meu ombro, enquanto nos dirigíamos para a porta. — Você não vai desligar o computador?

— Não precisa. Daqui a pouco ele entra no modo hibernação.

Segurei-a pelo pulso, fazendo com que ela parasse onde estava.

— Eu me sentiria melhor se você o desligasse — eu disse, coçando minha nuca.

— Por quê? — Piscou em surpresa.

— Estou trabalhando num caso agora e, aparentemente, alguém estava observando a vítima pela webcam.

— Sério? — Reagan se engasgou.

— Sim. Na verdade, para me deixar mais tranquilo, nós vamos cobrir a câmera da sua tela com fita adesiva ou qualquer coisa quando voltarmos.

Eu não achava que alguém estivesse espionando Reagan, mas saber que alguém *poderia* fazer isso sem que soubéssemos, fez com que um arrepio percorresse pela minha pele.

Especialmente se eu pensasse que poderia ser Reagan quem estava sendo observada.

Encostei na calçada da minha antiga casa e respirei profundamente antes de desligar o carro.

— Pronta? — perguntei.

— Claro. Estou ansiosa para saber como as crias de Ethan Valor se parecem.

Comecei a rir e ambos descemos da caminhonete. Ao contrário dos outros dias, meus filhos não saíram correndo de casa. Eu sabia que era por causa de Jess, agindo como uma cadela e os mantendo ali dentro, obrigando-me a levar Reagan até a porta. Segurei a mão da minha namorada e bati suavemente. Era estranho ter que bater à porta de uma casa que costumava ser minha, mas eu não daria munição a Jessica naquele joguinho estúpido.

Não mesmo.

A porta se abriu de uma vez e Tyson estava parado ali, sorrindo de orelha a orelha. Soltando a mão de Reagan, me ajoelhei para envolver meu filho mais novo em meus braços.

— Oi, amigão.

— Mamãe disse que você tem uma namorada.

Eu ri e ergui o olhar para Reagan. Ela estava olhando para baixo, sorrindo. Como eu, Reagan se ajoelhou também.

— Sim, esta é a Reagan, minha namorada.

— É um prazer finalmente conhecer você, Tyson. Seu pai me disse que você gosta de andar de patinete.

Ele sacudiu a cabeça várias vezes, com um sorriso enorme no rosto.

Cohen deu um passo para fora de casa e me abraçou rapidamente.

— Oi, campeão. Esta é a Reagan.

Ela apontou o dedo para Cohen, dizendo:

— E você ama joguinhos de luta, assim como gosta de jogar Uno. Seu pai disse que é impossível ganhar de você, especialmente nos jogos de luta.

Ele sorriu de leve.

— É verdade.

Ambos nos levantamos quando Jessica apareceu à porta.

— Jess. — Acenei.

— Oi, eu sou a Reagan. — Ela estendeu a mão, com um sorriso enorme no rosto. — É um prazer conhecer você.

— Certo — Jess cortou, mas estendeu a mão de volta para se cumprimentarem.

— Tudo bem. É hora de irmos para a casa do vovô e da vovó — declarei e agarrei a mão de Tyson.

— Tchau, mãe — os dois disseram enquanto nos afastávamos.

Depois de ajeitá-los no cinto de segurança, sentei-me atrás do volante, dando partida.

— Correu tudo bem.

Reagan riu com sarcasmo.

— Se um olhar pudesse matar...

— Certo.

Mulheres eram estranhas. Eu ainda não as entendia, e tinha quarenta e dois anos. Jessica *me* deixou. *Ela* não me queria mais, mas provavelmente também não queria que eu tivesse outra pessoa. Mulheres e seus joguinhos.

Os garotos estavam com seus *iPads* durante todo o tempo que dirigi para a casa dos meus pais. Eu tinha fé de que o encontro com minha família também transcorreria bem. *Tranquilo.*

— Quem quer cachorro-quente? — gritei, olhando para os meus filhos através do espelho retrovisor.

— Eu quero! — os dois exclamaram.

— Vamos comer cachorro-quente? — Reagan perguntou.

— O quê? Você não gosta de carne *misteriosa* em formato de salsicha? — Comecei a rir.

— Eu gosto. Mas cachorros-quentes picantes são os meus preferidos.

— Então qual é o problema?

— Nada... eu só queria saber.

— Os cachorros-quentes são para os garotos. Meu pai vai grelhar uma picanha, e minha mãe provavelmente está cozinhando para um exército.

O açougueiro do meu pai sempre preparava os pedaços de carne com o corte californiano, que era excelente para peças de picanha. Era delicioso e suculento, e eu amava quando ele grelhava para nós.

— Eles ainda moram aqui? — Reagan perguntou enquanto eu estacionava rente à calçada da casa em que cresci.

— Sim. — Desliguei o carro.

Descemos do veículo e Cohen correu na frente, já que ele não precisava se desafivelar de uma cadeirinha especial. Tyson passou por nós logo depois, e meus meninos entraram na casa sem bater à porta. Eu tinha certeza de que estavam indo direto para Rhys, como sempre faziam, tentando descobrir se ele havia trazido alguma coisa com a logo do BlackHawks.

— Última chance de voltar atrás — zombei.

Reagan bufou.

— O que poderia dar errado?

Essa frase é célebre, não é mesmo?

CAPÍTULO 12

REAGAN

Entramos na casa onde perdi minha virgindade, de mãos dadas.

Na noite em que isso aconteceu, Carter estava dormindo na casa de um amigo, e os pais de Ethan estavam assistindo a alguma peça de teatro na escola de Ashtyn. Estava tudo escuro, e a única iluminação provinha da tela da TV. Ethan e eu trocávamos amassos no sofá e passamos dos beijos ardentes na sala para o seu quarto no piso superior.

Ele acendeu a luz do quarto assim que entramos.

— Tem certeza disso? — perguntou.

Balancei a cabeça afirmativamente.

— Sim. Quero compartilhar todas as minhas primeiras vezes com você.

— Mas podemos esperar até que esteja pronta.

— Eu estou pronta. Juro.

Nós começamos a nos beijar de novo. Ethan fez com que eu me deitasse de costas e apagou as luzes. O brilho das estrelas fluorescentes iluminou o teto, quando abri os olhos rapidamente.

— Você tem estrelas que brilham no escuro? — perguntei o óbvio, já que estava olhando para elas.

Ele suspirou, resignado, e percebi que estava olhando para o teto também.

— Ashtyn me deu de presente de aniversário alguns anos atrás. Ela tinha oito, e eu não pude dizer para ela que um garoto de quatorze anos não estava a fim de ter adesivos brilhantes no teto. Ela me fez colar um por um.

— E você ainda as manteve? — Sorri, olhando de volta para os adesivos em neon que ele deixou no mesmo lugar. Ele realmente era um irmão mais velho maravilhoso.

Kimberly Knight

— *Ela teria chorado se eu as tirasse daí. Ela também colou estrelas no quarto dela e no de Carter.*

— *Eu sempre quis que minha primeira vez fosse debaixo das estrelas. Isso é... perfeito.*

Nós não falamos muito depois disso, mas foi um momento maravilhoso. Quando penso naquela noite, sempre me recordo das estrelas que eu encarava por cima de seu ombro enquanto fazíamos amor pela primeira vez. Com o passar dos anos, sempre que olhava para o céu escuro e estrelado, me perguntava sobre o que Ethan deveria estar fazendo, ou se ele também ainda pensava em mim.

Entrando na casa antes tão familiar para mim, percebi que ainda cheirava a lavanda e baunilha, e a sensação era a de que eu estava entrando na casa de meus próprios pais, e não na residência de estranhos. Parecia que todos estavam na sala de estar, à nossa espera. A mãe de Ethan, Shannon, foi a primeira a se levantar do sofá com um imenso sorriso no rosto.

— Reagan! — Ela me envolveu em seus braços. — É tão bom vê-la outra vez.

— Oi, Sra. Valor. É bom vê-la de novo também. — Eu sorri.

Ela se afastou um pouco, com as mãos apoiadas em meus braços.

— Somos todos adultos agora. Você pode me chamar de Shannon.

— Tudo bem. — Meu sorriso se alargou. Antes de se afastar por completo, ela ainda me deu um outro abraço.

O pai de Ethan foi o próximo e eu o abracei da mesma forma. Carter e a esposa, Rachel, apertaram minha mão em um cumprimento.

— É bom te ver de novo — Carter disse.

— Você também.

Ashtyn se aproximou com um bebê adormecido nos braços. Ethan havia mencionado que ela acabara de dar à luz a uma menininha, cerca de um mês atrás, e ainda estava de licença-maternidade.

— Eu era muito nova quando nos conhecemos, mas ainda me lembro de você. É um prazer te ver outra vez.

Eu sorri e nós nos abraçamos com cuidado, para não acordar o bebê.

— Eu me lembro de você, e sim, é um prazer te ver de novo. Quem é esta? — Passei o dedo suavemente sobre a mãozinha fechada.

— Esta é minha filha, e este é meu marido, Rhys.

Rhys se levantou e estendeu a mão para um aperto.

— Prazer te conhecer.

— O prazer é meu — ele respondeu.

— A filha de vocês é linda.

— Obrigada — Ashtyn respondeu.

— Qual é o nome dela?

— Jeremy — Rhys informou.

Eu sorri e olhei ao redor da sala, discretamente, porque não estava certa se tinha entendido direito. Jeremy para uma menina? Olhei para Ashtyn e Rhys outra vez.

— Jeremy?

— Dei o nome do meu ídolo a ela — Rhys respondeu. — E sabemos que é meio incomum para uma garota, mas não estamos nem aí. Demos o nome do nosso filho em homenagem ao avô de Ashtyn, escolha dela, então agora era a minha vez de escolher para nossa filha.

— Eu achei fofo — declarei. Sabia que existiam garotas por aí com os nomes de Spencer, Ryan, Avery, Billie, Blake e outros.

— Também achamos. — Ashtyn beijou o topo da cabecinha do bebê.

Meu coração derreteu. Eu tinha saudade dos tempos em que tinha um recém-nascido nos braços. E isso foi há muitos anos, dado que Maddison faria dezenove em poucos meses, mas meu lado materno ficou encantado com o momento terno.

As crianças correram para uma escada que supus levar ao sótão. Da última vez que estive ali, era um lugar cheio de jogos. Os risos e gargalhadas eram audíveis, e aquilo fez com que meu coração se aquecesse mais ainda. Os Valors tinham uma família feliz e bem próxima, e eu amava isso. Meus pais só viam Maddie nos feriados e em algumas semanas nas férias de verão. Eles moravam em Chicago quando estávamos vivendo em Denver e, agora que moravam na Flórida, ficavam mais longe ainda de Michigan e Illinois.

— Agora que todo mundo se cumprimentou, que tal checar se o jantar já está pronto? — Ethan perguntou, colocando o braço sobre meus ombros.

— Estamos apenas esperando a carne — Shannon disse e olhou para o marido.

Glen conferiu as horas no relógio de pulso.

— Mais uns quinze minutinhos e podemos tirar, depois é só deixar descansar por mais dez.

— Beleza, isso é tempo suficiente para uma cerveja ou duas — Ethan disse. — Você quer uma?

— Claro — respondi e o segui.

Depois de todos servidos com suas bebidas, os caras foram para o quintal, enquanto nós mulheres ficamos na sala, junto com a dorminhoca Jeremy no chiqueirinho. Para mim estava ótimo permanecer na casa quentinha, enquanto os homens faziam seja lá o que fazem do lado de fora, no frio. Além do mais, aquilo me dava tempo para conhecer um pouco mais a mãe e irmã de Ethan.

— Então... — Ashtyn começou enquanto ajudava a mãe a retirar vários ingredientes da geladeira para fazer os acompanhamentos. — Você já conheceu a Jess?

— Sim. — Percebi que Ashtyn trocou um *olhar* com Rachel. — O que foi? — perguntei.

— Ela sempre foi uma metida — Rachel soltou. Ficou claro que ela não estava nem aí em falar mal de uma pessoa que já fizera parte da família. — Estou imaginando como ela deve ter tratado *a outra*.

Olhei para Shannon rapidamente, tentando avaliar sua reação. Ela deu de ombros, mas não disse nada enquanto preparava a salada. Tomei um gole da cerveja antes de responder:

— Ela me disse uma única palavra e apertou minha mão.

— Essa única palavra foi um xingamento? — Ashtyn perguntou.

— Tipo: puta? — Eu ri.

— Isso mesmo — respondeu.

— Não. Eu me apresentei, disse que era um prazer conhecê-la, e ela apenas disse: certo.

— Foi tudo o que ela disse? — Rachel insistiu.

Bufei.

— Isso foi tudo o que ela disse com palavras.

Não queria falar mal da ex-mulher de Ethan – mãe dos filhos dele –, mas ela estava visivelmente irritada por ele estar namorando de novo. Eu mesma não sabia se ela estava namorando outra pessoa também, porque não fiz questão de saber. No entanto, no instante em que Tyson abriu a porta, Jessica me encarou o tempo inteiro, como se estivesse me avaliando.

— Ela te xingou. Certeza — Ashtyn atestou.

— E provavelmente está fazendo uma boneca vudu agora mesmo, enquanto estamos aqui conversando — Rachel brincou.

— Pode ser, mas ele foi meu primeiro e será o meu último.

Eu não tinha como garantir que esta última sentença era verdadeira. Nós não havíamos trocado nenhuma jura de amor desde que estávamos juntos outra vez, mas eu sabia que não queria mais viver sem ele estar presente na minha vida. Não poderia dizer o que faria se caso nos reencontrássemos e ainda estivéssemos casados com nossos respectivos parceiros, mas tinha certeza de que lutaria com unhas e dentes para ficar com ele.

Antes que mais alguma coisa fosse dita, os homens trouxeram a picanha. As crianças estavam sentadas em uma mesa designada a elas e o restante de nós se sentou à mesa do jantar. Nós comemos, bebemos um pouco e rimos bastante.

— Vocês querem nos acompanhar ao Karaokê? — Rhys perguntou, apontando o garfo para mim e Ethan.

— Isso! Vai ser tão divertido! Venham com a gente... — Ashtyn se agitou.

— Alguns de nós temos que trabalhar de manhã — Ethan retrucou.

— E estudar — completei.

— Pooor favooor — Rhys insistiu, revirando os olhos. — Quando foi a última vez que você deixou de ser todo certinho, Eth?

Engoli a risada. Ethan era o mais velho dali, com exceção de seus pais, e, além do mais, era um policial. Era nítido que ele sempre estava consciente e atento a tudo ao redor, e aquilo significava que precisava ser o mais certinho de todos. Mas eu conhecia outro lado dele. Quando estávamos sozinhos entre quatro paredes, o Ethan engraçado aparecia. O *verdadeiro* Ethan Valor.

— Você gostaria de ter um tira com ressaca investigando seu assassinato? — Ethan devolveu.

— Nós falamos Karaokê, não uma balada — Ashtyn cuspiu. — É nossa primeira noite desde que Jeremy nasceu. Uma noite para se divertir.

Ethan inclinou o corpo para frente, apoiando os cotovelos sobre a mesa.

— Tudo bem, mas, para que eu suba no palco e cante alguma coisa, tenho que estar bêbado.

— Você quer vir? — Ashtyn me perguntou, ignorando seu irmão.

— Eu... eu... — Eu não estava na cidade a tempo suficiente para dar algum palpite, mas achava que Karaokê seria legal, embora nunca tenha me aventurado em um. Eu queria me divertir. No entanto, sabia que Ethan precisava estar na delegacia às oito. Olhei para ele, ao meu lado. — Eu gostaria muito, mas sei que você tem que acordar cedo.

— Apenas venham — Rhys pressionou. — Vamos ficar até umas onze, no máximo, meia-noite.

— E as crianças? — Ethan quis saber.

— Nós nos oferecemos para ficar com elas enquanto eles se divertem essa noite — Shannon acrescentou.

— Eu fiquei de entregar os meninos às oito — Ethan disse. Eram quase sete da noite.

— Você pode deixá-los lá e depois nos encontrar no bar — Ashtyn sugeriu. — Você mora bem ali pertinho.

Ethan olhou para mim de volta e deu de ombros.

— Pode ser divertido.

Ele se virou para encarar o irmão, Carter.

— Não olhe para nós — Carter protestou. — Estou de plantão, lembra?

— Se eu tenho que ir, você também tem — Ethan afirmou. — Você pode muito bem ir lá e cantar alguma merda.

— Estamos dentro! — Rachel exclamou, eufórica, sem nem ao menos esperar o marido responder.

— Então está combinado. Todos nós vamos — Rhys declarou.

Fui com Ethan deixar os garotos em casa. Enquanto ele os guiava até a porta, fiquei esperando na caminhonete. Jessica os esperava e conversava com Ethan, com os braços cruzados. Eles conversaram por um tempo longo demais, mas os dois tinham filhos juntos, e eu não podia deixar que aquilo me afetasse.

Após vários minutos, ele finalmente voltou para o carro.

— Está tudo bem? — perguntei.

Ele riu e deu partida no veículo.

— Ela está com ciúmes.

— De mim?

— De nós.

— Mas ela pediu o divórcio — eu o lembrei, como se aquilo fosse necessário.

— Ela não quer me ver feliz. — Ele saiu com o carro para a rua.

Eu dei uma risadinha debochada, olhando para ele e vendo o brilho amarelado dos postes de iluminação, a cada vez que passávamos por um.

— E você está feliz?

Ele sorriu largamente, entrelaçando nossos dedos, para então depositar um beijo nas costas da minha mão.

— Mais que feliz, flor.

— Eu também.

Ficamos em silêncio por um momento até que Ethan soltou minha mão e encostou o carro na calçada, no bairro pelo qual passávamos.

— O que fo...

— Eu preciso... preciso dizer algo a você. — Estacionou mais à frente e desligou a ignição.

— Tudo... bem? — Engoli em seco.

Ele se virou devagar para me encarar o melhor que dava no espaço contíguo. E mais, ainda estávamos com nossos cintos afivelados. Fiquei nervosa na mesma hora. Havíamos tido uma noite excelente na casa de seus pais, e estávamos indo ao encontro de seus irmãos e cônjuges para mais um pouco de diversão. Era assim que eu imaginava que minha vida com Ethan seria. No entanto, quanto mais eu esperava que ele falasse o que queria, mais eu questionava tudo isso. Ele havia acabado de falar que estava feliz, mas por que então parecia tão nervoso? Ele queria terminar comigo, da mesma forma que terminei com ele?

Ethan segurou minha mão outra vez.

— Não era assim que eu queria fazer isso, mas não dá pra esperar mais.

Engoli em seco, olhando para o meu colo.

— Basta dizer. Somos adultos. Eu posso lidar com isso.

— Eu não estou terminando com você.

Meu olhar se virou para o dele. Quase não conseguia enxergar os olhos expressivos na escuridão da noite, mas havia luz suficiente para ver que estava sorrindo. Meu coração imediatamente começou a se acalmar, como se uma onda suave houvesse acabado de passar por mim.

— Não?

— Meu Deus, não. — Ele balançou a cabeça.

— Então por que você está tão nervoso, e por que estamos parados aqui no meio do nada?

— Eu só não consigo esperar mais... Preciso te dizer que... — Ele respirou profundamente.

— O quê? — eu o incitei.

Ethan segurou meu rosto entre as mãos, passando o polegar pelo meu lábio inferior.

— Eu só quero que você saiba que ainda sou completamente apaixonado por você, flor. Acho que nunca deixei de estar e não quero que minha ex-mulher se coloque entre nós. Aquilo ali acabou. Já acabou há anos e não quero ninguém além de você. Eu sempre te quis. Só você.

Eu me derreti. Bem ali, no banco da frente do seu Ford F150, fiquei totalmente liquefeita ante sua declaração. Sabia que se tivesse que descer daquela cabine, eu despencaria no chão, porque podia sentir meus joelhos fracos.

— Eu também te amo. — Sorri calorosamente.

— É mesmo? — Ele sorriu de ponta a ponta.

— Como você mesmo disse, nós não estamos nos estágios iniciais do nosso relacionamento. É difícil saber se estamos indo muito rápido, mas o que posso afirmar agora é que também nunca deixei de amar você.

Sem mais nenhuma palavra, ele se inclinou, pressionando os lábios contra os meus. Nossas bocas brincavam uma com a outra, como se ambos estivéssemos livres e um peso tivesse sido retirado, e agora pudéssemos finalmente expressar nossos reais sentimentos. Coloquei tudo de mim naquele beijo. Dizendo que estava arrependida por ter quebrado o coração dele anos atrás; demonstrando que estava com ciúmes do que ele teve com Jessica: o casamento, os filhos, o sobrenome dele que ela ostentou. E aquela era eu... apenas eu, amando-o cada vez mais com aquele beijo.

Quando interrompemos nosso momento para buscar algum fôlego, nos separamos, mas Ethan manteve nossas testas se tocando.

— Você acabou de fazer desta a melhor noite da minha vida.

— Melhor até do que quando Cohen e Tyson nasceram? — brinquei, com um sorriso no rosto.

Ethan sorriu de volta, afastando a cabeça.

— Tudo bem, o nascimento dos meus filhos e esta noite foram as melhores.

— E o que você me diz da noite em que transamos pela primeira vez? Ou o almoç...

Ele se apossou da minha boca outra vez, me silenciando.

— Tá. Hoje é *uma* das melhores noites da minha vida.

— Minha também. — Sorri.

— É melhor irmos logo, antes que Rhys comece a ligar sem parar. — Ele me deu um beijo rápido e ligou o carro outra vez.

— Ele parece ser do tipo de cara que ficaria mesmo perguntando o porquê do nosso atraso. — Eu ri.

— Ele é um cara bacana e ama minha irmã. Ele a trata bem, e é só isso que me importa.

Não demorou muito e já estávamos chegando ao bar Karaokê, onde ficamos de encontrar todo mundo. Ashtyn e Rhys nos disseram que conheceram o dono, Otis, alguns anos atrás, e que eles ganhavam bebidas de graça sempre que vinham aqui. O lugar também era perto o suficiente para ir a pé do apartamento de Ethan, o que já era um bônus.

Depois de estacionarmos o carro de Ethan na garagem de seu prédio, fomos andando alguns quarteirões até o bar. Era tão bom andar de mãos dadas, tendo a certeza de que ele me amava – que sempre amou. Isso me dava a esperança de que tudo estava no seu devido lugar. Era uma droga que tivemos que ficar vinte e três anos afastados, que começamos nossas famílias separadamente, mas a vida nem sempre seguia o curso que planejávamos.

O bar estava cheio quando entramos. Judy's era um lugar rústico, mas o Karaokê de Otis era o que eu poderia chamar de estabelecimento chique. Era parcamente iluminado, com sofás luxuosos marrons, além de cabines em meia-lua que ficavam de frente para o palco. O balcão tinha uma iluminação inferior que o deixava com um ar mais elegante e refinado. Não era o que eu estava esperando para um bar karaokê, quando muito, um clube de jazz.

— O próximo no palco é o Rhys — o DJ anunciou, procurando pelo lugar onde a família de Ethan estava sentada. Gritos e assovios encheram o ar, e meu olhar foi imediatamente atraído para a cabine onde os quatro estavam.

— Parece que chegamos na hora certa — afirmei. Ethan nos guiou até a mesa, enquanto Rhys assumia o palco.

— Você veio! — Ashtyn gritou exaltada. Os três se afastaram para nos dar lugar para sentar. — Você é o próximo, mano.

Ethan começou a rir.

— Aham, até parece. Minha bunda não vai se levantar daqui.

— Isso é o que nós vamos ver. — Ela riu.

Kimberly Knight

A música começou e Rhys pôs-se a cantar. Eu não conhecia a canção, mas olhei para a tela e vi que o nome era "Downtown", de Majical Cloudz. O nome da banda era desconhecido para mim, mas a letra e melodia eram ótimas, e pareciam perfeitas em expressar o sentimento de Rhys pela esposa. Enquanto ele cantava, Rhys mal tirava os olhos dela, fazendo com que mantivesse um sorriso estampado de orelha a orelha. Eu a invejava. Queria um marido com o qual estivesse casada há alguns anos que ainda me olhasse daquele jeito.

Carter deslizou para fora do assento.

— Estou indo até o bar. Alguém quer alguma coisa?

— Achei que você estivesse de plantão — Ethan inquiriu.

— Shhh — Ashtyn os silenciou —, Rhys está cantando. Só nos traga alguns *shots* ou qualquer coisa.

Carter saiu dali e só voltou quando a música acabou, trazendo uma rodada de *shots* de Fireball para todos, menos para ele. Rhys sentou-se no seu lugar, apanhando uma dose para ele.

— Tenho que trabalhar de manhã — Ethan disse e afastou o copo de uísque com canela para longe.

— Deixe de ser chato — Rhys zombou.

— Todos nós temos trabalho. Tome só uma dose — Ashtyn insistiu.

Eu apenas dei de ombros quando Ethan olhou para mim.

— Não é como se fizéssemos isso toda noite.

Ele gemeu e agarrou um copo de *shot*. Sem mais nenhuma palavra, brindamos e tomamos nossas doses de uma só vez. Algumas canções depois, chegou a vez de Ashtyn cantar. Tomamos mais alguns tragos e, antes que eu me desse conta, estávamos todos meio altos. Rhys cantou outra vez, Rachel também e, durante aquele tempo, tentaram fazer com que Ethan e eu subíssemos ao palco.

— É sua vez, mano — Ashtyn incentivou e colocou o catálogo de músicas diante dele.

Ele olhou para mim, como se estivesse buscando minha opinião.

— Se você cantar, eu canto também — falei.

Rachel e Ashtyn começaram a cantarolar:

— Canta! Canta! Canta!

— Uma música e só. E nunca mais quero fazer isso outra vez. — Suspirou.

Comecei a rir. Eu tinha um pressentimento de que ele realmente cantaria, o que implicaria em ter que cantar depois. Já estava tarde e o relógio marcava quase meia-noite, e esperava que todo mundo estivesse bêbado o suficiente para não me zoarem. Eu não tinha uma boa voz para cantar — não como Rhys e Ashtyn, que obviamente iam muito ali.

Ethan levou algum tempo escolhendo a música enquanto bebericava sua cerveja. Olhei por cima de seu ombro, sem fazer ideia de qual ele escolheria.

— Tudo bem. — Ele bebeu o restante e me deu um beijo. — Estou pronto.

Um sorriso idiota se plantou no meu rosto enquanto eu o via se afastando para subir no palco. Ele entregou ao DJ a folha de inscrição e subiu as escadas. No momento em que as cordas da guitarra começaram a soar, descobri qual música ele havia escolhido. Não era nenhuma do nosso passado, ou que tenhamos dançado em nosso baile de formatura. Era uma mais recente e eu a amava. O estilo – a letra –, tudo sobre essa canção expressava Ethan, se é que isso fazia algum sentido. Ele tinha quarenta e dois anos, e era rústico, à sua própria maneira. Eu não diria que ele tinha uma alma velha, mas definitivamente estava mais para um estilo *country*. Ele dirigia uma caminhonete e tudo mais.

Ethan começou a cantar sobre o amor ser mais precioso que o ouro. Que não poderia ser vendido ou comprado. Quando cantou o outro verso, o que falava sobre ter uma mulher que tinha os olhos brilhantes, seu olhar se conectou ao meu, e meu coração derreteu pela segunda vez naquela noite. Rhys havia cantado para Ashtyn, e senti inveja, desejando que um homem cantasse daquela forma para mim. E agora eu sabia que tinha exatamente aquilo, porque Ethan estava cantando para mim com todo o seu coração. Era como se os compositores que escreveram as letras da música Millionaire, cantada por Chris Stapleton, tivessem feito para nós. Eu sabia que era uma bobeira, e talvez todo o álcool estivesse apenas fluindo pelas minhas veias, mas senti cada palavra.

Ashtyn suspirou ao meu lado e afastei meus olhos dos de Ethan por um segundo.

— O que houve? — perguntei.

— Meu irmão te ama.

Eu sorri e disse a única coisa que podia, e que sabia que era verdade:

— Sim, ele me ama.

CAPÍTULO 13

DESCONHECIDO

Daisy.

Quando os pais colocam um nome como Daisy em uma garotinha, eles imaginam que ela vai crescer para ser uma pessoa pura e inocente, como uma flor.

Daisy Witt não era nada daquilo.

Desde Amy, continuei observando um monte de mulheres da Universidade Lakeshore. Queria ter mais opções e, quando observei Daisy através da webcam pela primeira vez, soube que ela seria minha próxima. Não era para ser. Na verdade, ela era a nona garota que eu mantinha na minha lista de entretenimento.

Amy Kenny #1
Reagan McCormick #2
Michelle Cable #3
Fiona Jones #4
Pat Wood #5
Samantha Pitman #6
Wendy Ballard #7
Debbie Taylor #8
Daisy Witt #9

Porém, quanto mais eu observava Daisy, mais a queria como minha próxima vítima. E ela não era observada somente por mim. Não... Daisy Witt fazia algumas performances pornôs por alguns trocados. Ela me lembrava *dela,* a única pessoa que me fez assisti-la fazendo sexo por dinheiro, apenas para aprender *como* se fazia. Ela sempre pensou que estivesse no controle. Eu não fazia ideia se ainda estava viva. E pouco me importava.

Eu estava no controle agora.

Daisy podia até não transar com seus observadores, mas ela não era diferente *dela*. Eu já tinha ouvido falar de garotas jovens se tornando *strippers* para pagar a universidade, mas isto era muito mais que isso. Ela estava abrindo as pernas e fazendo o que quer que fosse solicitado, desde que pagassem bem.

Porra. Ela fez com que o sangue corresse acelerado nas minhas veias.

A princípio eu ficava com tesão, observando-a se foder com o próprio dedo, com um vibrador, ou até mesmo um *pepino*, antes de comê-lo. Homens eram doentes. Eles queriam ver a mulher fazendo as coisas mais nojentas e safadas inimagináveis, só porque isso os deixava excitados.

No começo eu não pagava nada, apenas observava. Observar era minha praia, mas ao longo das semanas, os homens – ou até mesmo mulheres – pediam que ela fodesse sua própria bunda com... bem, sei lá, qualquer coisa que servisse para isso, mas a vadia nunca aceitava grana por uma brincadeira anal. Isso estava fora dos limites para ela.

Como Daisy Witt podia ser uma estrela do mundinho pornô, mas não aceitar ser fodida em seu traseiro?

Ela não podia recusar esse tipo de coisa, e eu provaria isso a ela. Portanto, coloquei-a no topo da lista, mas o número de sua plaquinha permaneceria como número 9. Marcenaria era um *hobbie* para mim e, quando eu encontrava uma mulher a ser observada, já fazia sua peça com minha assinatura como recordação, colocando um número na parte de trás.

E já que mudei Daisy de ordem, providenciei a cópia de sua chave. Escolhi um domingo à noite porque sua colega de quarto estaria fora – ela sempre ficava na casa do namorado –, e eu esperava que, quando o corpo dela fosse descoberto, o Detetive Valor fosse designado para o caso. Estava gostando do joguinho que preparei para ele e Reagan. Ainda tinha que dar minha placa de madeira que fiz especialmente para ela, mas isso seria resolvido logo, logo. Eles cobriram a webcam de Reagan com uma fita escura, e eu já não podia vê-los. Ainda era capaz de ouvi-los através do computador, e sabia que o Detetive levaria a namorada para uma ronda. Isso me daria tempo suficiente para entrar no apartamento dela e pendurar minha pequena recordação.

Não tinha nenhuma intenção de fazer de Reagan minha vítima. Ela parecia ser uma boa mulher até onde eu sabia. Só queria foder com a cabeça do Detetive Valor, e que melhor maneira de fazer isso do que fazê-lo pensar que ela seria a próxima? Eu estava no comando, não o Departamento de Polícia de Chicago.

Daisy manteve sua rotina sempre que entrava ao vivo. Antes de tudo, ela tomava um banho, servia a si mesma um pouco de vodca e suco de cranberry, e então esperava pelos pagamentos para ter acesso à sua performance. Acho que ela se valia de álcool para ficar mais soltinha. Não o suficiente para fazer um anal, aparentemente.

Isso ia mudar.

Entrando em seu apartamento com a chave que imprimi em formato 3D – da mesma forma como fiz com Amy –, me esgueirei discretamente pela sala às escuras. Depois de entrar e trancar a porta, segui em silêncio, passando pela cozinha. Notei a garrafa de *Absolut* em cima do balcão, à espera do suco para ser adicionado. Eu sabia que Daisy já tinha se servido antes de ir para o banho, porque ela tinha saído de seu quarto enquanto fazia o login no site pornô. Sabia que ela também pegaria outra dose de seu drinque enquanto as pessoas acessavam seu site e se logavam para esperar o showzinho. Sem pestanejar, adicionei o *Rohypnol* na garrafa de vodca e no suco de cranberry. Não fazia ideia de quanto tempo ela levaria para consumir as bebidas misturadas, então resolvi colocar três pílulas em cada garrafa, esperando que fosse o suficiente para que ela apagasse e não se debatesse.

Eu sabia que outras pessoas estariam assistindo, então trouxe comigo uma máscara de esquiador preta. Eu não estava a fim de correr o risco de ter algum hacker acessando o computador dela para ter um show pornô de graça, como eu fazia. O grande problema é que eu tinha que esperar que ela terminasse seu número ou que apagasse. Eu não podia entrar no seu quarto e esperar no *closet*, porque sabia que a webcam de seu computador mostrava a porta, e não queria que ninguém a avisasse que ela tinha companhia. Apesar de a ideia de foder seu rabo enquanto seus fãs estivessem assistindo me deixasse com tesão, o pensamento de matá-la, diante de seu público, fez meu coração acelerar de pura excitação.

Eu só precisava esperar que a droga fizesse efeito, e aí eu faria minha fantasia ganhar vida.

Não levou muito tempo até que a ouvi balbuciar, e soube que era a hora. Esgueirando-me, amarrei uma mordaça em sua boca. Esperava que os espectadores pensassem que aquilo fazia parte de seu número, como um fetiche, e não acionassem a polícia por conta disso. Não levaria muito tempo até que rastreassem o IP dela, chegando até seu endereço, se alguém denunciasse ao site pornô. Eu queria o Detetive Valor no caso – já que era sua jurisdição –, mas, pelo que descobri através da webcam de Reagan, ele, normalmente, não trabalhava aos finais de semana.

Depois de foder o rabo de Daisy com o gargalo da garrafa vazia de vodca, desloguei o acesso dela no site pornô e coloquei o corpo inerte no sofá da sala. Ela gemeu contra a mordaça, como se estivesse voltando a si, e tentou gritar em desespero quando soltei minha ira sobre ela, esfaqueando-a repetidamente até que estivesse morta.

~~Daisy Witt #9~~

Assim que minha respiração regularizou, troquei as luvas usadas e retirei toda a minha roupa, colocando as novas que havia trazido na mochila. Antes de sair dali, coloquei a placa de madeira acima da lareira. Somente depois me esgueirei na noite escura.

Matar alguém poderia ser bem corrido.

ETHAN

Depois que Reagan foi para as aulas matinais, passei em seu apartamento para levá-la comigo para a ronda. Usei minha chave para entrar e a vi sentada à mesa, com o laptop aberto, muito provavelmente fazendo suas tarefas, antes de partir para a parte divertida.

— Precisa de ajuda? — Inclinei-me sobre ela e a beijei suavemente.

— Não. Estou quase terminando.

Coloquei o termo de confidencialidade ao lado do teclado.

— Assine isso aqui quando terminar, e vamos dar início à diversão.

— O que vamos fazer nessa ronda noturna?

— Shawn e eu precisamos colher alguns depoimentos das testemunhas do tiroteio que aconteceu ontem.

— Então vou vê-lo interrogando alguém?

Eu ri e beijei com suavidade a lateral de sua cabeça.

— Não. Eles não são suspeitos.

— Tenho certeza de que vai ser divertido do mesmo jeito.

Eu não achava meu trabalho *divertido,* mas sabia que quem nos acompanhava às rondas acabava gostando porque tinha uma noção de como funcionava nosso mundo. Sentia-me assim quando ia patrulhar com meu pai antes de me tornar um policial. Pela animação que Reagan estava demonstrando, podia jurar que ela realmente se divertiria.

Ela terminou o trabalho que estava fazendo enquanto eu vasculhava seu armário atrás de salgadinhos. Assinou o termo e saímos em seguida para buscar Shawn na delegacia.

— Então esta é a sua Reagan? — ele perguntou assim que se sentou no banco do carona, virando-se para olhar para ela, sentada atrás.

Eu ri.

— Sim, esta é a *minha* Reagan.

E ela sempre havia sido minha. Mesmo quando vivíamos nossas vidas, separados, ela sempre teve um lugar no meu coração. Agora que estávamos juntos outra vez, nunca a deixaria escapar.

— Então você andou falando sobre mim? — provocou.

— O tempo todo — Shawn afirmou.

— Papo furado. — Comecei a rir.

— Tudo bem se você fizer isso... Você vive me perseguindo até mesmo no trabalho — Reagan debochou.

Meu olhar encontrou o dela através do espelho retrovisor.

— Eu passo no Judy's só para tomar um drinque. É um bônus que a bartender mais gostosa do lugar seja minha namorada.

Antes que ela pudesse responder, a central nos informou um código 10-30, que indica um crime em andamento. Eles nos transmitiram o endereço e Shawn respondeu que estávamos a caminho. Olhei para Reagan novamente pelo retrovisor.

— É sua noite de sorte, flor.

Os olhos verdes-esmeraldas brilharam em excitação.

— Um cadáver?

— Isso aí.

Chegamos ao local minutos depois. Desci do veículo e abri a porta de trás, inclinando-me para dentro onde Reagan estava sentada.

— Fique aqui no carro por enquanto até termos certeza de que a área está segura, aí eu venho te buscar.

Ela sacudiu a cabeça, animada.

— Tudo bem. Eu quero ver a equipe de peritos trabalhando.

— Imaginei. — Pisquei.

O sol estava começando a se pôr, e as luzes brilhantes vermelhas e azuis me guiaram até onde o policial Moore estava. Ele havia sido o policial que atendeu à chamada, e estava do lado de fora do prédio de apartamentos.

— O que temos aqui? — Shawn perguntou.

— Outro esfaqueamento — respondeu enquanto seguíamos para a porta da frente. Antes de entrarmos, colocamos os protetores de sapatos para não interferir na cena. — A vítima parece ter por volta de vinte anos. Sem sinal de arrombamento e sem sinais de luta.

Suas palavras ecoaram o caso que ainda não havíamos conseguido solucionar, e no instante que vi o corpo no sofá, percebi o padrão. Ela estava nua, tinha o cabelo castanho longo coberto de sangue, e eu tinha a impressão de que havia sido o mesmo agressor por conta da quantidade de sangue, número de punhaladas e ausência de desordem na sala.

Depois de fazer um levantamento da cena e vendo que era seguro, voltei até o carro para buscar Reagan, que ainda se mantinha sentada na parte de trás, mas com a porta aberta olhando para tudo e todos.

— Pronta?

— Estou tão animada! — exclamou.

— Tente controlar essa animação toda quando estivermos na frente dos vizinhos. — Apontei com a cabeça em direção à multidão que se formava.

— Desculpa — sussurrou.

— Tudo bem.

Estendi a mão para que ela saísse do veículo, e quando estávamos entrando na cena do crime, depois que ela havia colocado os protetores, olhei para ela para conferir:

— Tem certeza disso?

Ela acenou afirmativamente.

— Se eu não puder lidar com isso, então vou ter que desistir da especialização.

— Ou você pode trabalhar em outra área, como reconstrução da cena do crime e essas coisas.

— Vamos ver.

Entramos no apartamento e Reagan me seguiu até chegar ao local onde o corpo se encontrava. Olhei para ela, avaliando sua reação. Os lindos olhos verdes estavam arregalados, e parecia não respirar.

— Você está bem?

Ela engoliu em seco.

— Sim. Só é difícil acreditar que estou olhando para alguém morto. Mas... não está fedendo tanto.

— Ela não está morta há tanto tempo — informei. — Espere só até você pegar um que já está morto há mais de uma semana.

Shawn inclinou-se e disse:

— Não vomite em cima do corpo.

— Não planejo fazer isso — Reagan bufou.

— Fique perto e não toque em nada — instruí. — Depois de dar uma olhada rápida aqui, você precisa voltar para o carro.

— Entendi.

A cena do crime era muito similar à de Amy. Tudo parecia na mais perfeita ordem, com exceção do sofá ensanguentado. Reagan voltou para a viatura, enquanto continuei procurando por qualquer coisa fora do lugar. Seja lá quem for esse cara, ele tinha problemas muito sérios com agressividade.

Eu estava em frente à lareira olhando as fotografias que ali estavam quando Shawn parou ao meu lado.

— Está pensando o mesmo que eu?

— Que é o mesmo assassino de Amy?

— Sim.

Estava prestes a responder quando algo sobre a lareira chamou minha atenção. Uma placa de madeira, em formato de coração, com um nome gravado.

— Qual é o nome da vítima? — perguntei.

— Daisy Witt.

Indiquei a placa entalhada em madeira.

— O quê? — Shawn quis saber. — Você consegue dessas na fe...

— Eu sei onde podemos conseguir uma igual a essa, mas Amy tinha uma placa exatamente como essa pendurada na parede de seu apartamento.

— Sério? — inquiriu. — Talvez elas tenham ido à mesma feira ou parque de diversões?

OBSERVE-ME

— Talvez, mas não cheguei a pensar sobre o assunto na época. Não havia resquícios de sangue nem nada, então não foi registrada como prova. — Peguei uma luva do meu bolso de trás e coloquei antes de pegar a peça apoiada contra a parede preta da lareira. Quando virei o fundo da placa, vi escrito com uma caneta permanente o número nove. — Se isso estiver conectado, você acha que Daisy pode ser a nona vítima e que estamos lidando com um *serial killer*?

— Precisamos conversar com Heather outra vez. Para descobrir se a placa que você viu estava lá antes — ele respondeu. — Talvez ela saiba a origem da peça.

Esta poderia ser a brecha que precisávamos. Se estivéssemos lidando com um assassino em série, teríamos um caminho mais longo pela frente, além de bancos de dados para vasculhar em busca de padrões de *Modus Operandi*.

— Detetives — um dos peritos nos chamou.

— Sim?

— Vocês precisam dar uma olhada nisso.

Shawn e eu o seguimos até o quarto. Toda espécie de brinquedos sexuais estava espalhada pela cama, próximos a uma garrafa de vodca vazia com o gargalo manchado de sangue.

Levei Shawn de volta à delegacia, e depois Reagan, deixando-a em casa antes de voltar ao trabalho para investigar o novo caso. Antes que meu parceiro e eu deixássemos a cena do crime, interrogamos a colega de quarto que havia chamado a polícia. Ela não fazia a menor ideia de quem possa ter feito aquilo com Daisy, e não foi de grande ajuda. A única coisa que pudemos fazer foi estabelecer uma cronologia dos fatos.

— Obrigada por ter me levado esta noite — Reagan agradeceu enquanto seguíamos até seu apartamento.

— Então... Você acha que pode lidar com isso? — perguntei assim que fechei a porta. Aquele era seu primeiro cadáver, e eu não acreditava que ela conseguiria dormir bem à noite, sozinha.

Enlaçando o meu pescoço e me beijando com suavidade, ela apenas

Kimberly Knight

disse:

— Sim. Ver aquilo lá foi meio bizarro no início, mas acho que tudo vai se tornando mais fácil, como você mesmo disse.

— Que bom. Estou ansioso para trabalhar com você no futuro.

— Eu serei apenas a novata da equipe.

— Somente por alguns anos até você ficar *expert*.

— Verd... — Ela soltou meu pescoço enquanto encarava algo atrás de mim.

— O que f... — Virei-me para ver o que atraiu sua atenção.

Não terminei a pergunta.

Uma placa em formato de coração estava pendurada na parede, com seu nome entalhado na madeira.

CAPÍTULO 14

REAGAN

— De onde isso veio? — perguntei.

Ethan não respondeu. Ao invés disso, ele puxou sua arma e aquilo me deixou tensa de imediato.

— Eth...

— Encoste-se contra a parede e não se mexa — ordenou.

— Você está me assustando.

— Fique contra a parede — disse com os dentes entrecerrados. — Agora!

Eu me recostei rapidamente ao lado da porta de entrada. Meu coração começou a bater acelerado, minhas palmas ficaram suadas. Eu não tinha ideia do que estava acontecendo enquanto observava Ethan vasculhando meu apartamento.

— Tudo limpo — Ethan finalmente disse, guardando a pistola outra vez no coldre abaixo da jaqueta de seu paletó.

— O-okay?

Ele pegou o celular e o levou à orelha enquanto me puxava contra seu peito.

— Você precisa vir até o apartamento de Reagan — fez uma pequena pausa —, o criminoso esteve aqui.

Comecei a tremer. *Por acaso ele tinha acabado de dizer que um criminoso esteve aqui? Como?*

— Eu não sei. Só venha logo pra cá, caralho. Vou chamar o reforço.

— Ethan? — sussurrei, nervosa, quando ele afastou o telefone do ouvido.

Ele me abraçou com mais força.

— Vai ficar tudo bem.

— O que está acontecendo?

Girando nossos corpos, devagar, ele apontou para a placa misteriosa.

— Aquilo ali esteve presente nas duas últimas cenas dos crimes que estamos investigando.

— Meu... meu nome?

— Não. — Sacudiu a cabeça. — Cada vítima tinha seus nomes gravados nestas placas.

— E por que está aqui?

— Eu não sei. — Suspirou. — Mas vou descobrir essa porra.

— Eu não estou entendendo.

— Eu também não. — Ele se afastou. — Preciso chamar uma equipe de reforços. Shawn já está a caminho.

— Tu-tudo bem — gaguejei. — Como ele conseguiu entrar aqui?

Olhei para a porta e não parecia como se alguém tivesse tentado arrombar.

— Eu não sei. — Ethan ergueu um dedo. — Sim, Maureen. Aqui é o Sargento Valor.

Ignorei a chamada que ele fazia enquanto eu olhava ao redor da minha sala de estar. Nas aulas da faculdade, estávamos estudando como observar pequenos detalhes em uma cena de crime. Nunca imaginei que minha casa seria uma delas. Conferi as janelas. Trancadas. Tudo estava do mesmo jeito que deixei quando saí menos de duas horas atrás, com exceção da misteriosa placa de madeira pendurada na minha parede ao lado de outros porta-retratos que eu havia colocado ali. O que estava acontecendo?

— Okay, a equipe forense já está a caminho — Ethan alertou, chegando perto de mim, que ainda olhava para o meu apartamento como se eu fosse uma estranha em meu próprio lar.

— Equipe forense? Então isto é uma cena de crime a ser periciada?

— É claro que sim. Alguém simplesmente invadiu sua casa, porra. — Ele enlaçou meu corpo.

Eu sabia que era verdade. Estava apenas em choque por nada fazer sentido.

— Quem faria isso?

— Se eu soubesse, não estaríamos aqui parados, flor.

— Será que estou... segura aqui?

— Eu nunca deixaria nada acontecer a você. — Beijou o topo da minha cabeça. Ficamos em silêncio por alguns minutos enquanto ele ainda me mantinha aquecida em seus braços. — Eu preciso perguntar: quem mais sabe que você mora aqui?

Afastei a cabeça para trás, de forma que pudesse olhar em seus profundos olhos azuis.

— Ninguém. Eu não tive contato com mais ninguém, desde que voltei à cidade.

— E quanto à faculdade?

— Quero dizer, eu tenho colegas de classe, mas não tenho amizade com nenhum deles. Não o suficiente para que informasse onde moro.

— Alguém mais, além de mim, sabe que você vive aqui. — Nós nos afastamos.

Pensei por um instante, antes de responder:

— Maddie sabe. Eu dei a ela meu endereço para qualquer emergência e afins.

— Maddie? Ela poderia...

— Poderia o quê? Matar alguém?

Antes que Ethan pudesse responder, uma batida à porta atraiu nossa atenção. Meu coração disparou outra vez enquanto eu o observava ir atender. Assim que vi Shawn parado do lado de fora, relaxei um pouco. Como Ethan poderia sequer pensar que minha filha tinha algo a ver com aquilo? Como ele poderia pensar que ela seria capaz de matar alguém? Ela estava estudando em Michigan.

Eu precisava me sentar, então enquanto Ethan conversava com seu parceiro, me acomodei no sofá, pensando em quem mais poderia saber que eu morava ali. Honestamente, não havia ninguém, a não ser Judy, já que ela tinha todos os meus dados quando preenchi a ficha para o emprego. Mas então...

— Eth... — chamei. Era quase um sussurro à medida que um arrepio percorria meu corpo.

Ele pausou sua conversa e veio até onde eu estava sentada, agachando-se à minha frente.

—O que houve?

— É só uma hipótese, mas talvez... alguém do meu trabalho?

Ele ficou de pé, com a raiva irradiando através de seus poros.

— Aquele assistente filho da puta?

— Derrick? — Inclinei a cabeça de leve, porque eu nem mesmo havia pensado nele. Tinha pensado mais como se pudesse ter sido um dos outros bartenders. Sabia que Frank e Tommy tinham a chave para entrar no escritório de Judy, já que eles precisavam pegar o dinheiro do cofre assim que abriam o bar, e guardar sempre quando fechavam o caixa.

— É esse o nome dele, porra?

— Sim. — Engoli em seco.

— Ele sabe onde você mora?

— Não. Quer dizer. Eu nunca disse a ele.

— Então por que você está achando que pode ser ele?

— Eu não acho que seja ele, especificamente. — Suspirei.

— Então quem?

— Judy tem os meus dados por conta da ficha de emprego. Talvez Tommy e Frank tenham pego este arquivo e conseguiram meu endereço. — Olhei para Shawn e Ethan.

— Eu vou dar uma olhada nisso. Vou checar esse tal Derrick também — Shawn disse.

— O Tommy trabalha no primeiro turno e não sei se Derrick está escalado para hoje à noite — eu disse, voltando a olhar para Shawn. — Nós geralmente trabalhamos no mesmo turno por conta das aulas.

— Mesma universidade? — Ethan perguntou.

— Acho que não. — Dei de ombros.

— Então vou dar um pulo na casa dele. Estava querendo mesmo uma desculpa para dar uma dura nele — Ethan admitiu.

— O capitão não vai deixar você trabalhar neste caso, cara — Shawn advertiu.

Ethan se virou para ele e apontou o dedo, dizendo entredentes:

— Estou pouco me fodendo. Estamos falando da segurança da Reagan. *Minha* Reagan.

Erguendo as mãos para o alto, Shawn respondeu:

— Eu sei, cara, mas...

— Nada de *mas*. Minha prioridade é mantê-la segura. Tem um criminoso à solta por aí, matando mulheres, e agora — ele apontou o dedo para mim dessa vez —, algum filho da puta está vindo atrás da *minha* Reagan. — Digeri, lentamente, as palavras de Ethan. — O mesmo filho da puta que está envolvido nos dois últimos homicídios que estamos investigando.

CAPÍTULO 15

ETHAN

Meu coração não tinha desacelerado desde a hora em que vi aquela porra de placa de madeira pendurada na parede. Eu não fazia a menor ideia do que estava acontecendo, ou porque Reagan estava agora envolvida, mas precisava descobrir a conexão que havia entre os casos, antes de ficar louco. Se alguma coisa acontecesse com ela... Se a levassem – se ela me *deixasse* outra vez, eu perderia a cabeça.

Não deixaria aquilo acontecer.

— Leve o laptop dela também. Will pode dar uma olhada nele — instruí o perito forense da equipe.

— Meu laptop? — ela perguntou.

— Você se lembra quando eu disse que alguém estava observando uma das minhas vítimas assassinadas através da webcam do computador?

— Sim?

— Ela também tinha uma placa de madeira como essa, e aposto que a vítima desta noite também devia estar com o mesmo vírus instalado no laptop.

Quando retirei a placa da parede de Reagan, chequei que o número atrás era o dois. Daisy era a número nove, e aquilo me deixou mais confuso ainda. Eu precisava descobrir que número havia na placa de Amy.

— Mas... mas nós cobrimos a câmera com fita adesiva.

— Eu não sei como essa coisa funciona, mas quero que Will dê uma checada no seu laptop. Talvez haja alguma ligação. — Suspirei.

Reagan assentiu.

— Tudo bem. Isso é loucura.

— Sim. Eu sei. — Inspirei profundamente.

— Será que vou ter meu computador de volta até a aula de amanhã?

— Você não vai para a aula amanhã — respondi, franzindo o cenho.

— O quê? Por que não?

Olhei para os peritos que estavam na sala e acenei quando vi um deles embalando o laptop. Esperei que saíssem da sala, e só então respondi à sua pergunta:

— Você acha que poderá seguir com sua rotina como se nada tivesse acontecido?

Ela inclinou a cabeça levemente para trás e franziu as sobrancelhas.

— Não vou poder?

— Não até pegarmos esse cara. Se alguma coisa acontecer com você... — Não pude completar o pensamento. Era como se tudo estivesse saindo fora do controle. Nunca pensei que outra pessoa com quem me importo estaria em perigo. Primeiro havia sido minha irmã, e agora a mulher que eu amava por quase toda a minha vida. *Porra!*

— Então vou precisar me esconder ou algo assim?

Esfreguei as mãos contra meu rosto.

— Vamos ver o que Shawn vai descobrir no Judy's, e o que Will vai encontrar no seu computador.

— Tudo bem.

— Vá arrumar sua mala e vamos embora daqui.

— O que eu preciso levar?

Tudo. Eu queria dizer, já que não queria perdê-la de vista. E não era só porque um filho da puta pudesse estar atrás dela. Queria que ela se mudasse de vez para a minha casa. Estávamos juntos quase todas as noites, e continuar pagando dois aluguéis não fazia muito sentido. Pensei em me mudar para o apartamento dela, já que o meu era de Ashtyn. Apesar de a minha irmã ter feito um preço bacana para o aluguel, sabia que, se saísse de lá, ela poderia vender o lugar ou o alugar pelo preço justo do mercado.

— Leve o suficiente para alguns dias, por enquanto. A gente pode voltar aqui e pegar mais alguma coisa se as investigações demorarem.

Meu prédio tinha porteiro e era melhor do que nada. Desde o incidente de Ashtyn, Jose, um dos responsáveis pela portaria, assumiu o encargo de cuidar com todo o zelo pela segurança do lugar, já que foi no turno dele que o cara entrou sem ser notado e quase havia sequestrado minha irmã.

Porra, eu realmente esperava resolver esta merda até amanhã.

Não preguei os olhos a noite toda.

Segurei Reagan entre meus braços, tão apertado quanto podia, com medo de acordar e não tê-la mais ali. Não sabia se haveria alguma ligação entre o laptop dela e o das outras vítimas. Uma ligação além das três placas de madeira, ou se o criminoso estava escolhendo seus alvos aleatoriamente. Reagan era mais ou menos nova na cidade e, quando a levei na ronda comigo, ela não deu a impressão de ter conhecido Daisy. Não acho que esteja escondendo alguma informação de mim.

A expressão de seu rosto quando percebeu que o assassino entrou em seu apartamento também me deixou apavorado. Seria diferente se eu soubesse a identidade desse cara – ou mulher. No entanto, eu não fazia a menor ideia de quem era. O assassinato de Amy havia sido totalmente limpo, por assim dizer. Não havia pistas, e a pessoa que a estava observando através da webcam estava usando alguma merda que nos impedia de rastrear sua localização. Will falara sobre algo como conexões em cadeia, mas os servidores eram de diferentes países. Eu não sabia como essa coisa toda funcionava, já que não era da área. Sabia usar um computador, mas a logística por trás disso estava além do meu entendimento. Tudo o que podia afirmar com certeza é que não existem crimes perfeitos e, eventualmente, descobriríamos a identidade do assassino.

Eu só esperava que fosse antes que algo acontecesse a Reagan.

Diferente das outras manhãs, não a acordei com a minha boca, mãos ou qualquer outra parte do meu corpo, porque queria que ela dormisse o tanto que quisesse, dado seu estado emocional ante as circunstâncias. Beijei sua testa e deslizei para fora da cama antes de ir tomar uma ducha. A água morna me deu uma leve energizada, mas eu tinha plena consciência de que necessitaria de todas as doses de café possíveis para enfrentar aquele dia.

Depois de tomar o banho mais rápido que já tomei na vida, para não ficar longe de Reagan tanto tempo, voltei para o quarto com uma toalha enrolada no quadril. Ela já estava acordada.

— Bom dia, flor.

Ela deu um sorriso leve.

— Bom dia.

Sentei-me na beirada da cama e afastei uma mecha de seu cabelo escuro do rosto.

— Você dormiu bem?

Ela franziu o cenho antes de responder:

— Não acho que tenha dormido mais do que trinta minutos.

— Mais que eu, então.

Reagan se sentou na cama.

— Você também não conseguiu dormir nada?

— Como eu poderia?

— Não sei — sussurrou. — Eu estou tão assustada.

Assim como eu, mas mesmo que tivéssemos que bater de porta em porta, em busca do filho da puta com mania de observar mulheres por aí, eu e Shawn o encontraríamos. Eu precisava ir à delegacia e conversar com meu parceiro, Will e a equipe de exames laboratoriais. No entanto, também não poderia deixar Reagan sozinha.

— Vou proteger você.

— Eu sei.

— Preciso checar se houve alguma novidade no caso. Venha comigo e depois eu vou para a aula com você. — Suspirei pesadamente.

— Ir para a aula comigo?

— Só por enquanto.

Fui até o *closet* para vestir um terno. Mesmo que tenha dito, noite passada, que ela não iria à aula, também sabia que aquele era seu sonho e talvez se eu fosse sua sombra, poderia mantê-la de alguma forma segura.

— Qual o sentido disso?

— É sério que você vai me perguntar isso?

Ouvi quando ela se levantou da cama enquanto escolhia as calças.

— Não quero discutir com você, mas você por acaso tem tempo para me acompanhar durante minhas aulas?

— Você prefere morrer?! — bradei, irritado ante o pensamento. Eu não estava puto com ela, mas meu coração doía ao ponto de se partir somente em imaginar encontrá-la morta e ensanguentada como as outras duas vítimas. Eu temia que se não estivesse ao lado dela vinte quatro horas por dia, algo *pudesse* acontecer.

— É claro que não. Só não consigo entender a razão de tudo isso. Não conheço ninguém e nem sei o porquê alguém iria querer me matar.

Suspirei e me aproximei dela, enlaçando-a com meus braços.

— É isto o que vamos descobrir. Isto vai além do meu trabalho agora. Você compreende? Vou fazer tudo o que puder para manter você a salvo.

Ela assentiu contra meu tórax ainda nu.

— Tudo bem.

— Tudo bem — repeti e me afastei. Retirei uma boxer da gaveta do armário. — Apronte-se para sair. Hoje promete ser um dia longo pra caralho.

Reagan aguardou na sala de espera da delegacia enquanto eu me atualizava sobre tudo. Ela disse que ia ligar para sua filha para avisar que ficaria alguns dias na minha casa. Eu não estava necessariamente suspeitando de Maddison, ou sequer pensei que ela pudesse ter tido algo a ver com as placas de madeira, mas não estava cem por cento seguro de que ela não *estivesse*, de alguma forma, envolvida. Reagan ia lhe perguntar se ela havia falado para alguém sobre onde a mãe morava. Maddison não conhecia ninguém em Chicago, até onde sabíamos, mas como ela viria no feriado de Ação de Graças, pode ser que tenha dito a alguém sobre seus planos. Você nunca sabe em quem confiar.

Quando cheguei até minha mesa, Shawn já estava na dele.

— Ei — cumprimentei.

— Você parece não ter dormido nada.

— Você pode me culpar? — Inclinei sobre o tampo da minha mesa que ficava em frente à dele.

— Não. Imagino que Reagan ficou com você, certo?

— Ela vai ficar comigo no meu apartamento. Mas nesse exato momento, está sentada no lobby da delegacia me esperando para acompanhá-la até a aula.

— Eu faria o mesmo. — Shawn assentiu.

— O que você descobriu?

— Nada de mais. Fui ao Judy's e conversei com Frank, um dos bartenders. Ele não me deixou entrar no escritório da dona sem um mandado ou com a permissão dela, ainda que se tratasse de Reagan.

— Você acha que ele é o nosso assassino?

Shawn respirou fundo e deu de ombros.

— Eu não sei. Ele pareceu bem tranquilo e sociável, mas não quer entrar em problemas por nada.

— E Judy? Você conseguiu falar com ela?

— Tentei. Até passei em sua casa, mas ela não estava e não atendeu ao telefone.

— Você acha que pode ser ela? — Minhas sobrancelhas franziram.

— Você sabe tão bem quanto eu que uma mulher não seria capaz de

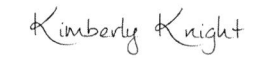

apunhalar alguém daquela forma.

— Certo. Você se importa de voltar ao Judy's e ver se ela está lá?

— Eu já estava planejando isso mesmo.

— Valeu. Ouviu alguma notícia de Will?

Shawn negou com a cabeça.

— Não. Vamos ver o que ele tem para nós.

— Sim. — Nós dois nos dirigimos à sala da Informática onde o encontramos sentado em frente de seu computador. — Ei, cara.

Will ergueu o olhar antes de dizer:

— Ei. Eu já estava indo atrás de vocês. Passei um scanner pelo laptop da vítima de ontem à noite e pelo de sua namorada. Os dois tinham o mesmo programa instalado. Exatamente como o de Amy.

Meu corpo ficou tenso na hora.

— Você conseguiu rastrear dessa vez?

— Não. — Sacudiu a cabeça em negativa. — Os computadores têm o mesmo programa clandestino que traça o roteamento de volta a endereços de IPs em cadeia. Não se trata nem mesmo do padrão de Rede Privada que muitos hackers usam para proteger sua privacidade. Quem quer que seja este assassino, sabe o que está fazendo.

— Como alguém consegue acessar esse tanto de endereços de IP? — perguntei.

— Honestamente, não é assim tão difícil. Apenas pense na quantidade de vezes em que você se conecta a um Wi-Fi gratuito, seja num hotel, num restaurante ou cafeteria. A maioria destes lugares oferece essa facilidade, mas muitas destas redes são tão inseguras que qualquer hacker com um programa decente de rastreio pode roubar informações de qualquer pessoa que se conecta sem proteger seu computador. Na verdade, talvez este seja o jeito mais fácil, então nossas vítimas podem ter sido rastreadas assim.

— Hackers não costumam ser assassinos, certo? — Shawn sondou.

— Normalmente suas ações são movidas por algum ganho financeiro. — Will deu de ombros.

— Amy não tinha dinheiro. Ela ainda estava na faculdade — afirmei. *Assim como Reagan.*

— Por que um hacker profissional deixaria o porão da casa dos seus pais para matar alguém? — Shawn perguntou.

Bufei. Sabia que Shawn estava tanto estereotipando quanto sendo sarcástico.

— Diversão? Dinheiro? Raiva? Talvez alguém o tenha forçado?

— Chantageando? — Shawn inquiriu.

— Eu não sei, mas precisamos descobrir qualquer outra ligação além do fato de todas elas terem tido os computadores hackeados e terem recebido aquela maldita placa de madeira. Além de, é claro, Amy e Reagan irem à mesma universidade .

Despedimo-nos de Will, agradecendo pela ajuda e pedindo que nos mantivesse atualizados sobre qualquer novidade.

— Preciso levar Reagan até a universidade. Você pode passar no Judy's e, depois que a aula dela acabar, passamos pela casa de Amy para checar com a colega de quarto, Heather, se ela ainda tem a placa?

Se soubesse antes que aquela peça de artesanato estava conectada a todas as cenas do crime, eu teria enviado a porra para a equipe de criminalística quando pegamos o caso cerca de um mês atrás. No entanto, sabia que ela tinha sido periciada em busca de impressões digitais e nada foi encontrado. Por essa razão a porcaria ficou lá, junto com os outros porta-retratos.

Caralho!

— Claro. O que você está planejando com a Reagan? Trazê-la pra cá enquanto estamos trabalhando e depois acompanhá-la às aulas dela e ao trabalho?

Suspirei e fechei os olhos rapidamente quando paramos próximo às nossas mesas. Eu ainda não tinha pensado em nada além de ir com ela a todas as suas aulas.

— E se...

— Valor. — Virei-me para ver o Capitão Rapp parado à porta do seu escritório. — Pode vir aqui?

Meu olhar conectou-se ao de Shawn. Ele não me acompanhou, mas ambos sabíamos do que se tratava. O capitão ia tentar me tirar do caso, e eu não deixaria isso acontecer.

— Sente-se. — Ele apontou para a cadeira em frente à mesa.

— Com todo respeito, Cap, não precisa nem desperdiçar seu tempo. Eu não vou me retirar do caso.

Ele sorriu de leve, antes de responder:

— Não era isso o que eu ia dizer.

— Não?

Ele se sentou e alisou a gravata para ajeitá-la, indicando outra vez com a cabeça que eu deveria me sentar.

— Fiquei sabendo sobre o que aconteceu ontem à noite. — Eu assenti. É claro que ele já sabia. — Como está sua namorada?

— Bem, na medida do possível.

— Você sabe tão bem quanto eu qual seria o protocolo adequado e que você deveria ser retirado do caso, mas eu o promovi a sargento por uma razão e sei que se há alguém que pode pegar esse cara, esse alguém é você.

— Obrigado. E eu concordo.

— Mas, para que faça um bom trabalho, você não pode ter nenhuma distração, especialmente com sua namorada no assunto.

— Ela não é uma distração...

Ele ergueu a mão, interrompendo meu discurso.

— Antes de você perder as estribeiras, estou tentando dizer que eu mesmo já autorizei que policiais fora de serviço fiquem de olho tanto em Reagan quanto em sua residência.

— Você... você fez isso? — Pisquei.

— Sim, mas somente quando você não estiver ao lado dela, claro.

— Certo. — Hesitei, ainda sem acreditar que o capitão Rapp tenha feito isso por mim, por nós. Pensei que eu teria que implorar e solicitar algum recurso do departamento. — Obrigado. Agradeço muito por isso.

— Não há de quê. Eu faria o mesmo por todos vocês. — Ele sorriu calorosamente.

— O senhor só precisa mudar o percurso para destacar os policiais para a minha casa. Não tenho a menor intenção de deixá-la voltar ao lugar onde algum filho da puta invadiu. Um cara que entrou por conta própria, sem deixar traço algum.

— Claro. Vou fazer isso.

Meu telefone começou a tocar dentro do bolso. Peguei e vi o nome de Jessica na tela.

— Preciso atender a esta chamada. Obrigado de novo, Cap. — Ele assentiu e eu me levantei, deslizando o dedo pela tela para atender à ligação. — Sim?

— Não venha com "sim" para cima de mim — ela cortou.

— Agora não é uma boa hora.

— *Estou pouco me fodendo, Ethan. Já fiquei sabendo.*

— Sabendo de quê? — Shawn olhou para mim assim que parei perto de sua mesa. Revirei os olhos de imediato.

— *Que a sua putinha tem um* serial killer *atrás dela.*

— Não se atreva a se referir a ela desta forma — rosnei. O único fato que ficou registrado no meu cérebro foi Jessica xingando minha namorada, e não que ela já estivesse sabendo de algo.

— *Isso pouco me importa. Só estou ligando para dizer que estou mudando o pedido de custódia.*

— O caralho que você vai fazer isso! — bradei.

— *Não pense por um segundo sequer que vou sujeitar meus filhos a este tipo de perigo, Ethan.*

— Eles não estão em perigo!

Nós não sabíamos ao certo o que ia acontecer, mas eu não diria a Jessica que ela estava certa. Eu mesmo teria ajeitado para que ela ficasse com os meninos até que não houvesse mais nenhuma ameaça à vista na vida de Reagan. Eu só não precisava era de Jess me falando o que fazer ou não com meus filhos.

— *Sim, eles estão*, Ethan. Alicia me disse assim que deixei os meninos na escola.

— Que porra ela disse a você?

— O quê? — Shawn sussurrou. Balancei a cabeça, erguendo um dedo para que ele esperasse.

— *Ela me disse que Braeden vai ter que fazer um turno extra, já que foi destacado para proteger sua namorada.*

Eu não sabia quais seriam os tiras fora de serviço que seriam escolhidos para o trabalho, e não gostei de saber que Jessica soube antes mesmo de mim. Não tive a chance de perguntar ao capitão Rapp antes que ela ligasse.

— Olha, Jess — suspirei —, estou ocupado agora. Fique com os meninos amanhã e este final de semana se as coisas ainda não estiverem resolvidas.

— *Eu vou solicitar a mudança de custódia* — ela repetiu. — *Esta é a segunda vez que alguma coisa acontece com alguém que você conhece e não quero meus filhos em perigo.*

— Você não pode afastar meus filhos de mim.

— *Nós vamos ver o que o juiz vai dizer. Aguarde notícias do meu advogado.* — E desligou.

— Porra! — soltei um rosnado.

— Jess quer afastar seus filhos de você agora?

Suspirei, tentando conter minha fúria.

— Sim, por causa desse filho da puta e as malditas placas de madeira. Eu juro por Deus, que quando descobrir quem é esse merda, vou dar um tiro no meio da testa desse vagabundo do mesmo jeito que fiz com o cara que tentou sequestrar minha irmã.

Shawn olhou ao redor e abaixou o tom de voz:

— Acalme-se antes que o capitão tire você do caso. Vamos descobrir logo quem esse filho da puta é.

Kimberly Knight

CAPÍTULO 16

REAGAN

Tentei ligar para Maddie, mas ela não atendeu. Sabia que ela tinha uma aula cedo, mas ainda assim tentei entrar em contato. Não achava que ela tivesse nada a ver com essa merda toda, e queria provar a Ethan. Mostrar que ela estava em Michigan, não em Illinois. Não fazia o menor sentido o envolvimento da minha filha, mas havia a possibilidade de ela ter dito a alguém onde eu morava, talvez até mesmo por engano. No entanto, ela não atendia, e acabei ficando sem esclarecer esse detalhe.

Sem ter mais o que fazer, a não ser esperar por Ethan, comecei a divagar. Ou, mais precisamente, *continuei* a divagar. Talvez alguém tenha me seguido até meu prédio depois do meu turno no Judy's. Talvez alguém tenha me seguido até em casa depois da aula. Será que eu estava sendo observada por alguém através da webcam do meu laptop, como Ethan sugeriu? Como eles teriam hackeado meu computador?

E por quê?

Olhei ao redor da sala de espera, imaginando se algum dia eu trabalharia aqui. *E se eu fosse assassinada e nunca conseguisse realizar meu sonho?* Tentei não pensar sobre o fato de ter um *serial killer* na minha cola, mas não havia como *não* pensar nisso. Tentei ver o lado positivo de tudo isso. Será que eu trabalharia na mesma delegacia que Ethan? Adorei ir àquela cena do crime com ele, mas será que trabalharíamos em casos juntos? E se nós terminássemos nosso namoro outra vez? Acho que isso não aconteceria. Nós estávamos mais velhos, ainda nos amávamos, e eu não pretendia beijar ninguém mais, além de Ethan Valor.

Pense positivo.

Estava empolgada com um joguinho no celular, tentando esquecer por um minuto tudo aquilo que estava acontecendo na minha vida, quando Ethan chegou ao meu lado.

— Está pronta?

Olhei para ele, e percebi que seu cenho estava franzido, parecendo mais nervoso do que estava quando chegamos à delegacia.

— Está tudo bem?

Ele segurou a porta de vidro para que eu passasse.

— Você conversou com Maddison?

— Não. — Suspirei enquanto seguíamos até sua caminhonete. — Normalmente eu falo com ela antes da minha primeira aula.

— Bom, se isto fizer você se sentir melhor, não acho que ela tenha alguma coisa a ver.

Parei de andar.

— Você realmente chegou a pensar que ela tivesse?

Ethan abriu a porta do passageiro para mim.

— Não, não pensei, mas tinha que seguir todas as pistas.

— Tudo bem. — Entrei no carro. — Então o que fez com que você mudasse de ideia?

Ele fechou a porta e deu a volta para entrar do lado do motorista. Depois de afivelar o cinto de segurança, deu partida e olhou para mim.

— Não posso compartilhar nenhuma informação com você, porque não quero colocá-la em perigo mais ainda.

— E por que falar sobre a razão de a minha filha não estar mais conectada ao crime pode me colocar em risco?

Ethan respirou profundamente.

— Eu quero dizer tudo a você, de verdade, mas já estou na corda-bamba por ainda permanecer nas investigações desse caso.

— Humm... tudo bem.

— Só confie em mim. — Entrelaçou os dedos aos meus. — Juro que farei de tudo para mantê-la segura.

— Eu sei disso.

— E como você quer continuar a rotina de ir às aulas e ao trabalho, policiais fora de serviço estarão ao seu lado quando eu não estiver.

— Sério?

— Sim. Eles estarão vestidos à paisana.

— Okay. Talvez isso seja o melhor mesmo.

— Sim, é. — Saindo do estacionamento, pegou a direção da universidade. Depois de alguns minutos, disse: — Vou te fazer alguns questionamentos e preciso que não me faça nenhuma pergunta que eu não possa responder, okay?

Engoli em seco e virei-me para olhar para ele enquanto dirigia.

— Okay.

— Além da sua casa, em qual outro lugar você usou seu laptop?

— Como assim?

— Você chegou a usá-lo quando esteve em alguma cafeteria, biblioteca ou qualquer outro lugar em que precisou acessar o Wi-Fi?

Pensei por um instante. Não havia levado meu laptop a qualquer outro lugar, com exceção do apartamento dele, faculdade e trabalho, mas no bar da Judy não havia Wi-Fi.

— Só na sua casa e na universidade.

Senti o aperto firme em minha mão. Não sabia o porquê, mas também não questionei.

— E antes de ficarmos juntos?

— Eu... eu não me lembro.

— Tudo bem, isso é ótimo.

— É?

— Acho que já sei onde está a conexão.

— Onde? — Ethan me olhou na mesma hora. — Desculpa. Eu só queria saber.

— Eu sei, mas não posso te dizer. Shawn está indo ao Judy's agora e, depois, ele vai me encontrar no *campus*. Vou debater minha teoria com ele e, quando sua aula acabar, você volta com um policial te escoltando até o meu apartamento. Daí vamos ver se o que estou pensando se confirma.

Suspirei, cansada.

— Tá. E o que eles vão fazer? Serão minha sombra?

Ethan entrou no estacionamento da faculdade.

— Sim. Ou, desde que você é a *minha* Reagan, posso apresentá-la a eles, e eles seguirão lado a lado com você, como se fossem conhecidos. Todos eles são meus amigos. O departamento inteiro é.

Eu amava ouvi-lo se referir a mim como *sua* Reagan. Ele havia feito isso na noite anterior e o efeito foi imediato: um frio na barriga. Aquilo me aqueceu por dentro, e eu não tinha a menor dúvida de que faria de tudo para me proteger.

— Okay, voltando rapidamente ao assunto: você não acha que Maddie esteja envolvida porque eu tive que usar meu laptop em algum lugar e alguém teve acesso aos meus dados, é isso?

— A não ser que Maddie tenha usado em outro lugar.

— Não. — Neguei com a cabeça.

— Então, é isso. Apenas finja que está tudo normal, tudo bem? — Ele estacionou e desligou o carro.

— Normal, exceto que terei babás.

Ethan suspirou.

— Sim, mas vou desvendar essa merda. — Ele me puxou pela gola do casaco vermelho de lã e pressionou os lábios aos meus. — Tenho mais uma coisa para te dizer.

— O que é? — Meu coração pulou uma batida e, no mesmo instante, preocupação encheu meu semblante. Ethan, no entanto, bocejou, causando o mesmo efeito em mim. Aquilo fez com que eu me lembrasse de que não havíamos tomado o café da manhã sagrado. E eu precisava de umas dez xícaras. — Espera... você pode me dizer enquanto eu pego um café antes da aula? É tipo um ritual, sabe? Ou talvez seja um vício mesmo.

— Tudo bem. Também estou precisando de cafeína.

Descemos da caminhonete e nos dirigimos à cafeteria. Enquanto caminhávamos, eu o observei para ver se ainda estava estressado ou já havia se acalmado um pouco. Seja lá o que estava prestes a me dizer, parecia não ser coisa boa.

— O de sempre? — Krystal, a barista, perguntou. Assenti na mesma hora. — E para o senhor?

— O mesmo — Ethan respondeu.

— Você pediu o mesmo, mesmo sem saber o que é? — questionei.

— Café com leite sabor baunilha, claro. — Ele pegou sua carteira, retirando o cartão de crédito.

— Nossa, você me conhece mesmo. — Eu sorri.

Ethan se inclinou e sussurrou no meu ouvido:

— Eu conheço. Cada. Pedacinho. Seu.

Meu rosto aqueceu de imediato, provavelmente ficando da cor do casaco que estava usando. Ele *conhecia* cada centímetro. Assim como eu conhecia cada centímetro do corpo dele. Eu fui a primeira a alisar minhas mãos, meus lábios, língua, por cada pedacinho de sua pele, e ele foi o primeiro a fazer o mesmo por mim. Era melhor pensar naquilo do que em tudo o que estava acontecendo na minha vida agora.

Quando nos viramos, dei de cara com o mesmo homem com quem já havia esbarrado na cafeteria. O Sr. Uísque Puro sorriu e eu retribuí, enquanto Ethan e eu nos afastávamos do balcão. Ainda que eu frequentasse aquele lugar cinco vezes por semana, nunca mais o tinha visto. Nem mesmo no Judy's, daquela vez em que tentei agir como um cupido, juntando-o com a loira.

Enquanto eu e Ethan aguardávamos nossos cafés, peguei o Sr. Uísque

Puro me encarando. Ele sorriu outra vez e tudo o que pude pensar foi no nosso último encontro, quando ele me disse: *"Sem querer ser abusado, mas eu não me importaria nem um pouco de ser algemado por você"*. Poderia ele ser o assassino? Parecia que eu olharia para todo mundo ao meu redor como se eles fossem suspeitos: meus professores, colegas de turma, Tommy, Frank, Derrick e até mesmo Judy. O caixa da mercearia, ou o atendente do posto de gasolina – cada pessoa que poderia ter violado o meu espaço.

— Preciso trocar a minha fechadura — eu disse, afastando o meu olhar do Sr. Uísque. Quase disse a Ethan que aquele havia sido o cara que me perguntou se eu era uma assassina, mas preferi não fazer. Nem sei o porquê. Talvez eu devesse dizer. No entanto, o cara estava flertando comigo, e isso poderia deixar Ethan mais estressado ainda.

— Droga — ele murmurou —, deixe-me pedir ao meu pai para fazer isso.

— Não posso deixar seu pai se preocupar com isso, Ethan. Ele deve estar ocupado.

— Está tudo bem — respondeu e pegou o celular do bolso. Ele discou o número e levou o aparelho ao ouvido ao mesmo tempo em que Krystal chamava nossos nomes. Quando pegamos nossos pedidos, eu o ouvi dizer:

— Ei, pai.

Passamos pelo Sr. Uísque Puro quando estávamos já quase saindo da cafeteria. O homem piscou para mim e senti meus olhos arregalarem. Será que eu suspeitaria de todos?

Saímos dali com Ethan ainda ao telefone e foi a vez de o meu celular começar a tocar. Quando o peguei do bolso do casaco, vi que era Maddie. *Merda.*

— Oi, querida — eu disse ao atender.

Ethan ergueu uma sobrancelha, e murmurei que era minha filha.

— *Você me ligou?* — ela perguntou.

— Sim. Como foi seu final de semana?

— *Foi bom. E o seu?*

Engoli em seco. Como eu diria a ela que um assassino agora estava na minha cola? Era como se eu estivesse vivendo dentro de um episódio de Halloween, e que Michael Myers estivesse me perseguindo.

— Foi ótimo. Ethan me levou a uma ronda ontem.

— *Ai, meu Deus! Que massa, mãe! Foi divertido? Aposto que sim...*

Eu ri baixinho. A ronda havia sido divertida, de verdade. Na hora de voltar para casa é que as coisas deram errado.

— Foi, sim. Mal posso esperar para arranjar um emprego e começar a atuar como perita criminal.

— *Isso é muito legal, mãe.*

— Obrigada, querida. — Ethan encerrou sua ligação. — É melhor eu correr. Minha aula está quase começando.

— *Tudo bem. A gente se fala amanhã.*

— Claro — concordei. — Tenha um bom-dia. Te amo.

— *Eu também te amo.* — Desliguei e coloquei o celular de volta no bolso do casaco.

— Está tudo bem? — Ethan perguntou.

Tomei um gole de café antes de responder:

— Sim. Mas não consegui perguntar nada.

— Melhor assim. — Agora foi a vez de ele tomar um gole de sua bebida. — Meu pai vai pegar a chave do seu apartamento comigo e depois dar uma passada lá para trocar a fechadura.

— Obrigada.

— Não precisa agradecer, flor. Eu disse que não vou deixar que nada aconteça a você. Só queria ter pensado nisso ontem à noite.

— Está tudo bem. As últimas quinze horas realmente têm sido uma loucura.

— É verdade.

— Agora que tomamos algumas doses de cafeína... O que você ia me dizer antes?

Ele parou de andar, fazendo com que eu fizesse o mesmo.

— Antes de sair da delegacia, Jessica me ligou.

— E? — Arqueei uma sobrancelha.

— Ela ouviu sobre o que aconteceu ontem à noite.

— Como? — hesitei.

— Meus filhos frequentam a mesma escola de um policial do meu distrito. Ele disse à esposa que teria que fazer hora extra porque o capitão pediu a todos que pudessem fazer sua escolta.

— E a esposa desse policial disse a Jessica?

Ethan assentiu.

— Não acho que ela tenha feito por maldade ou qualquer coisa do tipo, mas é claro que Jessica levou tudo a outro extremo.

— Como assim?

— Quando ela me telefonou, disse que estava entrando em contato com o advogado para solicitar a mudança dos nossos termos de custódia,

Kimberly Knight

por acreditar que as crianças estão em perigo.

— O quê? — sibilei. — Você está falando sério?

— Ela pode até não estar de todo errada. Eles podem estar correndo risco se permanecerem conosco. — Ele coçou a nuca.

Encarei os olhos azuis profundos.

— Eu sinto tanto... Isto é tudo minha cul...

— Ei! — Ethan me interrompeu, puxando-me para os seus braços. — Não é sua culpa.

— É sim.

— Não. Não é.

Inclinei a cabeça para trás, olhando diretamente para ele.

— E se for? E se de alguma forma eu causei tudo isso?

— Por que você pensaria isso?

Dei de ombros antes de responder:

— Porque um assassino invadiu meu apartamento e me deu uma placa de madeira.

— Sim, tudo bem, e eu vou descobrir o porquê.

— Eu sei. — Deitei a cabeça em seu peito, rodeando seu corpo com meus braços, ainda que ambos estivéssemos segurando nossos copos de café. — Eu só... odeio tudo isso.

— Eu também, flor. Eu também odeio essa porra.

CAPÍTULO 17

DESCONHECIDO

Tudo estava saindo como o planejado.

Observei enquanto os Detetives Valor e Jones analisavam meu trabalho artesanal, e Reagan olhava ao redor da casa de Daisy. Pude acompanhar até que um perito encontrou o laptop aberto, fechando-o em seguida e me deixando de fora da diversão. Eu pouco me importava. A excitação ardente estava fluindo pelas minhas veias, pois agora havia chegado a segunda parte do meu joguinho.

Eu já havia acessado o banco de dados da faculdade, coletado o endereço de Reagan e feito a cópia da chave de seu apartamento. Conseguir uma foto de suas chaves foi um pouco complicado. Ela não deixava o chaveiro pendurado ao lado da porta de entrada, e não deixava tudo largado em uma mesa qualquer. Tentei conseguir uma foto quando fui ao Judy's, no entanto, mais uma vez, ela não as deixou por perto e dando sopa. O que me levou a agir com mais astúcia.

Porque eu não perderia esse jogo.

Meu coração martelou no peito quando a vi na cafeteria do *campus,* pois agora eu já sabia o que havia por baixo de todas aquelas roupas. Eu a rastreei, então sabia que ela ia até lá todos os dias da semana antes da primeira aula. Observei sua bunda assim que entrou e a imaginei nua quando saiu do estabelecimento, visualizando minha língua percorrendo seus seios à medida que derramasse um pouco do café com leite por todo o seu corpo, para o *meu* prazer. Eu a observei enquanto se encaminhava para a sala de aula, sem saber que a seguia o tempo todo. Observei-a pela janela pequena da porta da sala, enquanto bebericava seu café quando se sentou no mesmo lugar de sempre.

Eu era sensacional.

Tão sensacional que fui capaz de entrar em sua sala e tirar uma foto da chave de seu apartamento. Os alunos estavam no laboratório naquele momento da aula, e fora de vista, quando me esgueirei pelo lugar indo direto para a cadeira com a bolsa de Reagan. Eu era tão genial, que mesmo que alguém me visse, já tinha a desculpa perfeita na ponta da língua.

Kimberly Knight

Mas ninguém me viu.

Tirei uma foto rapidamente e saí dali, sorrindo o tempo inteiro. Todo mundo baixava a guarda em algum momento, e eu apenas tive que esperar minha oportunidade. A ruína de Reagan foi deixar a bolsa e mochila por ali.

Enquanto ela estava fora, fazendo a ronda com o detetive, me esgueirei em seu apartamento e penduri a lembrancinha que fiz para ela. O número dois, escrito na parte de trás da placa, significava que Reagan havia sido a segunda pessoa a quem eu observava pela webcam, logo depois de Amy. Eu não tinha intenção de riscar o nome dela da lista, mas *tinha* planos para o meu casal favorito, especialmente depois que vi os dois entrando na cafeteria um dia depois da ronda.

Eu vi o quão puto o detetive Valor ficou quando viu minha obra de arte em madeira pendurada na parede da casa de Reagan, e *ouvi* tudo até o momento em que a equipe de peritos levou o laptop, então me surpreendeu o fato de ela ainda estar frequentando as aulas.

Mesmo que agora tivesse o namorado servindo de escolta.

Aquilo não me importava nem um pouco, já que Reagan McCormick não era minha próxima vítima.

ETHAN

Enquanto Reagan assistia à aula, inclinei-me contra a parede do corredor próximo à porta da sala, à espera de Shawn. Enviei uma mensagem e cerca de trinta minutos depois, ali estava ele. Meu pai já havia pegado a chave de Reagan e estava cuidando da situação. Eu não conseguia acreditar que nem mesmo pensei em trocar a fechadura de sua porta. Embora não tivesse a menor intenção de deixá-la ficar lá sozinha – ou talvez *nunca –,* até que esse cara fosse preso.

Eu estava gostando de tê-la na minha cama todos os dias e noites. Quando éramos adolescentes, só tive a chance de acordar ao lado dela uma vez quando saímos da cidade no último ano dela do ensino médio. Não imaginava, naquela época, o quanto eu desejaria que aquilo acontecesse com frequência quando fosse mais velho.

— Vamos dar um pulo até a cafeteria? — perguntei a Shawn.

Precisava de todo o café que pudesse conseguir. Reagan ainda teria uns trinta minutos de aula, e eu sabia que ela não sairia dali sem mim, então deixar meu posto por alguns minutos não teria problema. Além do mais, o *Modus Operandi* desse cara mostrava que ele preferia matar suas vítimas em suas casas, e minha namorada não era boba de ficar sozinha nesse momento.

— Claro — ele concordou.

— Quais são as novidades?

— Falei com a Judy. Ela me mostrou onde guarda todos os arquivos de seus empregados. Eles ficam trancados em um armário e ninguém, além dela, tem a chave.

— E a fechadura não estava quebrada?

— Não.

— Você acha que ela poderia ser a responsável pelo que aconteceu com Reagan?

Ele negou com a cabeça quando abri a porta da cafeteria.

— Não. Ela pareceu arrasada, de verdade, quando contei que alguém havia invadido a casa de Reagan.

— Tudo bem — respondi e entrei na pequena fila para o atendimento.

— Tudo bem? É só isso que tem a dizer?

— Eu tenho um palpite — sussurrei ao olhar para ele.

— Qual?

Dei um passo à frente e fiz meu pedido. Shawn preferiu tomar um café puro. Enquanto ele colocava creme e açúcar em sua bebida, aguardei que a minha fosse feita.

— Amy também estudou aqui, não é? — perguntei.

— Sim.

Peguei meu café com leite assim que a barista me chamou, e ambos, eu e Shawn, saímos da cafeteria. O vento estava frio, como era comum naquela época do ano.

— E, óbvio, Reagan também estuda aqui.

— Você acha que é essa a conexão?

Dei de ombros.

— Talvez. Só precisamos descobrir se Daisy também frequentava esta universidade.

— Vou ligar para Shay e pedir que ela dê uma checada — disse, já com o celular em mãos.

Concordei e caminhamos de volta para o mesmo local onde eu estava aguardando por Reagan. Shawn manteve-se ao telefone enquanto Shay averiguava os dados que necessitávamos. Se esta fosse a conexão, talvez

Kimberly Knight

conseguíssemos avançar um passo para capturar esse cara.

Eu queria Reagan a salvo por trás das portas trancadas do meu apartamento, ao invés de tê-la andando por aí enquanto ainda não tínhamos solucionado este caso. Meu mundo inteiro estava em perigo e eu odiava isso. Queimaria esta cidade até encontrar esse filho da puta. Não sabia o que Jessica estava planejando. Que juiz afastaria os filhos do próprio pai? Eu era um policial. Havia me tornado sargento em busca de uma patente de capitão no futuro. O que sabia de fato era que, seja lá o que Jessica fosse fazer, ainda levaria alguns dias até que uma audiência fosse marcada. Nada estaria definido até que eu apresentasse a minha versão. Até lá, esperava que Shawn e eu já tivéssemos fechado o inquérito.

— Obrigado — Shawn disse e guardou o celular no bolso. — Parece que seu palpite estava correto.

— Daisy também era uma aluna da UL?

— Sim.

Pensei por alguns segundos antes de falar:

— Como vamos descobrir quem é esse cara?

Shawn deu de ombros.

— Precisamos falar com Will outra vez. Talvez ele saiba como ter acesso aos servidores da Universidade. Ou podemos tentar arranjar um mandado.

— Sim.

Reagan foi a primeira a sair da sala de aula.

— Oi. — Ela sorriu para nós dois.

Coloquei meu braço sobre seus ombros antes de dizer:

— Vamos, flor. Está na hora de a donzela em perigo ir para casa.

Depois de apresentar Reagan ao policial Belt, assegurando-me de que ele estaria com ela até que eu voltasse para casa, voltei para a delegacia com Shawn. Agora que sabíamos que todas as mulheres estavam conectadas à Universidade Lakeshore, tínhamos que descobrir como este filho da mãe escolheu seus alvos, e se havia mais mulheres em sua lista.

Shawn e eu fomos direto para a Unidade de Crimes Cibernéticos.

— Ei — cumprimentei Will.

Ele olhou para cima da tela do computador que estava à sua frente.

— Ei, e aí? O que houve?

— Todas as vítimas estudavam na Lakeshore. Precisamos que você averigue o sistema operacional deles, para ver se conseguimos rastrear esse cara — declarou Shawn.

— Reagan alegou só ter usado o laptop dela em casa e na faculdade. Estamos supondo que ali esteja a conexão entre os casos — acrescentei.

— Sim, vou ver se obtenho um mandado de busca e varrer a rede de computadores deles para tentar descobrir algo. — Will acenou.

Saímos do escritório de Will e seguimos direto para o laboratório, em busca da informação da hora da morte de Daisy Witt.

— Cavalheiros — Rikki nos saudou.

— Alguma novidade? — sondei.

Ela caminhou até sua mesa e pegou o arquivo de Daisy.

— A vítima apresentava cinquenta e nove perfurações. Hora da morte se deu em torno de uma da manhã do domingo.

Meu coração pulou uma batida. Nunca reagi mal quando tive que ouvir a forma que a pessoa morreu, mas tudo o que eu conseguia pensar era no corpo de Reagan ensanguentado e estendido no sofá do meu apartamento. Não gostava nem de imaginar isso. Queria ir ao Judy's depois do meu turno, tomar um drinque enquanto observava seu traseiro, e em seguida ir para casa para devorar cada pedacinho dela antes de poder mantê-la em meus braços a noite inteira, para então poder fazer tudo isso de novo no dia seguinte.

— Algum cabelo ou fibra? — Shawn perguntou.

— Nada. Exatamente como o do caso anterior.

— Você sabe qual o tipo de faca foi usado? — meu parceiro insistiu.

— Meu palpite é que seja uma faca de cozinha. A mesma usada antes.

— Então, definitivamente temos um assassino em série em nossas mãos? — sondei, embora já soubesse que estávamos lidando com o mesmo cara.

— Podemos dizer que sim — Rikki respondeu. — As punhaladas apresentam o mesmo padrão de profundidade, ainda que a quantidade dessa vez tenha sido diferente.

Todas as facas presentes no apartamento de Amy haviam sido analisadas e nenhuma delas apresentava partículas de sangue. Não havia nenhuma faca ausente, então só o que poderíamos deduzir é que o assassino levou sua própria arma branca e já com o crime premeditado. Eu podia apostar que fora o *Modus Operandi* no caso de Daisy também.

Kimberly Knight

— Porra. — Shawn suspirou.

— Você já tem o exame toxicológico da primeira vítima? — indaguei. Rikki voltou ao computador em sua mesa.

— Na verdade, acabou de chegar. — Abriu o arquivo de um e-mail. — Está limpo.

— Não tem nada? — perguntei.

— Não.

— Mas havia uma taça de vinho — Shawn afirmou.

— Logo após a morte, dá-se início a uma invasão bacteriana quase que imediatamente. O corpo começa a metabolizar inúmeras drogas e bebidas que contenham enxofre.

— Então, já que o crime aconteceu mais ou menos umas vinte quatro horas antes de encontrarmos o corpo, é possível que o assassino tenha colocado alguma coisa na bebida, mas que acabou sendo metabolizada antes que pudéssemos fazer a análise toxicológica? — argumentei.

— Infelizmente, sim.

Estávamos com muito pouco além do que já tínhamos, mas precisávamos pesquisar cada banco de dados possível em busca de pistas que indicassem outros crimes cometidos com facas de cozinha, vítimas estudantes e placas de madeira como recordações.

As mesmas placas que me assombrariam pelos próximos anos.

Shawn e eu voltamos a nossas mesas um tempo depois.

— Valor. — Ouvi o capitão me chamar. — Um minuto, por favor.

Olhei para Shawn, que deu de ombros. Ser chamado à sala do capitão se equivalia a ser chamado à diretoria. Isso nunca era um bom sinal.

Quando cheguei perto de sua sala, percebi que havia um delegado do Condado de Cook.

— Senhor?

— Sargento Valor, aqui está uma intimação de medida cautelar de urgência. — O delegado me entregou um pedaço de papel.

Arranquei os papéis de sua mão, olhando linha por linha.

— Então ela foi adiante, não é?

— Você pode culpá-la? — o capitão perguntou.

— Isso aqui está dizendo que tenho que me manter afastado dos meus filhos! — grunhi.

— Eu sei disso, mas dadas as circuns...

— Eles não estão correndo perigo! — contra-ataquei.

— Você não pode afirmar isso.

Abri a boca para argumentar outra vez, mas a realidade bateu na minha cara. Nós não sabíamos quando esse filho da puta poderia atacar e, quando o fizesse, se Reagan estivesse com meus filhos, eles poderiam, sim, estar correndo perigo. Olhei para os papéis mais uma vez, atrás da data da audiência.

— Duas semanas? — perguntei ao delegado.

— É o procedimento padrão — respondeu. Meu olhar focou em seu nome: Pierce.

— Isto aqui — sinalizei os documentos — é uma besteira.

— Sem querer jogar sal na ferida — o capitão emendou —, mas você vai precisar trabalhar no administrativo.

— Não! — gritei e depois abaixei o tom de voz. — Nós já havíamos conversado sobre isso.

— Isto foi antes de você receber uma intimação com uma ordem de restrição, Valor.

— Se me permite — Pierce interrompeu —, um dos meus policiais passou por algo semelhante. Ele entregou sua pistola quando estava fora de serviço e pôde continuar a trabalhar nas ruas, desde que estivesse sempre com o parceiro. Ao final de cada turno de trabalho, ele deixava a arma que usava em serviço com nosso capitão. —Acenou em direção ao capitão Rapp. — Ele, o parceiro e o capitão assinavam um termo, com data e hora ao final de cada dia. Como precaução, porque a ex do cara era uma cadela dos infernos, ele entregava a arma sempre em frente a uma câmera de segurança, como prova.

— Eu posso fazer isso — afirmei. — Preciso continuar nas investigações deste caso.

— Tudo bem. Entregue todas as armas que você tem em casa, e toda noite, colocaremos sua arma de serviço num cofre, deixando tudo registrado — Capitão Rapp concordou.

— Tudo bem. — Acenei em concordância.

— Boa sorte, sargento — delegado Pierce disse. — Agora vou entregar a intimação à outra parte.

— Outra parte? — perguntei.

— Sim.

— E quem seria? — questionei.

Ele olhou para o capitão Rapp, que foi o único a dizer:

— Eu acho que ele está se referindo à sua namorada.

— Há uma ordem de restrição contra Reagan?

Pierce não confirmou ou negou o fato.

CAPÍTULO 18

REAGAN

Ficar sem meu laptop na aula era um saco. Minha mão já estava doendo de tanto fazer anotações durante a prática no laboratório, e eu não fazia ideia de quando ou se receberia meu computador de volta.

Enquanto Braeden, o policial cuja esposa disse a Jessica que eu estava precisando de escolta, assistia TV, usei o computador de Ethan para fazer minhas lições. Não havia webcam no monitor, e isso me tranquilizou um pouco, já que não devia estar sendo observada. Pelo menos eu esperava isso. Será que alguém teria colocado câmeras no apartamento de Ethan? Na minha bolsa? Meu celular? Eu me sentia como uma prisioneira – ou uma donzela em perigo, como ele havia brincado antes.

Ao terminar todos os deveres da faculdade, percebi que estava morrendo de fome. Com tudo o que estava acontecendo, só havia tomado aquele copo de café antes da aula. Já passava de uma da tarde e meu estômago não estava nem um pouco feliz.

— Vou fazer um sanduíche para mim. Você gostaria de um? — perguntei a Braeden quando passei pela sala de estar.

Ele olhou para cima, do local em que se encontrava sentado.

— Não quero dar trabalho.

— Não é nada... Você está fazendo um favor a mim e a Ethan.

— É mais que um favor. É a sua vida em jogo.

Dei um sorriso estreito antes de responder simplesmente:

— Eu sei.

— Você não tem com o quê se preocupar — levantou-se e deu um tapinha no meu braço, em um gesto confortador —, todo mundo da delegacia vai te manter em segurança quando formos sua escolta.

— Obrigada. Realmente fico muito grata por isso. — Fizemos um minuto de silêncio, até que me afastei. — Então, pode ser de peito de peru?

— Está ótimo. — Ele sorriu.

Fui para a cozinha e peguei todos os ingredientes necessários para fazer os sanduíches. Braeden me seguiu até ali.

— Você é casado? — perguntei à medida que fatiava o pão em quatro pedaços. É claro que eu já sabia a resposta, mas estava tentando preencher o silêncio constrangedor, além de querer causar uma boa impressão. Também sabia que sua esposa provavelmente o encheria de perguntas ao meu respeito, e as passaria a Jessica.

Ele se sentou à mesa central enquanto eu fazia os sanduíches.

— Sou, sim.

— Tem filhos?

— Uma filha e outro a caminho.

— Aww, meus parabéns.

— Obrigado. E você, tem filhos?

Sorri, pensando em Maddie.

— Uma filha. Ela é caloura na Universidade de Michigan.

A boca dele se abriu levemente.

— Você tem uma filha já na faculdade?

— Tenho.

— Tem certeza? Você não parece tão velha — provocou.

Comecei a rir.

— Pois eu tenho. Eu a tive um ano depois que me formei na faculdade.

— Uau. Nunca teria imaginado.

Assenti e ajeitei as fatias de pão para finalizar.

— Há quanto tempo você e Ethan estão juntos?

Não tinha certeza se Jessica conhecia nossa história — que fui a primeira namorada de Ethan, quer dizer, seu primeiro 'tudo' —, mas já que ele perguntou, faria questão de lhe dizer. Ofereci um prato com o sanduíche pronto e mais um saquinho de batatas chips.

— Você fala desta vez?

— Desta vez? — Retirou o prato da minha mão.

Eu sorri – tal qual o sorriso do gato de Cheshire, de Alice –, e apanhei duas cocas zero para nós dois.

— Nós fomos namorados de escola.

— Sério?

— Sim. — Sentei-me próximo a ele no balcão e estendi seu refrigerante. Houve um pequeno momento de silêncio enquanto abríamos nossas embalagens de batatinhas, as latas de coca e dávamos as primeiras mordidas em nossos sanduíches.

— Se você não se importa de eu perguntar... O que aconteceu? — o policial Belt perguntou.

Não me importo de forma alguma. Por favor, conte tudo à sua esposa.

— Eu fui para a universidade, na Califórnia, e ele ficou aqui. Relacionamento à distância não funcionou conosco.

É claro que eu não diria a verdade por inteiro, mas o que havia dito era ao menos parcialmente verdadeiro. Se eu e Ethan estivéssemos na mesma cidade, provavelmente eu nunca teria ido àquela festa idiota; não sem ele, claro.

— Califórnia? Quando você se mudou de volta?

— Você faz muitas perguntas — brinquei, fingindo não estar adorando estar sendo interrogada a respeito do meu relacionamento.

Ele riu e continuou comendo.

— Ossos do ofício. Desculpe.

— Estou brincando. — Eu sorri de volta. — Me mudei há alguns meses, e acabamos reatando quando ele esteve no bar onde eu trabalho.

— Que bar?

— Judy's, descendo a rua.

— Ah, sim. Eu sei onde é. Lugar bem bacana. — Mastigou mais um pouco.

— É mesmo. A irmã de Ethan conheceu o marido lá, sabia? E agora nós voltamos. Deve ser um lugar meio mágico ou sei lá.

— Ah, é verdade. Eu soube sobre a irmã dele e Rhys Cole.

— Soube?

— Minha esposa é... — Coçou a nuca, sem-graça. — Minha esposa e a ex de Ethan são amigas, e acabei ouvindo as fofocas.

Não brinca...

— Sério? — Eu sorri.

— Sim. — Suspirou. — Me desculpe por estar te enchendo de perguntas. Minha mulher me enviou uma mensagem de texto pedindo que eu chafurdasse atrás de algum podre seu para que ela pudesse dizer a Jessica.

— Podre? — Coloquei algumas batatas na boca.

— Elas querem saber como você é.

Dei um gole em minha bebida antes de perguntar:

— E como eu sou?

— Bem — ele riu —, cá entre nós, você é muito mais legal que a Jessica.

Eu ri baixinho.

— É mesmo? Como assim?

— A Jessica é aquele tipo de mulher que adora um drama. Ela está sempre aprontando alguma coisa na escola onde nossos filhos estudam; ela me parece muito aquela personagem da Christina Applegate, no filme *Perfeita é a mãe,* sabe?

Comecei a rir com vontade.

— Eu sei exatamente o que você quer dizer.

Eu *sabia* mesmo o que ele estava insinuando e aquilo me deixou triste não somente porque ela estava tentando cavar algum podre meu, mas sim por estar colocando os filhos de Ethan na confusão. Só esperava que aquilo não sobrasse nem para mim e nem para eles.

Ouvimos uma batida à porta e meu olhar voou para Braeden.

— Fique no corredor — comandou, já com a arma em punho.

Eu não achava que assassinos batessem antes de entrar, mas obedeci a suas ordens só por precaução. Não conseguia ter uma visão da porta de entrada, mas conseguia ouvir tudo.

— Delegado? — Braeden perguntou, surpreso.

Delegado?

— Sargento Valor me disse que encontraria Reagan McCormick aqui.

— E ela está. O que você quer com a Reagan? — Braeden sondou. O delegado não respondeu nada, ou ao menos não fui capaz de ouvir. — Pode sair, Reagan.

Assim eu fiz, saindo do corredor e dando as caras.

O homem deu um passo em minha direção.

— Reagan McCormick, você está sendo intimada com uma medida cautelar de urgência. Você deve permanecer no mínimo a 150 metros de distância das partes solicitantes até a audiência.

— Uma medida protetiva? — questionei, enquanto lia os papéis. Olhei de relance e vi que Jessica era a requerente. — Só podia...

— Certifique-se de comparecer à audiência — ele afirmou. — E você também precisa entregar qualquer arma que estiver em sua posse.

Bufei e dei um sorriso sarcástico.

— Eu não tenho nenhuma arma, mas entendo o que você quer dizer. Obrigada, delegado.

Ele se virou e saiu dali. Braeden fechou a porta em seguida.

— Parece que Jessica não quis esperar por qualquer podre que você pudesse dizer a ela — atestei, sacudindo os papéis à minha frente.

— Parece que não — resmungou.

Às três da tarde, Braeden foi embora, dando lugar à policial Chase, que eu já havia conhecido depois de uma aula minha. Ela chegou com a tarefa de me manter a salvo. Estávamos assistindo a alguns episódios de um documentário de crimes reais, na Netflix e, antes que eu percebesse, Ethan entrou pela porta.

— Oi — cumprimentei, dando-lhe um sorriso.

Ele parecia cansado, com os olhos vermelhos adornados por olheiras profundas, e eu não estava certa se eram somente por ele não ter dormido direito na noite anterior. Por mais que estivéssemos ambos preocupados por conta do assassino, eu nem podia imaginar o estresse adicional que ele estava enfrentando por minha causa; cuidar da minha segurança, a briga com Jessica, a ansiedade em resolver os casos antes que outra morte acontecesse.

E era possível que até mesmo fosse a minha.

— Ei. — Ele jogou as chaves e o celular em cima da mesinha próxima à porta. Enquanto vinha em minha direção, sentada no sofá, começou a desfazer o nó da gravata. — Obrigado, April.

— Sem problema. — Ela se levantou. — Agora eu preciso ir para casa para descobrir o que acontece no próximo episódio. Te vejo amanhã, Reagan.

— Tchau. Tenha uma boa-noite.

— Você também.

Ethan me deu um beijo rápido antes de levá-la até a porta.

— Boa noite, April. Até amanhã.

— Noite — respondeu.

Ethan fechou a porta e trancou todas as fechaduras.

— O que você quer comer? — perguntei ao me levantar para ir à cozinha.

Enlaçando-me pela cintura, me levou de volta ao sofá, fazendo com que eu caísse sobre ele.

— O que você quiser. Eu só preciso de um banho e depois segurar você em meus braços pelo resto da noite. Hoje foi um longo dia.

— Nem me diga. Você já deve estar sabendo que recebi uma intimação com uma ordem de restrição, não é? — Enlacei seu pescoço.

— Sim. Eu já sei.

— Bem, li todo o documento e concordo com o que ela requereu. Não quero que nada de mais aconteça aos seus filhos por minha causa.

Respirando profundamente, Ethan fechou os olhos por um instante.

— Não foi só você que recebeu, flor. Eu também fui intimado.

— Como assim? Você não vai poder ver seus filhos? — Franzi o cenho.

— Isso mesmo.

— O quê? — gritei e tentei me levantar. — É sério que ela está tentando te impedir de ver seus meninos?

Ele apertou os braços ao meu redor.

— Isso não vai acontecer, mas, infelizmente, por ser uma medida de tutela cautelar, não há nada que eu possa fazer a respeito até a audiência.

— Você só pode estar brincando.

— Pode acreditar, eu estou puto. Liguei para o meu advogado, mas até ele confirmou que não posso fazer nada, a não ser me manter afastado até a audiência.

— Isso é ridículo.

— Eu sei.

— Isso é tudo minha culpa.

— O quê? É claro que não é.

— É, sim. — Fechei os olhos e suspirei.

— Por quê? Por ter um *serial killer* atrás de você?

— Hum... sim. — Abri finalmente os olhos.

Ethan não disse mais nada enquanto nos encarávamos por um longo momento.

— Olha, não quero discutir esse assunto com você. Esses últimos dois dias foram uma merda, e sinto como se sempre estivéssemos dando um passo atrás ao invés de avançar.

— Você sabe que estou aqui para ajudar, não sabe?

— Eu sei que está, mas não posso te contar nada sobre as investigações. — Beijou minha boca suavemente.

— Por que eu poderia correr mais riscos? — repeti a informação que ele havia passado mais cedo.

— Sim, mas também porque não quero ser retirado do caso. Se existe alguém que pode solucionar isso rápido, esse alguém sou eu.

Sorri com candura para ele.

Kimberly Knight

— Eu sei disso, mas se o assassino não tivesse invadido meu apartamento, você ainda estaria com seus garotos.

— Eu ainda tenho os meus garotos.

— Mas com esse mandado judicial...

— Um pedaço de papel não vai me manter afastado dos meus filhos, Reagan.

— O que você vai fazer?

— Honestamente? — Suspirou. — Nada, por enquanto. Eu detesto ter que dizer isso, mas poder focar esses dias para tentar resolver esse caso será bom para todos nós. Vou passar cada minuto do dia acordado trabalhando nisso.

— Entendi.

— Agora — Ethan me pegou no colo —, nós vamos tomar um banho, comer, foder, e dormir um pouco. Não necessariamente nesta mesma ordem. — Riu.

Com as pernas ao redor de sua cintura, acompanhei suas risadas.

— Eu terminei o meu dever, então teremos a noite toda.

Estávamos cansados, mas sexo poderia nos ajudar a esquecer um pouco de tudo o que estava acontecendo por agora, e eu esperava que isso fizesse com que Ethan conseguisse descansar também.

Ele nos levou para o banheiro anexo ao quarto.

— Ou até que desmaiemos. — Estávamos na mesma página, pelo jeito.

— Devíamos pedir uma pizza. É capaz de chegar quando estivermos saindo do banho.

— Isso vai colocar um prazo no tempo em que posso te foder, flor.

Comecei a rir.

— Vou tirando minha roupa enquanto você faz o pedido. Isso é o que chamo de multitarefa.

Colocando-me no chão, deu um beijo na minha boca.

— E é por isso que amo você.

— Eu também te amo.

— Tire a roupa e entre debaixo do chuveiro. Eu já volto.

Quando Ethan voltou – cerca de quatro minutos depois –, eu já estava do jeito que ele queria: nua e molhada. O jato d'água morna batia diretamente contra meu peito. Ouvi quando entrou no banheiro e eu já estava totalmente pronta. Ao abrir a porta do boxe, olhei para trás e percebi que ele já estava duro e até mesmo com a camisinha no lugar. Nós tínhamos uma faixa de tempo – talvez trinta minutos –, até que a pizza chegasse.

Sem mais palavras, ele agarrou o meu cabelo com as mãos, requisitando minha boca, e me imprensou contra a parede fria de azulejos, moendo os quadris contra os meus. Interrompendo nosso beijo, Ethan percorreu meu pescoço com os lábios, depositando beijos por toda a minha pele, arrastando os dentes pela minha mandíbula. Alcancei seu pau duro como pedra, rodeando-o com meus dedos. Ele soltou um gemido rouco e sussurrou no meu ouvido:

— Vire-se, amor. Mãos na parede.

E assim eu fiz, apoiando contra os azulejos, recostando minha cabeça contra seus ombros para que ele tivesse livre acesso ao meu pescoço. Ele alternou entre mordidas e chupões, e empurrei meus quadris para trás, roçando minha bunda contra seu pau. A mão calejada subiu até segurar e massagear um dos meus seios, puxando meu mamilo sensível. A outra mão foi direto para o meio das minhas pernas.

Com os primeiros golpes de seus dedos em meu clitóris, deixei escapar um gemido de prazer. Ele os enfiou dentro da minha boceta, profundamente, deslizando sem esforço. Estar com Ethan sempre pareceu tão certo, como se tivéssemos sido feitos um para o outro. Ele sabia o jeito certo de me acariciar de forma que eu ficasse da consistência de um pudim. E eu era capaz de me abrir para ele e permitir que fizesse isso da maneira que quisesse.

Ethan dobrou os joelhos, erguendo meu corpo só um pouquinho para que pudesse me penetrar com apenas um golpe. Minhas mãos escorregavam para cima e para baixo na parede à frente, a cada estocada. O vapor dentro do boxe aderiu à minha pele, fazendo o movimento de seu quadril contra o meu deslizar com fluidez.

— Porra... — gemeu. — Depois de um dia co...

— Shhh — silenciei e levei minha boca à dele, provando e sugando sua língua enquanto ele me levava cada vez mais alto. Eu não queria que ele pensasse em nada mais além de nós dois ali.

Golpe após golpe, estocada após estocada, impulso após impulso nos levaram ao limite. Eu alcancei o clímax antes, apertando seu pau enquanto ainda convulsionava.

— Isso, querida — gritou ao acelerar o ritmo até que finalmente pôde acalmar os movimentos assim que gozou.

Ethan ainda permaneceu dentro de mim, à medida que nossas bocas dançavam uma contra a outra, saboreando o momento. Depois de um tempo, nos afastamos e ele me ajudou a permanecer de pé.

— Você acha que nossa vida sexual seria boa desse jeito se tivéssemos ficado juntos e nos casado? — Ele começou a ensaboar o corpo com o sabonete líquido que cheirava a algo paradisíaco. — Quero dizer, você tem que admitir que somos muito bons juntos.

Inclinei um pouco a cabeça para trás, aproveitando o jato do chuveiro para me enxaguar.

— Eu acho. E gosto de pensar que daqui a vinte e três anos será do mesmo jeito.

Ele deu um sorriso enviesado, trocando de lugar comigo para tirar o xampu do cabelo.

— Eu prometo que ainda serei capaz de ficar duro por você, mesmo depois de vinte e três anos.

— Eu tenho certeza que *ainda* haverá uma pílula para isso, caso necessário.

— É mesmo — respondeu. Ouvimos o interfone tocar naquele instante. — A pizza deve ter chegado. — Terminando de enxaguar o cabelo, Ethan me deu um beijo antes de sair do boxe, deixando o banheiro em seguida.

Depois que comemos quase toda a pizza, rastejamos para debaixo das cobertas e dormimos bem pela primeira vez desde o dia em que aquela placa de madeira apareceu no meu apartamento.

CAPÍTULO 19

ETHAN

— Divirta-se na aula, flor. — Não era a primeira vez que eu dizia aquelas palavras, mas talvez fosse a primeira enquanto a observava se afastar na companhia de um policial à paisana.

— Pronto? — Shawn perguntou.

Assenti, afirmativamente.

Will havia conseguido um mandado e estávamos indo até o Departamento de TI da Universidade. Não havia nada que eu e Shawn pudéssemos fazer, mas queríamos estar presentes. Ou, sendo mais específico, *eu* queria estar lá. A partir do momento que esse filho da puta violou a privacidade da minha namorada, eu queria saber tudo sobre essa parte técnica. Não fazia ideia do que poderia fazer, mas se Will rastreasse o babaca, eu queria ser o primeiro a saber.

Eu e Shawn ainda estávamos esperando os registros telefônicos de Daisy e, no dia anterior, fomos ao apartamento de Amy para descobrir que a colega de quarto, Heather, havia se mudado dali. De lá, fomos até a casa do namorado dela, mas ninguém atendeu. Então, para matar dois coelhos com uma cajadada só, estávamos junto com Will para que pudéssemos dar uma passada depois na secretaria e ver os horários de Heather na faculdade. Dessa forma, poderíamos encontrá-la.

Nós precisávamos daquela placa de madeira do caralho.

Seguimos os três para o prédio onde funcionava a administração. Enquanto Shawn ficou no andar principal para conseguir o calendário de atividades de Heather, eu e Will nos dirigimos para o subsolo, onde se localizava o Departamento de TI. Assim que entramos, contabilizei oito portas – algumas abertas, outras fechadas –, logo atrás da mesa da recepção.

Aproximamo-nos da recepcionista, que afastou a vista de seu computador e nos encarou.

— E-eu... eu posso ajudá-los? — gaguejou, como se nunca recebesse visitas por ali.

Kimberly Knight

Will entregou o mandado que nos autorizava a fazer a pesquisa.

— Estamos aqui para fazer uma varredura nos servidores.

A mulher hesitou.

— Sério?

— Sim.

— Okay... Deixe-me... de-deixe-me chamar meu chefe. — Levantou-se.

Instantes depois, um homem se aproximou, apresentando-se:

— Jack Clark. — Estendeu a mão. Ele me parecia familiar, mas naquele breve momento não consegui pensar de onde. — Sou o diretor do Departamento de Informática.

— Sargento Valor, e este é policial Nichols. Ele é o chefe da nossa Unidade de Crimes Cibernéticos. Temos um mandado para analisar todos os servidores e computadores.

— Por quê? — Jack franziu o cenho em confusão.

— Há dois casos de homicídio que estão associados à Universidade de Lakeshore...

— Sim, eu ouvi falar. E vocês acham que pode estar conectado com nossos computadores?

— Infelizmente, não podemos revelar esta informação por enquanto.

Shawn chegou naquele instante e o olhar de Jack passou de mim para ele.

— Por aqui.

— Na verdade — eles estacaram em seus passos —, o policial Nichols vai assumir essa tarefa.

Jack assentiu e ele e Will se dirigiram para o final do corredor, sumindo de vista. A mulher voltou à sua mesa, mas a peguei nos olhando algumas vezes, e fiz uma nota mental para me lembrar de conversar com ela.

Virei-me para Shawn e perguntei:

— Conseguiu?

— Sim.

Peguei o celular do bolso e conferi que ainda faltavam uns quinze minutos até a aula de Reagan acabar.

— Você quer ir na frente e ver se ela tem o que precisamos? Preciso levar Reagan até o carro.

— Claro.

Acenei rapidamente em concordância e me virei para encarar a recepcionista.

— Se eles terminarem antes de eu voltar, você pode dizer ao policial Nichols para me aguardar?

— Com certeza. — Ela sorriu com cautela.

Shawn e eu nos dirigimos até o elevador. Assim que entramos, perguntei:

— Você também achou que ela estava agindo de uma forma estranha?

Ele pensou por um instante, antes de responder:

— Não fiquei lá tanto tempo assim, então não consegui formar uma opinião. Por quê?

— Ela estava gaguejando. — Dei de ombros.

— Talvez ela seja gaga, ou fique nervosa em volta de policiais?

— Talvez.

Não tinha como assegurar se ela estava agindo de uma forma estranha ou não. Lidar de uma forma mais pessoal com o caso estava fodendo a minha cabeça. E é por esta razão que policiais não podiam investigar casos em que tivessem alguma ligação, mas eu *precisava* estar no comando.

Shawn e eu seguimos rumos diferentes assim que deixamos o prédio. Ele foi em busca de Heather, antes que entrasse na próxima aula, e eu acompanharia Reagan até o carro da policial Chase. Se pudesse, a levaria para casa todos os dias, por minha conta.

Quando já estava a uma distância mínima da sala de aula, vi April recostada contra a parede, à espera. Ela foi designada a acompanhá-la às aulas, para que parecesse menos suspeito e mais como se fosse alguma colega da faculdade. Assim que me viu, acenou com a mão.

— Oi — cumprimentei.

— Descobriram alguma coisa?

Dei de ombros.

— Will ainda está lá, vasculhando. Alguma novidade aqui?

— Não. Tudo tranquilo.

— Ótimo.

April se virou para mim, mantendo um ombro ainda apoiado na parede.

— Eu estava pensando... Você acha que isso pode ser pessoal?

— Contra mim ou Reagan? — Pensei por um instante.

— Ambos.

O problema com essa pergunta era que, tecnicamente, eu não *conhecia* Reagan há tempo suficiente para dizer se ela poderia ter feito inimigos. Eu era um bom julgador de caráter, e não acreditava que minha namorada tivesse feito algo a alguém, mas qualquer pessoa poderia agir por ciúme ou vingança contra ela.

— Tem que ser alguém que a conhece — retruquei. — Afinal, ela recebeu aquela porra de placa com o nome entalhado.

— Poderia ser um estranho... — April afirmou.

— Por que você acha isso?

— Pense em todos os lugares onde você diz o seu nome em voz alta: cafeterias, lanchonetes, fichas de cadastro para uma conta bancária, ou até mesmo alguns salões de beleza que requerem ficha cadastral.

— Então você acha que ele pode ter ouvido o nome ou ter lido enquanto ela preenchia algum formulário, e está só fodendo com as nossas cabeças porque sou responsável pelas investigações?

— Poderia ser. — Ela deu de ombros ligeiramente. — Alguém poderia ter se inteirado de que você estava no caso. Esta faculdade fica na sua jurisdição, não é? — perguntou, indicando com o braço a área ao redor. Acenei em concordância, sem gostar de sua linha de raciocínio. — Talvez o assassino esteja tentando atrair sua atenção, porque ele tem algo contra *você*.

A teoria de April aos poucos começou a assentar na minha mente. Será que Jessica poderia estar por trás de tudo isso, como uma forma de conseguir a guarda total dos nossos filhos? Eu perderia tudo se no final acontecesse alguma coisa com Reagan e ela obtivesse a custódia.

No entanto, o assassinato de Amy ocorreu na noite seguinte ao meu reencontro com Reagan – antes até mesmo de nos tornarmos namorados. Jessica não sabia de nada naquela época. Se ela tivesse colocado alguém para me seguir, disposta a descobrir algum podre na minha vida, então ela teria descoberto que Reagan era alguém especial para mim. Até mesmo naquela noite, no Judy's; nós saímos de lá juntos, e ela dormiu no meu apartamento. O plano de matá-la poderia ser uma tentativa de criar uma conexão comigo? Provar que meu trabalho era arriscado para minha família? Não havia como saber se a cronologia dos acontecimentos batia, mas ainda assim, era uma teoria.

— Eu realmente espero que você não esteja certa — eu disse, finalmente.

— Eu também, mas minha tia já foi policial na Flórida, e ela era paranoica pra caralho. Agora que faço parte da corporação, entendo de onde tudo isso saiu.

Se April estivesse correta, eu não estaria enviando um criminoso qualquer para a cadeia. Meus filhos estariam perdendo a mãe.

— Você vai se tornar uma boa detetive algum dia — atestei.

— Você acha? — ela sorriu largamente.

— Sim. Você tem a mente aberta, e isso é bom. — Eu sorri de volta.

— Obrigada, Sarg. — O sorriso permaneceu em seu rosto.

A aula de Reagan encerrou, e quando ela passou pela porta, imediatamente seu olhar se conectou ao meu. Meu coração apertou ao ver seu sorriso. Pelos últimos três dias, passei quase todos os segundos imaginando o pior cenário – e agora mais ainda, depois da conversa com April. Se o assassino não tivesse nenhuma ligação com Jess, por que razão ele teria colocado as placas para Amy e Daisy *antes* de matá-las, como fez com Reagan? Isso não levantaria suspeitas? Tudo bem que ele não tinha as mesmas fontes que eu, mas...

Outro pensamento tomou forma. Se eles estivessem, de fato, observando Reagan – nós – através de sua webcam, teriam acesso a toda a minha linha de investigação que eu vinha trabalhando algumas noites no último mês? *Caralho*. Essa deve ser a razão para que sempre estivessem um passo à nossa frente. Mas, isso significava que Reagan era ou não um alvo? Seria possível que eles estivessem apenas fodendo comigo, e que Jess estivesse por trás disso? No entanto, como tiveram acesso ao IP de Reagan para nos conectar? Foi algo aleatório ou eles simplesmente esbarraram em nós? Eles não a observaram quando estive lá?

Eu tinha uma porrada de questionamentos.

— Flor. — Beijei seus lábios suavemente assim que ela parou à minha frente. Eu estava tentando agir com normalidade, o máximo que eu conseguia. — Como foi a aula?

— Boa. — Nós três começamos a caminhar para deixar o prédio. — E você? Conseguiu seja lá o que estava buscando? — Lancei um olhar torto.

— Eu sei — suspirou —, você não pode me dizer.

Quando passamos pela porta de saída, parei, fazendo com que as duas parassem também.

— April, você pode nos dar um minuto?

— Claro. — Ela sorriu e se afastou alguns passos.

— Está tudo bem? — Reagan perguntou.

— Eu só queria dizer que não tenho certeza da hora que vou conseguir chegar em casa hoje.

— Eu entendo.

— Não é só por causa do caso. Vou dar uma passada na casa de Jessica.

Os olhos verdes-esmeraldas arregalaram.

— Vai?

— Hoje é quarta-feira.

— Mas e a ordem de restrição?

Revirei os olhos antes de responder:

— Papel nenhum vai me manter afastado dos meus meninos.

Especialmente agora que eu tinha suspeitas de que Jessica pudesse estar por trás de tudo. Eu não fazia ideia de como ela poderia ter conseguido acesso ao apartamento de Reagan, como obteve o endereço, ou sei lá, e era por essa razão que eu precisava falar com ela cara a cara. Precisava analisar suas reações. Eu saberia se ela estivesse mentindo ou escondendo alguma coisa porque, afinal, fomos casados por quase dez anos.

— Você corre o risco de ser preso...

— Isso não vai acontecer.

— Tem certeza?

— Apenas... apenas confie em mim.

— Tudo bem. — Ela sorriu levemente. — Quem será minha escolta hoje à noite?

— Braeden.

— A esposa do policial Belt não vai ficar nem um pouco feliz.

Eu ri. Tinha certeza de que ela e Jessica tiveram um longo papo sobre o tempo em que Braeden fez companhia à Reagan, assim que deixaram os filhos na escola.

— Não, provavelmente, ela não vai gostar.

Reagan e April foram embora e fiquei aguardando do lado de fora do prédio da administração. Não tive que esperar tanto, já que o avistei virando a esquina.

— E aí?

— Heather disse que empacotou a placa e enviou para a casa da mãe de Amy.

— Você pegou o endereço?

Ele assentiu.

— Sim, mas ela mora em Washington.

— Merda — resmunguei. Como eu não estava com o arquivo em mãos, e coletamos esses dados mais de um mês atrás, acabei me esquecendo desse detalhe.

— Isso aí. E Heather disse que nunca tinha visto a placa decorativa até que embalou os pertences de Amy.

— Então, ele pendura as placas *depois* de matá-las?

— Só pode.

— Mas isso não faz o menor sentido em relação a Reagan.

Eu não ia dizer nada da minha conversa prévia com April. Não era porque queria esconder alguma coisa do meu parceiro, ou porque não confiava nele. Eu confiava. Com a minha vida. Mas se Jessica estivesse envolvida de alguma forma, eu queria ter certeza antes de dizer a Shawn.

— Eu sei. Vou ligar para a mãe de Amy e ver se ela pode enviar a placa de volta. Então poderemos procurar por impressões digitais.

A cena do crime não foi preservada, já que permitimos que Heather voltasse ao apartamento – para embalar suas roupas e se mudar dali. E mais, objetos de madeira não eram os melhores para coletar impressões, mas a partir do momento que não tínhamos nada, seria interessante ver se conseguiríamos recuperar qualquer traço de DNA que não fosse o de Heather ou da mãe de Amy.

— Veja se consegue conferir o número que está na parte de trás da placa — relembrei.

— Bem lembrado. Vou tentar falar com ela agora mesmo.

Assenti em concordância.

— Eu vou descer de novo e ver se Will achou alguma coisa.

— Eu te encontro lá.

Ao descer ao subsolo, a recepcionista ergueu os olhos quando me viu e deu um sorriso.

— Detetive Valor, o senhor voltou.

— Sargento Valor — eu a corrigi.

— Ah, desculpa.

Abri a boca para perguntar há quanto tempo ela trabalhava ali no Departamento de Informática, mas meu telefone começou a tocar dentro do bolso. Quando o peguei, vi que a ligação era do meu pai. Afastei-me da recepção até ficar próximo ao elevador.

— Oi, pai.

— *Filho.*

— O que houve?

Kimberly Knight

— *Quando você ia me dizer que Jessica colocou uma ordem de restrição contra você?*

— É uma tutela cautelar — esclareci. Como se aquilo fosse muito melhor...

Liguei para minha mãe a fim de explicar que não iríamos ao jantar mensal em família, e acabei dizendo a ela a razão. É claro que ela contaria ao meu pai... Eu não estava tentando esconder nada dele. Eu só estava com muita coisa na cabeça, dadas as circunstâncias.

— *Ethan!* — ralhou.

— Já estou cuidando disso, pai.

— *Como?*

— Acho que está conectado com o... — hesitei, coçando a nuca. Em seguida abaixei o tom de voz, já que não estava tão longe assim da recepcionista. — Lembra quando pedi ao senhor que trocasse as fechaduras do apartamento de Reagan depois que foi invadido?

— *Sim.*

— Uma evidência está diretamente conectada aos assassinatos que estou investigando.

— *Há um serial killer em Chicago?* — disse depois de uma breve pausa.

— Sim — suspirei. Quando as portas do elevador se abriram, Shawn estava lá. — Só que não posso falar sobre isso agora.

— *Eu não gosto disso.*

— E o senhor acha que eu gosto? — Shawn franziu o cenho e ergui um dedo, pedindo que aguardasse.

— *Vou falar com ela.*

— Não! — gritei, abaixando a voz em seguida. — Estou planejando fazer isso hoje à noite.

— *Mas ela tem uma medida cautelar contra você, Ethan. Você não pode ir até ela, mesmo sendo o tira que está cuidando do caso. Você pode acabar sendo preso se violar a lei.*

— Eu sei, pai, mas preciso fazer alguma coisa.

— *Então deixe-me falar com ela. Os meninos ainda podem vir à nossa casa para o jantar. Não é bom para eles ter essa rotina alterada.*

— Eu sei que não é.

— *Eu lido com ela.*

— Não. Só... só me deixe cuidar disso, okay? — Vi o momento em que Will se encaminhou à mesa da recepção. — Eu tenho que ir.

— *Vou cuidar disso* — ele repetiu.

— Pai... — resmunguei.

— *Dê uma passada aqui em casa depois que sair do trabalho. Vou te contar o que deu.*

Nós acabaríamos dando voltas e voltas sobre o assunto e não adiantaria nada tentar demovê-lo da ideia. Nem tempo para isso eu tinha. Meu pai conhecia a rotina de um policial e, quando Jessica disser a ele que ela sabia *– porque estava por trás disso –,* eu esperava que ele me desse cobertura. Tomara que os instintos policiais dele aflorassem e ele chegasse ao fundo disso.

— Tudo bem. Pergunte tudo o que puder.

— *Tudo?*

— Tudo — repeti, torcendo para que ele pegasse a dica. — Eu tenho que ir.

— *Okay. Tchau, filho.*

Suspirei e guardei o celular no bolso do blazer. Logo em seguida, fui em direção a Will e Shawn.

— E então?

— Ainda estamos escaneando, mas até aqui...? Nada — Will informou.

— Nem mesmo essas merdas de vírus? — perguntei.

— Não. Nada foi encontrado.

Bem... que merda.

Kimberly Knight

CAPÍTULO 20

ETHAN

Meu sangue fervia enquanto eu me mantinha sentado na minha caminhonete, em frente à casa que eu mesmo comprei. Meu pai estava ali dentro, e eu estava a dois passos de ir atrás dele. Como havíamos planejado, ele entraria e conversaria com Jess, e eu estava rezando para que descobrisse se ela estava por trás de toda essa merda, sem que tivesse que contar a ele sobre o caso ou minhas suspeitas. No entanto, não pude simplesmente ficar sentado esperando que ele tivesse captado meus sinais, e por isso decidi interceptá-lo antes que entrasse lá.

— *Você não deveria estar aqui* — *disse assim que me viu sair da caminhonete.*

Ele já estava a caminho da porta da frente, mas consegui interceptá-lo antes que fosse tarde. Assim que Will nos informou que não havia encontrado nada, saí da universidade, já sabendo que meu pai estava vindo para cá. E eu estava certo.

— *Preciso te falar uma coisa antes de você entrar.*

— *O que é?*

— *Entre no carro.* — *Sinalizei para que se sentasse no banco do passageiro. Assim que estava instalado, dirigi para fora dali, sem querer que Jessica saísse do lado de fora e visse minha caminhonete.*

— *O que está acontecendo?*

— *Só espera eu estacionar, pai.* — *Momentos depois, parei o carro no estacionamento da mercearia no fim da rua.*

— *Eu não estou nem aí se ela é sua ex-esposa...*

— *Não é isso.* — *Desliguei o carro e suspirei antes de começar:* — *Eu disse mais cedo que as medidas cautelares estavam relacionadas aos casos que estou investigando, mas eu queria dizer que Jess pode estar por trás dos assassinatos.*

— O quê?! — gritou. E eu disse tudo. Ele já não estava há muito tempo na corporação, mas foi um policial bom pra caralho e, além do mais, poderia me dar uma ajuda. E eu precisava de seu auxílio, já que precisava permanecer a uma distância de 150 metros de Jessica. Ainda havia o fato de eu não querer contar a Shawn, a não ser que tivesse certeza.

Ele não disse nada por alguns minutos, até que suspirou profundamente antes de dizer:

— Pelo bem daqueles garotos, é melhor que ela não esteja por trás disso.

Acabamos traçando um plano para que ele questionasse Jessica, sem que soubesse que suspeitávamos dela.

— E o que vai acontecer com meus filhos, se descobrirmos que ela tem alguma coisa a ver?

— Isso não vai acontecer — ele afirmou. — Vou tentar descobrir alguma coisa, e se eu descobrir que ela está envolvida nessa merda, vou levar meus netos para casa e você pode chamá-la para interrogatório na delegacia.

— Obrigado.

Depois que o levei de volta à casa de Jessica, tive que me conter inúmeras vezes para não violar a ordem cautelar. Eu não sabia o que iria me fazer sentir melhor: meu pai sair com meus filhos, ou sair de lá sem eles. As duas alternativas não eram boas para mim. Eu já estava sentindo saudades dos meus meninos. Não conseguia imaginar ficar sem vê-los por mais duas semanas ou até mais, mas também não era capaz de pensar em Jessica indo para a cadeia e ter que vê-la algemada.

Finalmente, no início da noite, depois de ter passado mais de uma hora lá dentro, meu pai saiu da casa.

Porra.

Assim que ele se sentou no banco do carona, me virei levemente para encará-lo.

— Então?

Fechando a porta da caminhonete, ele disse:

— Ela não sabe de nada.

— Como o senhor pode ter certeza?

— Agi como se estivesse em um interrogatório. Ela não caiu.

— Ela é uma puta manipuladora, pai. Pode ter feito o senhor de bobo.

Ele negou com a cabeça, à medida que a luz no interior da cabine diminuía. Agora apenas as luzes das lâmpadas dos postes da rua iluminavam nosso caminho.

— Eu sei que ela é, mas não acredito que esteja por trás dos crimes.

— Como pode ter tanta certeza? — repeti a pergunta.

Ele pensou por um instante, antes de dizer:

— Eu não posso, mas se você quiser chamar Shawn para prendê-la, vá em frente. Depende de você.

— Eu não quero perder meus garotos — admiti.

— Você não vai. Você é um policial condecorado. Siga seus instintos. — Apertou meu ombro, com carinho.

— Terei que esperar duas semanas para combater isso.

— Sei que vai ser duro lidar com isso, mas pegue essas duas semanas e foque em resolver esses crimes. Não importa qual será o desfecho para esse assassino, você vai ter seus filhos de volta assim que tudo acabar. Se não conseguir resolver tudo antes da audiência, tenha certeza de que o juiz vai fazer a coisa certa.

Depois de agradecer ao meu pai – que informou que os meninos dormiriam na casa deles na sexta à noite –, saímos de lá antes de Jessica fazer uma tempestade em copo d'água e me acusar de estar violando a ordem judicial. Voltei para a delegacia, entreguei minha arma de serviço, e fui para casa.

Assim que entrei no meu apartamento, vi Reagan sentada numa ponta do sofá, enquanto Braeden estava na outra. A TV estava ligada, mas sequer prestei atenção. O que eu queria mesmo era ficar a sós com Reagan.

— Valor — Braeden cumprimentou, já se levantando.

— Ei — retruquei, jogando as chaves na mesa ao lado da porta.

— Pensei que você chegaria mais tarde... — Reagan disse. Dei-lhe um beijo rápido.

— Quis vir correndo para ficar com você, flor.

— E essa é a minha deixa... — Braeden brincou. — Até amanhã, Reagan.

— Tenha uma boa-noite — desejou.

Depois de levar Braeden até a porta, trancando-a em seguida, sentei-me ao lado da minha garota.

— Você foi à casa de Jessica? — perguntou.

— Sim, mas não cheguei a falar com ela. — Suspirei, fechando os olhos, e reclinei a cabeça contra o encosto do sofá.

— O que aconteceu?

Queria dizer a ela a respeito das minhas suspeitas, mas pensei que seria melhor não. Meus instintos estavam me dizendo que Jess não tinha nada a ver com a história. Eu também confiava no meu pai e tinha que ter fé em seu julgamento.

— Meu pai falou com ela no meu lugar. Combinou que os meninos durmam na casa dele na sexta.

— Então você vai poder vê-los?

Sacudi a cabeça, devagar, ainda sem erguê-la do encosto.

— Não. A medida cautelar também se aplica a eles. Se Jessica souber que apareci na casa dos meus pais, vai fazer questão de que eu seja preso.

— Sinto muito. — Reagan se aproximou, deitando a cabeça no meu ombro.

— Eu também. — Inalei um suspiro profundo.

— Você acha que vai conseguir solucionar o caso antes do Dia de Ação de Graças?

— Ação de Graças? — Finalmente olhei para ela.

— Sim. O feriado será em três semanas.

— Espero que sim, porra.

DESCONHECIDO

Não me estressei quando vi o detetive – não, *sargento* Valor e o parceiro entrando no departamento de TI. Estava no meu escritório com a porta aberta. Sabia que ele e o outro detetive poderiam, eventualmente, aparecer por ali, já que meu esquema *não era* infalível. Porém, sabia como cobrir meus rastros e que era só uma questão de tempo até que identificassem o vírus que instalei no sistema e inseri nos computadores das minhas vítimas através do link que cada aluno ou funcionário clicava quando tinha que criar um perfil no site da Lakeshore. Também tinha ciência de que perceberiam que as três mulheres eram estudantes ali.

Não havia a menor preocupação da minha parte, porque ainda estava um passo à frente deles. Estupidez não era o meu lema, logo, não atrelava minhas atividades ilícitas com meu trabalho. Para isso, criei uma cópia do nosso banco de dados e associei com as fotografias das estudantes em suas carteiras de identidade. E assim, achei *minhas* mulheres para observar.

Depois que os tiras foram embora, a vertigem me atacou. Já estava curtindo uma onda o dia inteiro e queria comemorar minha vitória. Eu sabia que Reagan não trabalharia hoje, por ser quarta-feira, já que o turno dela era somente de quinta a domingo à noite, mas queria ir ao Judy's para tomar um drinque – esfregar minha superioridade em suas caras.

Três bebidas depois, Jack entrou pela porta do bar. Sabia que ele era um frequentador assíduo e esperava mesmo que pudesse esbarrar nele por ali. Ele era o diretor do Departamento de TI – meu chefe –, e eu sabia que era apenas um peão que fazia o trabalho pesado.

Nossos olhares se encontraram e trocamos um sorriso. Sempre o achei bonito, especialmente para um homem mais velho. Não tinha muita certeza, mas achava que ele devia estar por volta dos cinquenta anos, até mesmo uns vinte a mais que eu.

— Chefe — cumprimentei.

Ele se sentou na banqueta ao meu lado.

— Não sabia que você também frequentava aqui.

— Há muitas coisas que você não sabe ao meu respeito. — Sorri.

— É mesmo? Conte-me mais... — Um sorriso sem-vergonha surgiu em lábios.

Inclinei para perto dele e sussurrei em seu ouvido:

— Se eu te contar... terei que te matar.

Depois de mais um drinque para mim e três para Jack, estávamos nos sentindo muito bem. Ficamos lado a lado, cada vez mais perto. Nossos ombros se tocavam, assim como nossas mãos começaram a deslizar um pelo outro. Até que a boca dele encontrou a minha e tudo mudou.

Para melhor.

Nunca achei que fosse transar com meu chefe, mas foi muito bom. Tão bom que até comecei a pensar que mulheres não eram mais a minha praia. Precisei de um homem para me curvar e me foder duro. E isso foi o que Jack fez comigo no banheiro daquele bar.

E muitas outras noites depois.

CAPÍTULO 21

REAGAN

Ethan não foi comigo às aulas como havia feito nos últimos dois dias. Ao invés disso, foi para a delegacia. Não podia culpá-lo. Era capaz de contar cada um dos pesos que estavam sobrecarregando seus ombros.

E como poderia ser diferente? Tentava não demonstrar, ao menos na frente dos outros, que aquilo estava me afetando. Se o assassino estivesse me observando, não queria que ele achasse que eu estava apavorada. A verdade era que eu andava passando mais tempo no banheiro, presa em meus pensamentos. Seja no banho ou enquanto me encarava ao espelho, ao me arrumar todos os dias. Em alguns momentos, eu me pegava devaneando sobre tudo e aquilo não me agradava nem um pouco.

Ethan não havia compartilhado nenhuma informação comigo, mas, se eu pensasse no que as aulas de criminalística estavam me ensinando, poderia dizer que eles não deviam ter conseguido nenhum traço de DNA ou impressões digitais, que possivelmente os levariam à captura do assassino.

Quando estive naquela cena do crime, esperei encontrar uma bagunça sangrenta, mas, para meus olhos não-treinados, tudo pareceu muito bem organizado, mesmo que a quantidade de sangue no sofá dissesse o contrário. Aquilo me levou a crer que a mulher devia estar inconsciente quando foi brutalmente assassinada a facadas.

Até que Ethan e Shawn solucionassem esses casos, eu não beberia nada que não tivesse sido preparado por mim mesma. Na verdade, não fui mais à cafeteria, a não ser no dia seguinte quando a placa de madeira apareceu no meu apartamento. Não que desconfiasse deles, mas a essas alturas, não poderia confiar em nenhum estranho.

Meu telefone tocou na minha bolsa, enquanto eu e April nos dirigíamos para a sala de aula.

— Preciso atender a essa ligação — eu disse a ela depois de alcançar o celular. Era Maddie. — Ei, querida.

— *O que está acontecendo?*

Kimberly Knight

Estaquei em meus passos, fazendo com que April o fizesse também.

— Como assim?

— *Normalmente você me liga todos os dias antes da sua primeira aula, e não tenho notícias suas há alguns dias.*

— Ah... — suspirei. Tudo bem que eu não havia ligado para ela no dia anterior, não *dias*, como ela exagerou, mas realmente tornei um hábito telefonar sempre que saía da cafeteria até o meu prédio. — Não tem nada de errado.

— *Então por que não me ligou?*

— Eu... — Olhei para April, que parecia preocupada, mas sorri para tranquilizá-la quanto à minha ligação. — Eu... acabei conhecendo uma nova amiga, e nós sempre vamos juntas para a aula. Desculpe...

— *Hum* — Maddie murmurou —, *pensei que alguma coisa tivesse acontecido.*

— Não, está tudo bem — menti, franzindo o cenho, mesmo que ela não pudesse ver. — E você? Está tudo bem por aí?

— *Estou bem. Eu só... só estou com saudades.*

Meu coração apertou no peito.

— Também estou com saudades de você. Tem certeza de que está bem mesmo?

— *Sim. Eu queria dizer uma coisa...* — ela hesitou.

— Dizer o quê? — insisti, já que ela ainda permanecia em silêncio. April sinalizou o pulso, indicando que eu deveria me apressar para não chegar atrasada à aula. Assenti e comecei a caminhar em direção ao prédio.

— *Estou namorando uma pessoa...*

— É mesmo? — Parei em meus passos outra vez.

— *Sim. Eu já queria te contar há dias...*

— Eu sinto muito, querida. Você não comentou sobre nada disso na segunda e na terça. — Subi as escadas ao lado de April.

— *Porque eu não sabia se era sério mesmo...*

— E é sério? — Eu sorri.

— *Sim.* — Maddie suspirou como se estivesse pensando na pessoa naquele exato momento.

— Estou feliz por você, mas tenho que entrar em sala de aula agora. Posso te ligar de volta à noite, no meu intervalo no bar? Você pode me contar um pouco mais sobre seu namoro.

— *Ah, eu tenho uma festa hoje.*

— É claro... você é uma universitária... — Eu ri.

— *Isso aí...* — Ouvi a gargalhada do outro lado.

— Escuta, querida... Estamos fazendo uma revisão para a última prova na próxima semana e tenho que entrar em aula. Mal posso esperar para conhecê-lo, e daí a gente pode fofocar um pouco mais sobre ele depois.

— *Sim... tudo bem.*

— Amo você.

— *Também amo você.*

Naquela mesma tarde, fui trabalhar normalmente no Judy's. Não seria Braeden ou April que fariam minha escolta, e sim, o policial Cash, que eu havia conhecido no apartamento de Ethan antes de sair para meu turno. O plano era que o policial já estivesse no bar, e eu chegasse pouco depois, para que ninguém percebesse que estava sendo escoltada.

April acenou uma despedida e estacionei em uma rua atrás do bar, vendo que Ethan já estava à minha espera. Não havia uma área de estacionamento ali perto, mas como eu trabalharia até de madrugada, preferi estacionar o mais perto possível da porta dos fundos, torcendo para que ninguém batesse no meu carro quando passasse por ele.

Ethan estava recostado contra uma viatura, com os tornozelos cruzados. Ele veio ao meu encontro assim que desci do carro.

— Eu não sabia que você ia passar por aqui — declarei.

— Só queria ter certeza de que você chegaria em segurança — disse e segurou meu rosto com a mão, me dando um beijo em seguida.

— Tudo bem. Deixei as portas trancadas e vim direto pra cá.

É claro que eu não queria dar nenhuma chance para o azar. Então, entrava no carro, travava as portas, não parava em lugar nenhum no meio do caminho e vinha direto para o trabalho. *Conferido*. E só tinha que percorrer um quarteirão, já que o apartamento de Ethan era no fim da rua.

— Bom. Eu volto em algumas horas para te levar para casa, okay?

— Okay.

Eu e ele caminhamos até a porta dos fundos do bar.

— Eu estava pensando em contratar seguranças particulares para você. Daí você não precisaria ficar trocando o tempo todo de escolta. Pode ser que uma hora ou outra o capitão Rapp não me permita mais fazer uso dos recursos policiais.

— Você acha que ainda vai demorar a solucionar este caso?

Ethan parou, interrompendo meus passos também, e me encarou com seriedade.

— Honestamente? Acho que não vamos resolver tão cedo.

Senti meu coração apertado. Havia muita coisa envolvida na descoberta do assassino, incluindo minha segurança e Ethan poder ver os filhos.

— Talvez seja melhor que eu vá para algum lugar. Aí você pode ter os seus garotos de volta e...

— Não vou permitir que suma de novo — ele afirmou.

Ao olhar para o azul profundo de seus olhos, entendi tudo. Ethan pensou que se eu fosse para algum lugar distante, não voltaria pelos próximos vinte e três anos. E, é claro, aquilo nunca aconteceria. Eu não queria partir, e sim, ficar. Para sempre.

— Mas poderia ser até que tudo isso se resolvesse — sugeri. Eu o deixaria por algum tempo, e dessa forma ele poderia estar perto de seus filhos, que sabia serem muito mais importantes ainda que eu. Eu me manteria afastada até que pegassem o assassino, pelo tempo que fosse preciso.

— Não — negou com veemência e me puxou para o calor de seus braços. — Você não entendeu ainda, flor? Nosso namoro só é tranquilo quando estamos juntos. Passamos vinte e três anos separados e nunca mais faremos isso.

— Mas...

Ethan interrompeu o que eu ia dizer ao colocar um dedo sobre meus lábios.

— Nada de "mas". Tudo vai se resolver do jeito que tem que ser.

— Tudo bem. É melhor eu ir para não me atrasar. — Não havia necessidade de discutir com ele. Mas se o juiz fosse a favor da solicitação de Jessica, então eu traria aquele assunto para uma nova discussão.

Ele me beijou uma e outra vez, como se fizesse questão de me lembrar de que me amava e que somente aquilo não era suficiente para ele. Ele me beijou como se estivesse faminto. Só deixamos de nos beijar depois de um longo momento.

— Tenha um bom-dia, flor. Amo você.

— Também te amo. — Suspirei com um sorriso, feliz.

Ainda com nossos dedos entrelaçados, finalmente nos afastamos um do outro. Eu segui rumo à porta, enquanto Ethan entrou no carro. Eu me sentia uma adolescente quando estava com ele. Quando me beijava assim, na porta do meu trabalho, trazia de volta as recordações de quando estávamos no colégio, e eu trabalhava em uma sorveteria. Ele sempre fazia questão de me beijar quando eu tinha que abrir o estabelecimento, e sempre me levava de volta para casa. Da mesma forma como estava acontecendo atualmente.

Quando estava passando pelo escritório de Judy, enfiei a cabeça pela fresta da porta para cumprimentá-la.

— Oi, Reagan. Você está bem?

Eu sorri para mulher loira mais velha, dona daquele bar desde os meus tempos de criança.

— Sim. Estou bem.

— Eu digo... em relação ao arrombamento...

— Estou ficando na casa do meu namorado. Ele está me mantendo em segurança. — Dei um sorriso tranquilizador.

— Ótimo, mas não vá lá para fora sozinha, okay? Não devemos arriscar.

— Pode deixar. Ele vai voltar no fim do meu turno para me acompanhar até em casa. — Pisquei quando eu disse a última palavra. *Casa? A casa de Ethan?*

— Bom.

Saí dali e fui em direção ao corredor apertado onde todos os armários ficavam. Estava a poucos passos do meu, quando vi que havia uma flor pendurada no meu cadeado. Cheguei perto, vendo que era um pequeno Botão-de-Ouro parisiense num tom levemente arroxeado. Retirando-o dali, deslizei os dedos pelas pétalas, notando que eram artificiais. Como não estava na estação em que floresciam, fazia sentido que não fosse de verdade.

Peguei o celular da bolsa e enviei uma mensagem a Ethan:

> Obrigada pela flor. Eu amei, e também te amo. Sempre.

Abri o armário e coloquei a bolsa e casaco dentro. Antes de fechar a porta, meu telefone começou a tocar. Sorri ao ver que era Ethan.

— Oi...

— *Eu não te dei uma flor.*

Congelei, sentindo o coração quase sair pela boca.

— O quê?

— *Eu não te dei flor nenhuma* — ele repetiu. Abri a boca, incapaz de proferir palavra alguma. — *Onde estava?*

— No meu armário.

A porta de trás se abriu de supetão, dando passagem a Ethan. Era como se ele tivesse feito um retorno com o carro assim que recebeu minha mensagem. Ou talvez ele ainda nem tivesse saído de onde estava estacionado.

— Deixe-me ver.

Estendi a mão para pegar e lhe entregar, quando chegou até mim em passos longos, acenando a cabeça.

— Está tudo bem aqui? — Judy saiu do escritório.

Ethan a encarou enquanto eu desconectava a ligação.

— Você tem ideia de quem possa ter colocado essa flor no armário dela?

— Não — respondeu. — Eu não tinha visto isso antes.

— Quem tem acesso a esta parte do bar?

— Em geral, os empregados. — Ela piscou.

— Mas eu acabei de entrar pela porta dos fundos — Ethan apontou o lugar — sem chave alguma.

Judy piscou outra vez e abriu a boca, mas também parecia não ter o que falar.

Ethan retirou uma sacola de evidências do bolso de trás, e presumi que ele havia conseguido aquilo na viatura. Ele a abriu e eu mesma inseri a flor, sem precisar de instrução alguma.

— Vou levar isso para colher as impressões digitais — afirmou.

A porta que dava acesso à área do bar se abriu, e todos nós nos viramos para ver quem chegava. Derrick vinha em nossa direção, carregando um saco preto de lixo, olhando de mim para Ethan.

— Você sabe alguma coisa a respeito disso? — Ethan perguntou de pronto.

— Eu... — Derrick tentou responder, e vi quando olhou para mim outra vez, depois para Judy, até voltar a encarar Ethan. — Não...

Ethan deu um passo em sua direção.

— Você tem certeza? Porque vou averiguar as digitais, e se...

Derrick deixou o saco de lixo cair no chão, e garrafas de vidro se chocaram contra o chão de concreto. Em rendição, ele ergueu as mãos.

— Tudo bem, fui eu.

— Você, o quê? — Ethan insistiu e deu mais um passo adiante.

— Eu que c-coloquei a flor na fechadura do armário de-dela, cara —

gaguejou.

O olhar de Ethan se virou de imediato para mim.

— Foi assim que ambos começamos a trabalhar aqui. Ele me encheu de perguntas a seu respeito, e eu disse que ele não tinha nada a ver com a minha vida, e falei que se quisesse realmente me conhecer melhor, já que estaríamos trabalhando juntos, então ele deveria me perguntar coisas corriqueiras como minha cor favorita, flores etc. Ele perguntou e eu lhe disse o que gostava.

Ethan encarou Derrick, antes de dizer:

— Vamos bater um papinho ali, okay?

— O quê? Por quê?

— Por muitos motivos — Ethan respondeu. — Você se importa se eu usar seu escritório por alguns minutos, Judy?

— De forma alguma, fique à vontade.

Caminhando até o umbral da porta, Ethan percebeu que Derrick não o tinha seguido.

— Agora — ordenou.

— Vá em frente — Judy o persuadiu.

Antes de seguir em direção ao escritório, o rapaz olhou para mim, e lhe dei um sorriso encorajador e constrangido. Tive minhas suspeitas de que ele poderia ser o assassino, mas não estava certa disso. Antes de saber que um *serial killer* havia invadido meu apartamento, Derrick e eu estávamos nos dando bem. Nós fazíamos nosso trabalho, e eu estava certa de que ele sabia que eu tinha um namorado, mesmo que tenha dito antes que não estava atrás de um.

Poderia ele estar escondido bem às nossas vistas?

CAPÍTULO 22

ETHAN

Meu sangue estava fervendo.

Desde o momento em que Shawn conversara com Judy, e ele informou que o endereço de todos os empregados ficava trancado em um armário e que ninguém havia mexido ali, coloquei Derrick lá embaixo na minha lista de classificação de possíveis suspeitos. Eu devia ter confiado em meus instintos. Havia alguma coisa de errado com aquele cara.

— Sente-se — mandei, apontando a cadeira em frente à mesa de Judy. O escritório não era muito grande, mas pelo menos contava com um lugar para se sentar. Por ser confinado, planejei ficar de pé, intimidando Derrick com minha postura. Fechei a porta enquanto ele se sentava.

— Olha, cara... Eu sinto muito...

Cruzei os braços à frente.

— Você está se desculpando pelo quê exatamente?

— Por tentar me aproximar da sua mulher.

— É verdade... diga-me mais sobre isso. — Eu ri.

— Sobre o quê?

— Seu plano de aproximação.

Ele hesitou.

— Eu não tinha um plano de verdade...

Inclinei meu corpo, apoiando as mãos sobre os braços da cadeira, segurando a sacola de evidência, e o enjaulando no lugar.

— Mas você comprou a flor favorita dela. — Acenei o saco plástico diante de seu rosto, abaixando logo depois para continuar minha abordagem intimidadora. — Você achou que com isso teria alguma chance?

Ele acenou com a cabeça e deu de ombros, antes de responder:

— Eu sei lá, cara. Ela é gostosa pra caralho.

— Ela tem o dobro da sua idade. — Eu não queria jogar aquilo como um insulto à *minha* Reagan, mas esse moleque mal tinha vinte e um. Na verdade, quando averiguei seu histórico, vi que tinha acabado de completar a maioridade em junho, cinco meses antes.

— Ela... ela tem?

— Sim — confirmei, e depois perguntei qual era o paradeiro dele na noite em que Amy foi assassinada, sem ficar de rodeios no assunto.

— Eu não sei. Isso foi meses atrás — disse, com o cenho franzido, depois de pensar por alguns instantes.

Encarei aqueles olhos escuros enquanto perguntava a respeito da noite em que Daisy fora assassinada, menos de uma semana atrás.

— Eu não sei... Provavelmente em casa.

— Esta não é uma resposta suficiente — repliquei.

— E o que isso te interessa? Não tem nada a ver com a flor ou Reagan.

— Não mesmo?

— O quê? Não!

Ergui meu corpo outra vez, cruzando os braços à frente.

— Tudo bem. Agora me diga onde você encomendou a flor e quando.

— Pela internet, na semana passada.

— Internet? Qual site?

— Eu sei lá. — Deu de ombros. — Eu pesquisei sobre Botões-de-Ouro e encontrei o site. Tentei encontrar em alguma floricultura, mas me disseram que estava fora de estação. Daí fui atrás dessas lojas de artesanato, para tentar conseguir uma falsa, mas eles também não tinham. Então optei pelo que encontrei de melhor no momento.

Mantive meu olhar firme sobre ele, procurando por qualquer sinal de que estivesse mentindo.

— A gente terminou aqui? — perguntou. — Ou você vai me prender por ter dado uma flor para a sua namorada?

Respirei fundo, tentando me acalmar. Eu queria lançar o pirralho contra a parede e gritar a plenos pulmões que Reagan era minha. No entanto, valorizava meu distintivo, assim como minha namorada. Não queria causar mais nenhuma desavença que esse pequeno incidente pudesse trazer a ela.

— Não, mas não tenha a menor dúvida de que Reagan é minha e que nunca vou abrir mão dela. Você precisa arranjar alguém da sua idade.

Ele riu e começou a se levantar.

— Beleza, mano.

Abri a porta, vendo Reagan e Judy à nossa espera.

— Está tudo bem? — ela perguntou.

— Sim, está tudo bem — respondi, enquanto Derrick passava por mim.

— Eu sei que meu turno já começou, mas você se importa se eu trocar umas palavrinhas com Ethan? — ela perguntou a Judy.

— Sem problemas. Vou dar uma olhada para ver se está tudo tranquilo com Tommy.

— Obrigada.

Comecei a andar em direção à porta, mas parei e me virei para trás.

— Ei, Judy!

Ela se virou, e vi que Derrick também havia parado para ouvir.

— Será que essa porta pode ser mantida trancada?

— Claro. Vou apenas avisar aos caras da entrega de que deverão bater antes. — Ela olhou para mim e depois para Reagan.

— Obrigado, de verdade.

Ela deu um sorriso sincero e se afastou em direção à porta que ligava a área dos fundos ao bar.

Agarrei minha mulher, trazendo-a contra o meu corpo, em um abraço apertado.

— O que aconteceu? — perguntou contra o meu peito.

— Ele só tem uma queda por você.

— Eu tinha uma leve suspeita disso.

— Eu soube desde a primeira noite em que estive aqui. Percebi o jeito que ele olhava para você.

Afastando a cabeça para trás, ela me olhou com atenção.

— Você acha que pode ser mais do que isso?

Neguei com a cabeça.

— Não acho que ele seja o cara que estamos procurando.

— Okay. — Ela suspirou. — Vai ser meio embaraçoso voltar a trabalhar com ele, mas pelo menos me sinto melhor agora que você o descartou como o assassino.

Nós nos afastamos e segurei a sacola de evidências com a flor de seda dentro.

— Mesmo assim vou colher as impressões digitais só para ter certeza de que ele não está querendo nada além disso.

— Tudo bem, agora é melhor eu ir.

Segurei seu rosto entre minhas mãos, aplicando um beijo suave em seus lábios. Se pudesse beijá-la a cada segundo do dia, eu o faria. Estava completamente apaixonado por esta mulher e faria qualquer coisa para mantê-la segura. Inclusive, contratar segurança particular para ela, mesmo que tivesse se passado apenas uma semana desde que começou a ser escoltada por policiais à paisana. Infelizmente, por conta da falta de provas, eu não tinha muita esperança de que tudo se resolvesse em breve. E precisava manter Reagan em segurança, o tanto que pudesse.

— Vamos voltar alguns minutos atrás... Tenha um bom-dia, flor. Eu te amo.

Ela sorriu antes de responder:

— Eu também te amo.

Uma semana depois...

Estacionei a caminhonete na garagem subterrânea do prédio do tribunal, desligando o carro em seguida.

— Ei... — Reagan me impediu de sair, segurando meu braço. — Se a decisão não for favorável a você, lembre-se do que eu disse sobre me mudar daqui por um tempo até que tudo isso acabe.

— Eu não quero isso — admiti.

Nós já tínhamos passado todas as noites juntos por meses e eu não conseguia sequer pensar em ir para a cama sem tê-la ao meu lado.

— Eu não posso permitir que você tenha que escolher entre mim e seus filhos, Eth.

Respirei fundo, porque, por mais que não quisesse passar um dia sequer longe dela – *minha Reagan* –, eu sabia que ela estava certa. Eram meus filhos, sangue do meu sangue e eu faria qualquer coisa por eles. Assim como faria por Reagan; literalmente, me sentia entre a cruz e a espada.

— Não posso fazer isso — confessei. — E isto está acabando comigo.

Reagan se virou o melhor que pôde no assento e agarrou minha mão.

— Se o juiz for favorável à petição dela, será temporário. A gente encontra um lugar para onde eu possa ir até que você pegue esse cara.

— É uma merda que as coisas cheguem a esse ponto. Este assassino é profissional, tanto que não deixou nenhum rastro para trás.

— Você sabe melhor do que eu que não existe um crime perfeito. Uma hora ou outra ele vai fazer uma merda e você vai conseguir pegar esse cara.

O que Reagan tinha acabado de dizer não era novidade, e eu sabia que ela estava apenas tentando me acalmar, mas só queria que alguma coisa corresse bem.

— Eu sei — concordei, porque não havia muito mais que eu pudesse falar. Meu futuro estaria sendo decidido por um juiz do caralho.

— Precisamos ir antes que cheguemos atrasados.

— Eu só preciso de mais um minuto — retruquei e, sem mais nenhuma palavra, me inclinei e peguei seu rosto entre as mãos.

Eu precisava de muito mais que um minuto. Precisava me perder em Reagan, da única maneira que eu podia naquele instante. Então, eu a beijei como se aquele fosse nosso último beijo. Beijei como se meu coração estivesse sendo despedaçado, porque era assim que me sentia. Algum filho da puta estava brincando com a minha vida, dando munição para minha ex usar contra mim.

— Okay — disse, finalmente afastando-a. — Acho que agora estou pronto.

Descemos da caminhonete e, quando cheguei ao seu lado, agarrei sua mão na minha. Ela se afastou, e parei em meus passos na mesma hora, sem saber o que diabos ela estava pensando.

— Talvez fosse melhor que não entremos de mãos dadas...

— E por que não, porra?

Dando de ombros, ela exalou um suspiro alto.

— Acho que isso pode alimentar mais ainda a ira de Jessica.

— Estou pouco me fodendo para isso. Ela não pode mandar na minha vida, ou com quem eu namoro — surtei.

Estava vivendo num emaranhado de emoções. Não tinha visto meus filhos em duas semanas e ainda não tinha conseguido solucionar nenhum dos casos. No entanto, Reagan ainda respirava e estava em segurança ao meu lado, e se quisesse segurar a mão da minha namorada, era exatamente isso o que eu ia fazer, porra.

— Só não quero que...

Olhei para a direção em que Reagan olhava no instante em que parou de falar. Jessica estava andando rumo ao elevador, nos encarando. Ela, claro, não tinha trazido meus filhos com ela, mas também não estava sozinha. O pai dela a acompanhava. Eles só hesitaram um pouco em seus passos e, enquanto Jessica mantinha o olhar firme em mim e Reagan, agarrei a mão da *minha mulher* e voltamos a caminhar.

Reagan não disse nenhuma palavra enquanto seguíamos atrás de Jessica e o pai e, depois de cumprimentar brevemente meu ex-sogro, nós quatro nos dirigimos para os elevadores que nos levariam até o andar onde as audiências eram feitas.

— Você tem noção de que está violando o mandado, não é? — Jessica disparou no silêncio constrangedor.

— Então faça com que eles me prendam.

Tecnicamente, eu e Reagan estávamos violando os termos da ordem de restrição, mas estava pouco me lixando. Simples assim. Não me importava mais, porque assim que a audiência tivesse início, eu teria meus filhos de volta. Se Jessica não queria ficar em nenhum lugar próximo a mim ou Reagan, ela que se virasse. Foi *ela* quem pediu o divórcio. Então *ela* tinha que saber que uma hora ou outra eu começaria a namorar outra pessoa. Tudo bem que ninguém teria como saber que um *serial killer* estaria na cola da minha namorada, ameaçando-a, mas aquela não era razão suficiente para me afastar dos meus filhos. Eu não tinha como controlar uma mente criminosa.

O elevador chegou ao andar desejado e, sem mais uma palavra, puxei Reagan para fora, ainda segurando sua mão com firmeza. Juro que nunca pensei que teria que entrar em um tribunal outra vez, a não ser como testemunha de algum crime. Vi meu advogado ao longe sentado do lado de fora da sala de audiências, e sem demora fui até ele. Ele estava lidando com as ordens de restrição imputadas por Jessica contra mim e Reagan.

— Randall — saudei.

Ele se levantou e estendeu a mão para o cumprimento.

— Ethan. — Virando-se, estendeu a mão para ela também. — Reagan.

— Bom dia — ela respondeu.

— Ethan, o seu caso é o primeiro a ser julgado.

— Ótimo. Vamos acabar logo com isso.

Entramos na sala de audiência, e nos sentamos do lado oposto de Jessica e seu pai. Quando o meirinho anunciou o meu caso, Reagan permaneceu sentada enquanto Randall e eu nos dirigimos até as mesas de madeira. Jessica e seu advogado de um lado, nós, do outro. Deixei que Randall conduzisse a conversa – é óbvio –, mas quando chegou à razão por trás da medida protetiva, e meu advogado disse que o assunto era considerado confidencial, o juiz se virou para mim.

— Isto é verdade, Sargento Valor?

— Sim. Isto está conectado a alguns casos que estão sob minha investigação.

O juiz voltou a atenção para Jessica e seu advogado, e olhou para mim em seguida.

— As partes, por favor, sigam para o meu gabinete.

— Se o senhor me permite, Meritíssimo — interrompi, segurando o arquivo contendo todos os relatórios, tanto dos casos quanto da invasão ao apartamento de Reagan —, isto tudo está realmente relacionado aos casos ainda sob investigação, e ninguém além de mim mesmo, e do senhor, que pode se valer disso para dar sua decisão, deveria ter acesso a essa informação sigilosa. Isto inclui minha ex-esposa, Sra. Valor, e seu advogado, assim como o meu.

O juiz fez uma pausa antes de responder:

— Okay. Entraremos em recesso por cinco minutos enquanto conversamos em meu gabinete.

Segui o juiz por uma porta lateral, e por um pequeno corredor que levava ao seu gabinete. Depois de se sentar atrás de sua mesa, eu lhe disse o estritamente necessário a respeito dos homicídios e como estes estavam relacionados ao processo movido por Jessica, e só depois voltamos ao tribunal. Dei um leve sorriso a Reagan, e voltei ao meu lugar ao lado de Randall.

O juiz se sentou novamente atrás de sua tribuna alguns instantes depois.

— Tendo em conta as medidas tomadas pelo Sargento Valor, e ante o fato de que as ameaças preliminares não foram destinadas a ele, nego a medida cautelar. — Ele direcionou sua atenção a Jessica. — Sra. Valor, se a senhora está buscando proteção, sua discussão não é contra o sargento Valor. Você deverá solicitar uma medida protetiva contra a pessoa envolvida no caso sob investigação do Sargento Valor. As crianças deverão voltar à custódia prévia regida por acordo e com horários estipulados.

— Obrigado — Randall e eu dissemos em uníssono.

Um a menos, só falta o outro.

Apertei a mão de Randall e depois fui me sentar ao lado de Reagan. Ela sorriu e tudo o que eu mais queria era beijá-la. O juiz daria uma decisão favorável a ela também, porque a disputa de Jessica também não era contra ela.

Não tivemos que esperar muito tempo. Reagan foi a próxima a ser chamada e, como suspeitei, o juiz deu a sentença em seu favor.

Jessica e o pai estavam já a caminho das portas duplas de saída da sala de audiências, quando pedi um tempinho a Reagan logo depois de lhe dar um abraço e corri até Jess.

— Será que podemos conversar por um instante?

Ela se virou para mim, com os olhos brilhando de raiva.

— Não temos mais nada a conversar.

— Temos sim — retruquei. — Eu quero ver meus filhos.

— Você ouviu o juiz, você venceu. Venha buscá-los para seu jantar semanal esta noite.

— Tudo bem, mas — saí do caminho para deixar outras pessoas passarem —, eu quero falar com você. Será que podemos ir até o saguão?

— O que mais há para falar, Ethan? — cortou.

— Vamos até ali e você saberá do que se trata. — Revirei os olhos.

— Você tem um minuto — Jessica bufou.

Segurei a porta aberta para que ela saísse. Depois de cumprimentar o pai dela com um aceno breve de cabeça, segui em direção à janela onde ela agora me aguardava.

— Olha, sei que está preocupada por causa dos garotos, mas você sabe que *nunca* deixaria que nada acontecesse a eles.

— O caso está encerrado? — Ela cruzou os braços à frente. Talvez ela não tenha prestado atenção ao momento em que eu disse ao juiz que o caso ainda estava em andamento, ou quando ele disse que a discussão dela deveria ser com o suspeito.

— Não.

— E por que não?

— Não posso te dar informações a respeito. Você sabe disso.

— Assim como sei que você sempre colocou seu trabalho em primeiro lugar, e por isso nós nos divorciamos.

— Nunca coloquei meu trabalho acima dos meus filhos, e você sabe disso.

— Mas você colocou acima de mim. — Ela revirou os olhos, e os desviou para longe.

— Nós não precisamos remexer nisso, Jess. Já está tudo acabado.

— Espero que você goste de ficar em segundo plano — Jessica disse, e percebi que ela agora falava com Reagan.

Segurei o cotovelo de Jessica, afastando-a de Reagan, Randall e de seu pai.

— Eu entendi. Você está com ciúmes.

— Não estou! — disse fervilhando de raiva, com o rosto torcido em desgosto.

— Okay, tudo bem — suspirei —, mas quero apenas te reassegurar de que os garotos serão mantidos em segurança quando estiverem comigo.

— E o que você me diz quando eles estiverem perto dela? — Acenou com a mão na direção de onde Reagan me aguardava. — É ela quem vai ficar com os meninos quando você estiver trabalhando, não é? Foi ela quem recebeu uma ameaça de morte.

— Olha — esfreguei as mãos com força sobre o rosto —, eu tomei todas as providências possíveis para mantê-la em segurança, e o mesmo será feito para os garotos quando eles estiverem comigo.

— Tudo bem, mas apenas fique ciente disso. — Deu um passo mais perto e disse em um tom de voz áspero: — Ela nunca será a mãe dos meus filhos.

Pisquei e me afastei um passo para trás.

— Ela não está tentando tomar o seu lugar.

Jessica riu com sarcasmo antes de dizer:

— Ah, ela está. Os dois pombinhos estão brincando de casinha e tudo mais.

Ela até poderia dizer que não estava com ciúmes, mas eu a conhecia melhor do que ninguém.

— Já era para você saber que eu segui em frente, Jess.

— E? — bufou.

— E vou me casar outra vez, e os garotos terão uma madrasta — informei.

— Você vai se casar com ela?

Olhei para Reagan, vendo-a conversar amigavelmente com Randall.

— Eu quis me casar com ela desde os meus dezessete anos.

— Uau... — Jess suspirou chocada, e só então olhei para ela outra vez. — Que bom saber que a mãe dos seus filhos é alguém com quem nunca quis se casar.

— Eu não disse isso.

— Não, mas se ela ainda estivesse na equação — acenou em direção a Reagan —, nós — movimentou a mão entre nós — nunca teríamos ficado juntos e não teríamos tido nossos filhos.

Encolhi os ombros. Honestamente, eu não sabia o que teria acontecido se Reagan nunca tivesse terminado comigo.

— Eu não sei, mas isso não importa. *Nós* nos casamos. *Nós* tivemos nossos garotos. E *você* pediu o divórcio. Agora, eu segui em frente e você deveria fazer o mesmo.

Um momento de silêncio preencheu o lugar enquanto Jessica olhava de novo em direção a Reagan. Sem olhar para mim, ela apenas disse:

— Tudo bem, mas Deus me ajude se algo acontecer aos nossos filhos, Ethan...

— Eu não vou permitir.

— E se ela tentar se tornar a mãe deles...

— Reagan nunca faria isso.

Jessica se virou e se afastou dali sem dizer mais nenhuma palavra. Não sei dizer se a conversa encerrou ali ou foi apenas uma breve trégua, mas eu pouco me importava, porque, independente do que ela disse, eu *ia* me casar com Reagan, e queria que ela fosse a madrasta dos meus filhos. Queria todas as coisas com ela: o lar doce lar, a família mista, o primeiro beijo da manhã e o último a cada noite. Queria Reagan ao meu lado, em uma varanda com vista para o Lago Michigan, vendo nossos netos brincando na água. Queria que fosse o rosto dela o último que veria antes de dar meu último suspiro. Então, eu a esperaria, quando fosse sua vez de partir, e nós passaríamos a eternidade juntos.

— Está tudo bem? — Reagan perguntou, vindo em minha direção.

Puxei-a contra o calor dos meus braços e beijei a lateral de sua cabeça.

— Sim, flor. Tudo está onde deveria estar.

Naquela noite, meus filhos jantaram com a família inteira, incluindo Reagan, e senti como se tudo estivesse se encaminhando para o lugar. Os garotos estavam eufóricos, para dizer o mínimo, e eu não tinha certeza de que desculpa Jessica dera a eles para que eu não os pegasse por duas semanas, mas quando Cohen disse que estava com saudades, eu disse que sentia o mesmo, mas estava atolado no trabalho. O que, de fato, era verdade. Ele entendeu aquilo mais do que Tyson, mas fiz questão de passar cada segundo com eles, *estando* realmente com os dois. Brinquei com eles no porão dos meus pais, enquanto aguardávamos o jantar ficar pronto, e a cada chance que tinha, eu os abraçava; quando a noite teve fim, prometi que passaríamos o final de semana juntos — só nós três.

Quando Reagan e eu voltamos ao nosso apartamento, estava superexcitado e feliz demais para conseguir dormir.

— Quer ir ao Karaokê? — perguntei assim que entramos no apartamento.

Reagan parou e me olhou com as sobrancelhas franzidas.

— *Você* quer?

— Bom, não sei se vou conseguir dormir tão cedo. — Tranquei a porta.

— Eu posso pensar em algo que podemos fazer... — Ela deu uma risadinha.

Não era preciso dizer duas vezes.

Peguei-a no colo tão rápido que ela deu um gritinho, e a carreguei para o quarto.

— Tire essas roupas, amor, porque vou devorar sua boceta.

Aparentemente, ela também não precisou ouvir duas vezes, porque em seguida estava arrancando as roupas, ao mesmo tempo que eu. Assim que fiquei nu, deitei-me no meio da cama e a arrastei para cima de mim, de forma que se sentasse no meu rosto. Eu não estava brincando quando disse que queria devorar a boceta dela. Eu a queria sobre a minha boca, cavalgando meu rosto enquanto eu a comia como um homem faminto.

Reagan pairava acima de mim e sem demora rodeei as coxas com meus braços. Quando ela desceu o suficiente para que eu tivesse meu primeiro gosto, estiquei a língua dando uma longa lambida em seu clitóris.

— Sim... — ofegou, inclinando a cabeça para trás.

Gemi minha resposta contra seu corpo, sem interromper as lambidas e chupadas, com o intuito de *devorá-la*. Desde a primeira vez que provei a boceta de Reagan, eu amei. Era a boceta mais doce que já tinha provado, e seria a última que eu provaria. Eu queria comê-la a cada maldita chance que tivesse, e sabia que era um homem sortudo.

Ela começou a balançar para frente e para trás, fazendo todo o esforço enquanto eu mantinha o ataque da minha língua. Quando olhei para cima, tudo o que pude ver era minha linda Reagan massageando seus seios à medida que aumentava a velocidade ao foder meu rosto. Queria comer sua boceta – e faria isso –, mas vê-la assumindo o controle e fodendo minha língua como se fosse meu pau, fez com que a dor na minha virilha se acentuasse, e pude sentir o sêmen começando a sair da ponta do meu pênis.

Eu me lambuzei com sua excitação enquanto ela continuava a cavalgar meu rosto, e agarrei meu pau necessitando de alívio. Foi assim que eu soube que Reagan era minha alma gêmea. Nós não precisávamos de preliminares se não estivéssemos a fim. Tínhamos uma sincronia tão intensa que bastava poucas lambidas para que já entrássemos no clima. Quando perguntei se ela achava que nossa vida sexual seria morna se estivéssemos casados por vinte e três anos, na verdade eu sabia que a resposta era não. Eu ainda estaria comendo sua boceta pelos próximos vinte e três anos à frente. Talvez com um pouco menos de agilidade, mas daria um jeito.

— Eu vou gozar... — Reagan ofegou.

Gemi, incapaz de falar e, enquanto ela continuava a cavalgar minha língua, estendi minha mão livre e esfreguei o clitóris até que senti as coxas apertando minha cabeça à medida que ela gozava convulsivamente.

Assim que se acalmou, parei de acariciar meu pau ao mesmo tempo em que interrompi minhas lambidas no meio de suas pernas.

— Pegue uma camisinha, amor — instruí.

Reagan se ergueu e pegou o pacote prateado em cima do criado-mudo. Eu ainda estava deitado de costas quando ela o estendeu para mim.

— Você sabe fazer isso. — Eu sorri. — Você gosta de assumir o controle.

— Eu comandei, né?

— Não estou me queixando... — Sorri abertamente.

— Nesse caso...

Reagan abriu o pacote e sentou-se sobre meu quadril outra vez. Daquela vez ela ficou de costas para mim, e meu pau tremeu em aprovação. Agarrando a base do meu membro, ela deslizou o látex por todo o comprimento antes de afundar o corpo por completo. Não foram necessárias palavras quando segurei com firmeza em seus quadris, enquanto com as mãos apoiadas nas minhas pernas, ela me cavalgava a seu bel-prazer.

— Meu Deus, você é tão linda — falei, vendo-a se mover cada vez mais rápido em cima do meu pau. Acariciei seu clitóris, precisando que ela chegasse ao orgasmo, porque eu já estava à beira do meu. Se ela não gozasse naquele momento, em poucas estocadas eu entraria em erupção.

— Caralho — assoviou e acelerou o ritmo —, isto... é... melhor... que... karaokê.

— Isso aí, amor. — Gargalhei.

O ritmo aumentou mais ainda e, assim que Reagan inclinou a cabeça para trás, agarrei um punhado de seu longo cabelo castanho, fazendo com que seu corpo arqueasse em minha direção. O balanço de seus quadris não vacilou por momento algum, assim como não deixei de apertar seu clitóris. Ela estava escorregadia com seus fluidos, e ficou mais excitada ainda quando usei dois dedos com mais rapidez.

— Vou gozar de novo — gemeu.

— Isso, amor — estimulei, tentando me conter para não gozar antes dela. — Eu também...

Senti a boceta apertar ao redor do meu pau e explodi em um jato forte à medida que ela me ordenhava com seu próprio clímax.

Kimberly Knight

Eu amava essa mulher pra caralho.

Ainda deitados na cama, à beira do sono, perguntei:

— Quer morar comigo?

Reagan ergueu a cabeça que estava apoiada no meu ombro.

— Eu já faço isso.

— Não, quero dizer, oficialmente. Mesmo depois que eu apanhar o assassino, quero você aqui comigo, a cada noite.

Ela olhou direto para mim, e depois deixou escapar um sorriso.

— Tudo bem.

— Tudo bem? — perguntei de novo, para me assegurar de que tinha ouvido corretamente.

— Sim. Quero morar com você.

Girei nossos corpos na cama, de forma que eu estivesse acima dela.

— Melhor dia da minha vida...

— Melhor que...

Silenciei suas palavras com minha boca, sabendo que ia me provocar perguntando se era melhor do que o dia em que meus filhos nasceram, ou qualquer outra coisa tecnicamente melhor. Eu pouco me importava. Este dia estava listado entre os dez melhores, com certeza.

CAPÍTULO 23

REAGAN

Quando me formei na faculdade, pela primeira vez, houve barretes e becas, flores e discursos, e aquele final épico onde todos arremessam os capelos para cima. Aquilo não se repetiu dessa vez, em nosso último dia de aula. Ao invés disso, apenas peguei meu certificado de conclusão de curso, entregue pelo professor. Ethan fez questão de planejar um jantar de comemoração e troquei meu turno com o bartender de segunda-feira no bar, de forma que pudesse ter a noite livre.

— Peça tudo o que quiser, flor. Você merece.

— Obrigada — agradeci com um sorriso.

— Como se sente agora como uma perita criminal?

— Eu tenho que arranjar um trabalho antes. — Gargalhei.

Ethan sorriu de lado, antes de dizer:

— Nós vamos dar um jeito nisso.

— Sério?

— Eu te disse aquela vez que a ajudaria. — Inclinou-se sobre a mesa, abaixando o cardápio à frente de seu rosto.

— Você também disse que me ajudaria a estudar — eu o lembrei. Nós *estudamos* juntos, mas não as disciplinas do meu curso.

— Você nunca quis ou precisou da minha ajuda.

— Eu sei, e isso vai até parecer estranho, mas fiquei grata por você ter trabalhado turno longos. Assim eu consegui focar em realmente estudar.

— Espero que ainda se sinta assim daqui a cinco anos.

O garçom escolheu aquele momento para anotar nossos pedidos. Depois de decidir o que queríamos comer, respondi para Ethan:

— Por que você acha que eu me sentiria diferente daqui a alguns anos?

Ethan tomou um gole de sua água.

— Você sabe por que me divorciei.

Assenti de leve.

— Sim, mas eu não sou *ela*.

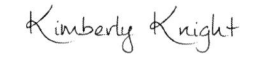

Rindo baixinho, ele apenas respondeu:

— Não, amor. Você não é mesmo.

— E tem mais — completei: — Você não é como meu ex-marido. Ele tinha um caso com a secretária.

— Eu sei disso. Estava apenas me referindo ao trabalho.

— Eu sei. E quem garante que eu não tenha que trabalhar longos turnos também...

— Sim, mas primeiro, preciso pegar esse cara.

— Por quê? — Franzi meu cenho.

Ethan segurou minha mão, acariciando os nódulos de meus dedos com suavidade.

— Já que não sabemos quem esse cara é, não quero me arriscar a deixá-la cair em uma armadilha.

— De que forma?

— Existem muitas maneiras, mas se você estiver trabalhando como técnica numa cena de crime, você acabará exposta em campo.

— Então você quer me manter em cativeiro e com uma coleira?

— Não é isso que você está pens....

— É, sim. Há mais de uma semana que não sou deixada sozinha. Não pude ir ao shopping quando quis, não pude ir ao salão arrumar meu cabelo ou unhas. Tudo o que pude fazer foi ir da aula para o trabalho, e agora, nem aulas mais para frequentar eu tenho. Então... o que vou poder fazer quando não estiver atrás do balcão do bar? Cozinhar? Limpar a casa? Ser *sua* dona de casa?

Eu não precisava fazer meu cabelo, assim como não era daquelas que precisavam fazer as unhas toda semana. O que eu queria dizer era que não estava podendo sair de casa para fazer absolutamente nada que eu quisesse. Sabia que tudo estava sendo feito daquela forma para minha segurança, mas também queria ser capaz de procurar emprego na minha área e não ter que explicar que eu tinha, possivelmente, um *serial killer* atrás de mim, ou pior, ter que andar o tempo inteiro com guarda-costas.

— Você sabe que se...

O garçom trouxe nossas bebidas e Ethan interrompeu o que ia dizer. Quando fomos deixados a sós outra vez, ele deu um suspiro longo antes de continuar:

— Você sabe que se não existisse uma ameaça colocando sua vida em risco, as coisas seriam diferentes.

Suspirei audivelmente, antes de responder:

— Eu sei, e peço desculpas. É porque sempre quis trabalhar nisso, e agora... — Engoli em seco. — Agora parece como se algo estivesse me impedindo de alcançar esse sonho. Eu decidi, anos atrás, que não iria perseguir meus objetivos depois da formatura, e não me arrependo de ter tomado essa decisão porque tive Maddie, mas...

— Quero que você siga seus sonhos, mas também não quero ser eu a atender a uma chamada para investigar a *sua* morte.

— E se vocês nunca conseguirem pegar esse cara?

— Eu vou pegá-lo.

— Você não pode ter certeza disso. Já se passaram dois meses desde o primeiro assassinato.

Eu só sabia daquele detalhe cronológico porque Ethan pisou o pé no Judy's pela primeira vez, antes do primeiro crime acontecer, no dia seguinte, e também porque eu havia começado minhas aulas na Lakeshore há apenas duas semanas. Contando com o fato de que o cronograma de aulas era de dez semanas, nós já estávamos chegando aos dois meses desde o primeiro homicídio ainda não resolvido. Será que levaria mais dois meses até que se descobrisse algo do segundo? Um tempo maior ainda?

Ethan deu mais um suspiro profundo. Com o turno de trabalho dobrado, sem dormir direito, fazendo de tudo para se assegurar de que eu chegasse em casa em segurança depois dos meus turnos à noite, eu sabia que ele estava exausto. Tinha certeza de que estava fazendo de tudo para resolver esse caso – óbvio –, mas ainda havia aquela pequena chance de nunca se chegar a um desfecho. Incontáveis assassinatos levaram dez, vinte anos para serem solucionados – isso quando foram.

— Você está certa.

— Eu não disse que você não pode...

— Eu sei. Existe, sim, uma possibilidade de nunca pegarmos esse cara, a contar pela falta de provas.

— Ethan... — Ele ainda estava acariciando minha mão, então coloquei a minha livre sobre a dele. — Eu confio em você para pegar esse cara.

— Eu espero, mas você está certa. Você precisa viver sua vida. Estamos tomando todas as medidas possíveis para te proteger, e a gente tem que acreditar que elas o farão. Você também está rodeada de policiais, assim como de um detetive. Nós faremos dar certo. Eu quero que você siga seus sonhos e seja feliz.

— Eu *estou* feliz — o corrigi. — Estou feliz porque estou com você. Estou feliz por *sua* causa.

Ethan se levantou, inclinou-se sobre a mesa e, no meio do restaurante lotado, me deu um beijo.

— E eu nunca estive mais feliz — admitiu. — Agora, vamos fingir que não estamos nem aí para o mundo. Esta noite é somente sua.

— Quer cantar num Karaokê? — caçoei.

Ele riu na mesma hora.

— Se você realmente quiser ir, então vamos lá. Mas também estou de boa em te levar pra casa para te proporcionar um encontro que termine com você sem roupa.

Fingi pensar por um instante, antes de responder:

— Hum... isso parece melhor ainda.

DESCONHECIDO

Fiona Jones era a número quatro da minha lista de observação. Já que acabei saindo da ordem correta, e matei a número nove, decidi não me preocupar mais com isso. E mais, Fiona era perfeita. Ela não tinha me enganado, como Amy fez, e também não era tão gostosa a ponto de eu querer enfiar algo pelo seu rabo, como fiz com Daisy.

Não. Fiona era o oposto.

Ela ia para as aulas, depois voltava para casa, fazia todas as suas tarefas, e levava uma vida normal de estudante universitária. Ela também estava frequentando a Lakeshore como aluna de intercâmbio, já que era da Inglaterra, o que significava que não comemoraria o dia de Ação de Graças. E era por essa razão que seria a próxima. Todo mundo que ela conhecia estaria fora da cidade, festejando com suas famílias, e isso me deixava livre para me esgueirar pela sua casa sem que alguém me notasse.

Além do mais, tive semanas para observá-la, de forma que pudesse saber tudo sobre seus horários e planejamento diário.

Depois que Jack e eu começamos nosso caso de amor — e eu chamo de caso porque estávamos nos escondendo no escritório, e não havíamos contado para ninguém que estávamos nos vendo —, continuei meu processo de observar as mulheres da minha lista. Pensei que não era mais de bocetas e agora só queria saber de pau – o de Jack –, mas eu ainda sentia a necessidade fremente de estar com uma mulher.

Jack não respondeu minha mensagem sobre nosso encontro noturno, então aproveitei o tempo livre para espiar a vizinhança de Fiona. Eu precisava saber quão próximas as casas eram umas das outras, se ela não tinha vizinhos enxeridos que ficavam observando o movimento da rua o dia inteiro, e como seria meu plano de fuga. Não planejava me demorar, porque estava nevando, mas já tinha tudo o que precisava saber. A casa de Fiona contava com uma porta dos fundos pela qual poderia entrar e sair sem que alguém me visse. Dava direto em um beco na parte dos fundos e era perfeita para uma fuga. Das outras duas vezes, tive que observar como entrar pela porta da frente, e tive sorte de ninguém ter me visto.

Eu era excelente no que fazia.

Depois de entrar no meu carro, decidi fazer uma visitinha à minha bartender preferida. Sabia que seu turno se encerraria em breve e eu esperava que o sargento Valor também estivesse lá. Ainda não havia tirado ela da minha lista, mesmo que já nem estivesse observando-a pela webcam ou na universidade. Sentia falta de observar os dois fodendo. Sentia falta de vê-la na faculdade, agora que seu curso tinha acabado.

Empurrei a porta e entrei no Judy's, depois de deixar meu carro estacionado no fim da rua. Tive que correr por conta da neve e do frio e, quando coloquei o pé no ambiente aquecido, eu o vi. Jack. Ele estava no balcão, rindo ao lado de Reagan. Ainda que soubesse que frequentava o bar, não gostei de vê-lo flertando com ela. Ele não respondeu minha mensagem antes e, ao observar o flerte que acontecia logo mais à frente, senti a raiva se acender por dentro. Eu o vi olhar para ela da mesma maneira que me olhou na noite em que me fodeu no banheiro do bar.

Ele a queria.

E eu não podia deixar isso acontecer.

Saí dali pensando em elaborar um novo plano, porque Reagan seria a próxima.

REAGAN

Era o início da tarde antes de Ação de Graças, e eu estava andando de um lado ao outro. Maddie estava a caminho. Não tinha visto minha filha nos últimos três meses, e aquele havia sido o período mais longo até então.

Ela ficaria no quarto dos garotos durante as quatro noites em que estivesse na cidade e eu estava exultante de emoção, para dizer o mínimo. Quando contei a ela que me mudei para o apartamento de Ethan, percebi que ficou feliz por mim. Ainda não tínhamos tido a chance de conversar sobre sua vida amorosa, mas poderíamos fazer isso assim que ela chegasse. Eu queria saber tudo. No entanto, não sabia se poderia falar sobre todas as coisas com ela.

Como dizer à sua filha que um *serial killer* invadiu seu apartamento? Não queria que ela pensasse que também estava em perigo. Seria meio complicado disfarçar, já que eu tinha os guarda-costas sempre por perto, já que Ethan ainda não havia capturado o assassino. Sempre olhava por cima do ombro, para me assegurar de que Evan e Pablo estivessem por perto – seja qual deles estivesse escalado no dia. E se aquilo acabasse se tornando uma coisa normal para mim? E se Ethan nunca descobrisse o assassino? Sempre ouvi falar sobre os casos arquivados nas aulas, além de assistir a inúmeros documentários sobre casos reais. Tudo o que eu mais queria era que tudo voltasse a ser como antes de aquela placa estúpida aparecer na minha casa.

Finalmente, depois da longa espera, recebi uma mensagem de Maddie:

> Estou estacionando na garagem.

Excitação correu pelas minhas veias com mais força. Eu queria descer para encontrá-la, mas então teria que explicar o gigante latino, de nome Pablo, nos seguindo. Teria que contar para ela, de qualquer forma, já que seria impossível ela não vê-lo ou a Evan, à minha sombra. Porém não queria fazer isso sem estar no conforto da minha casa, pois tinha medo de ela surtar.

Depois do que pareceu uma eternidade, ouvi a batida à porta. Abri de uma vez, sem conferir o olho-mágico, porque sabia que Pablo não permitiria que ninguém batesse ali a não ser alguém que eu estivesse esperando. E aquela pessoa era minha filha.

Ela ainda estava do lado de fora, com um sorriso de orelha a orelha. Sem dizer uma palavra, corri os últimos passos e a envolvi em meus braços, apertado.

— Oi — cumprimentou-me e pude sentir o sorriso contra o meu ombro.

— Senti tantas saudades suas!

— Eu também senti sua falta.

Depois de mais um abraço, deixei-a ir e fiz com que entrasse no apartamento.

— Venha. Eu só tenho algumas horinhas antes de ter que ir para o bar.

Todos os bartenders estariam trabalhando esta noite. A véspera do feriado de Ação de Graças era sempre a mais tumultuada do ano, então cada um de nós estaria trabalhando duas horas extras. Eu não tinha do que reclamar. As gorjetas valiam a pena o esforço e o Natal estava chegando.

Desde o incidente com a flor colocada do lado de fora do meu armário, Judy estava mantendo a porta dos fundos trancada. Os empregados tinham as chaves, e o pessoal da entrega tinha que ligar para que a entrada fosse permitida. Nos primeiros dias, foi meio constrangedor trabalhar ao lado de Derrick, mas, por sorte, tivemos noites tão cheias naquela semana que não houve muito tempo para conversar sobre o que aconteceu. Ele também parou de flertar comigo, e presumi que tivesse algo a ver com alguma ameaça de Ethan, o que fez com que entendesse que nunca haveria nada entre nós.

Maddie hesitou por um instante.

— Você sabe que tem um cara parado atrás de nós, né?

— Sim. Tem uma coisa que preciso te contar. — Eu sorri para Pablo.

— Tuuudo bem.

Acenei para que me seguisse porta adentro.

— Venha, venha.

— Cadê o seu namorado? — ela perguntou assim que pisou o pé no apartamento.

— Está no trabalho.

— Certo... protegendo a cidade.

— Tipo isso. — Gargalhei. Depois de levá-la até o quarto em que ficaria, Maddie pediu para usar o banheiro e, enquanto ela estava ocupada, preparei uns sanduíches para nós. — Como estava a estrada? — perguntei assim que entrou na cozinha.

— Estava tranquila. Ouvi mais da metade de um audiolivro. Acho que consigo terminar quando eu voltar no domingo.

— Era sobre o quê? — Coloquei o prato com o sanduíche de presunto e queijo à sua frente.

— Ah, você sabe... garoto conhece menina, se apaixonam, daí terminam por alguma razão idiota, e eventualmente, fazem as pazes. Ele provavelmente vai propor casamento, e terão dez filhos e vão viver às custas da assistência social.

Um sorriso preguiçoso se espalhou pelo meu rosto ao ouvir seu relato.

— Acho que já li algo parecido antes.

Nós duas começamos a rir. Meu Deus, eu sentia tanta falta de suas risadas – de vê-la rir. Como eu iria aguentar por mais quatro anos recebendo somente suas visitas nos feriados e férias de verão? Para onde ela iria depois de se formar? E se resolvesse se mudar para algum lugar distante?

— Então... você não ia me falar sobre o cara lá fora? — Maddie deu uma mordida em seu sanduíche.

— Certo. — Peguei meu prato, alguns pacotes de batatas e duas garrafas de água, colocando no balcão antes de me sentar. — Eu não sei todos os detalhes, mas tem um *serial killer* na minha cola.

Ela se engasgou com a comida.

— O quê?!

— Bem — dei de ombros —, eu fui ameaçada por um? — eu mesma fiz um questionamento, já que nada mais havia acontecido desde aquela noite. Talvez o cara tenha partido para outra.

— Você não tem certeza?

Eu contei tudo o que sabia sobre a placa de madeira e sobre o que aconteceu. Também aconselhei que ela cobrisse a webcam de seu computador com uma fita.

— E é por isso que tenho um segurança particular.

Maddie me encarou. E encarou. E continuou encarando.

— Mãe! Você não pode simplesmente jogar uma bomba dessas enquanto a gente está comendo!

— E quando seria o momento certo para te falar?

Ela abanou as mãos para todos os lugares.

— Sei lá. Talvez na hora de comer um cheesecake ou algo do tipo.

Dei um sorriso de lado ante a óbvia referência ao seriado de TV que mais amávamos, *Supergatas*. Segurei suas mãos e as coloquei sobre o meu colo.

— Se eu estiver em perigo, Ethan tomará todas as precauções, mas as coisas estão bem tranquilas desde aquela noite e não vou a lugar nenhum sem o Pablo — indiquei a porta com minha mão —, ou Evan.

— Isto é... muito louco.

— Eu sei, mas Ethan está fazendo o possível para resolver esses crimes e, como eu disse, tudo tem estado sossegado desde o último homicídio. Não acho que ainda tenha pistas de fato para prender algum suspeito.

— Se essa pessoa nunca for presa, você vai ter que andar para sempre com um guarda-costas?

— Não sei. — Dei de ombros.

Ela saiu do assento e enlaçou meu pescoço.

— Parece como se a gente estivesse vivendo em algum romance de suspense e mistério.

— Sim, parece mesmo. — Eu ri.

— Ou aqueles romances de suspense com segundas oportunidades entre o casal — emendou.

— Algo bem desse tipo. — Comecei a rir.

Nós ficamos abraçadas por um tempo, até que ela voltou ao seu assento.

— Então...

— Sim? — incitei.

Ela respirou profundamente antes de dizer:

— Tudo bem. Eu estava para te dizer, porque você é mente aberta, e não vai se importar... e vai ficar feliz por mim...

— Ceeerto...?

— É só que...

— Apenas desembuche. — Dei um sorriso encorajador.

Seja lá o que fosse, eu lidaria com o assunto. Talvez ela quisesse largar a faculdade ou algo assim. Talvez quisesse ir para Paris durante o verão, ao invés de ficar comigo e Ethan. E nós tínhamos que pensar em uma alternativa para acomodações, porque Maddie precisaria de seu próprio quarto e não poderia dividir com os garotos pelo período todo.

— Tá. — Ela respirou profundamente. — Você sabe que estou namorando alguém, né?

— Sim. — Eu sorri.

— É... é uma garota.

Pisquei rapidamente. Eu não estava esperando por aquilo. Ela sempre esteve com meninos, desde o colegial. Eu também sabia que ela já havia tido namorados. No entanto, também sabia que não me importava. Só queria que ela fosse feliz, e se uma jovem mulher a estava fazendo feliz, então era só o que me importava. Sorri e puxei-a para outro abraço.

— Não há razão para ficar receosa, querida. Quem você decide namorar só compete a você. Desde que ela te faça feliz, também estarei.

Maddison inclinou a cabeça para trás, encarando-me com os mesmos olhos verdes-esmeralda.

— Ela me faz muito feliz.

— Bom. Me conte tudo. Qual é o nome dela? Como se conheceram? Há quanto tempo estão namorando? É namoro firme?

Nós nos afastamos e voltamos a nos sentar.

— É sério, e o nome dela é Sophie.

— Bonito nome. — Eu queria que Maddie soubesse que eu estava de boa com o fato de namorar quem quisesse. Contanto que não fosse uma criminosa, que não a machucasse ou a traísse, então teria todo o meu apoio.

Maddie disse que ambas eram colegas de turma, e que ficaram ressabiadas a princípio, mas quanto mais tempo passavam juntas, mais próximas ficaram. Ela ainda estava me contando sua história de amor quando Ethan entrou pela porta da frente.

Eu sorri e deslizei da banqueta.

— Maddie, este é o Ethan.

Ele fechou a porta, colocou as chaves sobre a mesinha ao lado e começou a caminhar em direção a Maddie. Ela fez o mesmo.

— É um prazer finalmente conhecer você — ele disse.

Ela se atirou em seus braços, enlaçando seu pescoço e o apertando com firmeza. Ele olhou para mim por cima do ombro de Maddie, e eu apenas dei de ombros. Nem eu estava esperando que ela o cumprimentasse assim.

— Obrigada por manter minha mãe a salvo.

Só quando se separaram é que percebi que estávamos os três sorrindo.

— Eu nunca deixaria nada acontecer com ela — ele assegurou.

— Que bom, porque se você deixar, eu vou encher muito o seu saco.

Ele sorriu com gosto antes de responder:

— Devidamente anotado. — Virando-se para mim, perguntou: — Você já está pronta para sair?

— Eita, merda — soltei. — O tempo passou voando e eu nem vi.

— Imaginei. — Sorriu.

Dirigi minha atenção para Maddie, dizendo:

— Preciso ir para o trabalho, mas amanhã teremos o dia livre para jogar conversa fora. Vou cozinhar batatas refogadas com bacon para o café.

Eu tinha uma colega de turma que sempre falava da saudade que sentia da comida sulista, quando estávamos na Califórnia. Ela nasceu no Texas e disse que sua mãe todos os domingos fazia batatas refogadas com costeletas de porco. Peguei a receita com ela e, ao longo dos anos, aprimorei o modo de fazer. Em uma manhã que fiz este prato, Maddie o elegeu como seu favorito. Podia ser muito parecido com batatas fritas, mas ao contrário do que a receita pedia, eu não adicionava farinha. Eu só as deixava de molho no óleo enquanto cozinhava, e depois as fritava.

— Pode ir, mãe. Eu tenho que fazer uma ligação. — Ela sorriu, e imaginei que quisesse ligar para a namorada. Talvez para dizer que chegou bem em Chicago, ou para checar se Sophie chegou em Indianapolis, sua cidade natal.

— Tudo bem. Se você quiser... — hesitei e olhei para Ethan. — Podemos comer juntos na hora do meu intervalo. Você conseguiria levar uma pizza?

— Okay, flor. Essa é uma ideia genial. — Ele sorriu.

Embora eu imaginasse que o Judy's estaria superlotado, ainda assim estava feliz. Eu, finalmente, tinha as duas pessoas mais importantes da minha vida sob o mesmo teto.

CAPÍTULO 24

DESCONHECIDO

Meu coração estava batendo acelerado no peito. Não de medo, e sim, de excitação.

Estacionei meu carro no fim da rua de Fiona, caminhei pelo beco abandonado até a parte de trás de sua casa, e me esgueirei pelo quintal. Estava tudo sossegado, as pessoas provavelmente descansavam por terem passado horas e horas cozinhando o jantar do dia seguinte. Ela não tinha planos, como bem descobri, e quanto mais tardar eles descobrissem o corpo, melhor.

A chave que fiz do mesmo jeito como o de Amy e Daisy encaixou perfeitamente na fechadura da porta de trás. Abri sem dificuldade, esperando não fazer nenhum barulho. Quando a abri por completo, ouvi o som da TV ligada no outro cômodo. Entrei na cozinha escura e fechei a porta sem mais delongas.

Fiona era diferente das outras garotas, pois não tomava uma última dose de bebida antes de dormir, então tive que optar por usar o velho método do éter. Era fácil conseguir qualquer coisa na internet, então encomendei uma lata de éter etílico assim que decidi que ela seria a próxima a morrer.

Depois de colocar minha mochila num canto, contendo minhas roupas limpas, peguei um pedaço de tecido branco com a mão agora enluvada. Encharquei com éter e deixei a lata do produto em cima do balcão, ao lado da placa de madeira que fiz especialmente para ela. Caminhei devagar em direção à sala de estar, onde a TV permanecia ligada. Cheguei por trás da morena bonitinha e pressionei o pano embebido sobre seu rosto. Ela lutou contra mim, tentando sair do meu agarre, mas a segurei com firmeza contra o encosto do sofá enquanto ela esperneava. A luz incidiu em cima de seu cabelo e pude ver algumas mechas azuis por entre os fios. Pelo computador, não deu para perceber aquele detalhe. Era uma cor bonita e seria a última que Fiona usaria naqueles fios.

Assim que ficou inconsciente, deitei seu corpo no sofá e dei a volta para agora ficar de frente a ela. Afastei as mechas azuis escuras de seus olhos fechados e sorri. Eu não tinha certeza se o éter funcionaria adequadamente. Normalmente, minhas vítimas apagavam quando ingeriam a pílula que eu colocava em suas bebidas, mas eu tinha que admitir que usar a substância para derrubá-la foi bem emocionante. Fui eu que a segurei enquanto ela lutava para respirar, contendo seu corpo enquanto o éter fazia efeito, não uma droga qualquer que desligou seu sistema.

Fui. Eu.

Meu sangue começou a se agitar ante o pensamento de que em poucos instantes Fiona não estaria mais respirando, e que fui eu que causei seu último suspiro. O barato do momento estava amplificando minha excitação a cada segundo que passava.

Então, do nada, ouvi um barulho.

Parei para ouvir de novo. Fiona não tinha uma colega de quarto – ao menos, nunca vi nenhuma enquanto a observava através da sua Webcam.

Tentei escutar com mais atenção.

Parecia como se alguém estivesse arranhando alguma coisa. Não um ruído como um galho de árvore ou um animal, janela ou porta, mas talvez fosse...

Miau.

Soltei o fôlego retido quando vi um gato malhado entrando na sala. O barulho deve ter sido o animal usando a caixa de areia.

Miau. Ele resmungou de novo.

— Ei, amiguinho — chamei de volta.

O gato marrom e preto se esfregou na minha perna, claramente não percebendo que eu estava prestes a matar sua dona, o que o deixaria com fome por alguns dias – ou até mais. Talvez ele decidisse comer a doce Fiona.

Miau. Continuou a conversar comigo.

— O que foi?

Miau.

— Você está com fome, é isso?

Ele fez um barulho no mesmo instante em que senti o cheiro de merda no ar. Olhei de volta para Fiona, mas ela ainda estava respirando.

— Você abriu espaço nesse estômago, é? Depois de fazer seu cocô? — perguntei ao gato.

Miau. Ele sacudiu o rabo de um jeito esquisito.

— Vou tomar isso como um sim.

Kimberly Knight

Deixei uma Fiona desmaiada no sofá e saí em busca de ração para o gato, ou gata – não tinha certeza. Não queria que ele ficasse faminto por muito tempo, e imaginei que se sua barriga estivesse cheia, ele teria uma boa-noite de sono.

Abrindo porta por porta dos armários, finalmente encontrei a lata de ração. Eu me abaixei, passando a mão enluvada sobre o pelo macio.

— Você gosta de ensopado de mariscos?

Miau.

— Acredito que sim, né?

Olhei ao redor da pequena cozinha escura, e avistei o vasilhame num canto do chão, logo após o balcão. No instante em que abri a tampa da lata de ração, o gato já estava sentado à espera, próximo à sua tigela. Depositei uma boa quantidade, garantindo que enchesse tudo, e depois coloquei água fresca no outro potinho.

Deixei o animal para degustar sua comida e voltei para onde estava Fiona. Ela ainda se encontrava inconsciente, e parecia tão tranquila. Aquele estado não duraria, no entanto, porque no instante em que a primeira faca-da aterrissasse em seu peito, ela acordaria.

Voltei para a cozinha e peguei a lata de éter, caso necessitasse de mais. Eu não imaginei que teria que alimentar o gato, mas também não poderia deixar a coisinha morrer de fome. Seria muito cruel.

Lambendo os lábios, ergui a faca escondida às minhas costas, posicionei mais alto, parando por um segundo apenas, para somente depois estacar a lâmina direto sobre o coração de Fiona. A adrenalina pelo meu ato cometido correu através do metal e pelos meus braços, assim que Fiona se engasgou, arregalando os olhos em desespero completo.

Ela começou a gritar, e tive que agarrar o pano encharcado de éter outra vez, colocando sobre seu rosto e segurando firme. Ela se debatia, chutava, mas eu a mantive no lugar, vendo os olhos cinza me encarando em pavor, como se estivesse perguntando silenciosamente o porquê de tudo aquilo.

— Porque você estava na minha lista — respondi.

Fiona continuou a lutar contra mim, até que não houve mais nenhum movimento. Sangue encharcava o pedaço de pano e a faca, e agora que estava imóvel, ergui a faca outra vez e comecei a apunhalar, imagens de outra mulher de cabelo escuro preenchendo minha mente. Eu não tinha certeza se atingi o coração de Fiona ou não, mas continuei esfaqueando, pensando em Reagan rindo com Jack, sentindo minha visão nublar com ódio a cada golpe.

No meio da nossa luta, não percebi que ela havia conseguido soltar meu cabelo antes preso na nuca. Afastei as mechas para colocar atrás da orelha e parei. Aquele embate não estava nos meus planos e não acontecia usualmente, mas fez com que meu sangue rugisse alto. A adrenalina, o barato, era eletrizante.

Ouvi o miado e olhei para lado, vendo que o gato tinha acabado de comer. Eu queria acariciar seu pelo outra vez, mas, ao invés disso, arranquei fora meus jeans e a camiseta preta de manga comprida, troquei as luvas e as roupas, e deixei a placa de Fiona com a minha assinatura ao lado da vasilha de ração do gato, antes de sair pela porta dos fundos.

Nenhuma alma viva me viu sair pelo portão de seu quintal. Ninguém me viu caminhar sob as luzes fracas do beco até o meu carro. Assim como ninguém viu quando me afastei dali pela rua.

Fiona James # 4

CAPÍTULO 25

ETHAN

Ver Reagan se divertir com um sorriso no rosto ao lado de Maddison era de aquecer o coração. Eu sabia que ela sentia a falta da filha, como havia me dito em várias ocasiões, e vê-la tão radiante de felicidade se equiparou ao sentimento que tive quando pude ver meus garotos depois de duas semanas afastado.

Reagan fez o café da manhã e nós nos sentamos ao redor da mesa conversando sobre nada e tudo ao mesmo tempo antes de ir para a casa dos meus pais, para o jantar de Ação de Graças. Infelizmente os garotos ficariam com Jessica no feriado, mas no Natal eles estariam comigo. Eu e Reagan precisávamos organizar as coisas já que Maddison ficaria conosco no recesso do Natal e Ano Novo, e meus filhos ficariam comigo quatro dias seguidos, já que o feriado era numa quinta-feira. Nós precisávamos arranjar um lugar maior.

Uma casa só *nossa*.

Não um lugar que pertencia à minha irmã, e onde antes matei um cara, para o qual Reagan não havia levado toda a sua mudança. Com tudo o que estava acontecendo, nós embalamos tudo o que ela tinha e guardamos em um depósito, a não ser suas roupas. Em hipótese alguma eu a deixaria morar sozinha de novo. Isso não ia acontecer.

A vida era boa apesar dos casos ainda em aberto, que me assombravam dia e noite, mas à medida que o tempo passava, mais eu pensava que tudo estava relacionado a mim e a Reagan, como April me alertara semanas antes. Eu só não entendia como, além de não saber o porquê. Vasculhei todos os detalhes dos casos, tentando encontrar alguma espécie de elo, mas não consegui achar nada.

Depois de comermos nossa refeição, fomos direto para a casa dos meus pais.

— Você é boa jogando Uno? — perguntei a Maddie assim que entramos no elevador rumo à garagem.

Ela deu de ombros antes de responder:

— Acho que jogo como qualquer outra pessoa. Aquilo ali é sorte, não é?

— Não. Você tem que saber a hora exata de jogar a carta ou mantê-la em mãos para o momento certo. Trata-se de estratégia. — Eu ri.

— Então, você é um profissional do Uno?

— Eu não sou ruim — admiti —, mas é meio que uma tradição jogar com a minha família depois do jantar.

— Parece que o Cohen, o filho mais velho de Ethan, é um profissional — Reagan afirmou.

Comecei a rir.

— Sério? — Maddie confirmou. — Quantos anos ele tem?

— Oito — respondi.

— Ah, saquei. Nós temos que deixá-lo vencer.

— Não, ele sabe realmente como jogar — eu a corrigi. — Ele deixa a gente no chinelo.

Quando o elevador chegou ao piso da garagem, Maddison olhou para Reagan.

— Então, mal posso esperar pela tradição anual.

Reagan a puxou para um abraço, enquanto nos dirigíamos para o carro.

Eu também mal podia esperar para que aquilo se concretizasse.

Depois das apresentações feitas, decidi não beber nada, desde que estava de plantão, por ser uma quinta-feira. Reagan e as garotas foram fazer suas coisas enquanto eu, meu pai, meu irmão e Rhys assistíamos a um jogo de futebol americano.

— Então, já que no Natal — comecei a falar durante o intervalo comercial, atraindo a atenção de todos —, os meninos estarão comigo, quero ver se faço uma coisa especial esse ano.

— O que você está pensando em fazer? — Rhys perguntou.

— Ainda não sei.

— Maddison vai estar aqui no feriado? — meu pai perguntou.

Acenei com a cabeça.

— No dia do Natal ela vai ficar com o pai, no Colorado, mas depois ela vai ficar por aqui por mais um tempo, até que tenha que voltar às aulas.

— E onde ela vai dormir? — ele perguntou. — Os garotos vão ficar com você nesses dias, não vão?

Dei de ombros. Eu sabia que precisava arranjar um lugar maior, mas estava com muita coisa na cabeça no momento, e não podia me dar ao luxo de procurar uma casa.

— No sofá?

— Ou talvez você possa encontrar um lugar mais espaçoso? — Rhys sugeriu.

— Está tentando me expulsar do seu apartamento? — Era da minha irmã, na verdade, mas já que estavam casados, também pertencia a ele.

Ele sorriu antes de dizer:

— De jeito nenhum, mas sua família está crescendo.

Meu coração inchou com aquelas palavras. Minha família *estava* realmente crescendo.

— Você está certo — retruquei. — Talvez assim que o ano começar, nós possamos procurar uma casa para comprar.

Meu olhar se virou para o meu irmão, que mantinha um sorriso estúpido no rosto.

— O quê? — perguntei.

Ele apenas riu.

— Você se lembra de quando Jessica quis se mudar para sua casa, e você fez de tudo para evitar a princípio?

— Sim — respondi, recordando-me de como eu havia dito que meu contrato de aluguel impedia que ela se mudasse, quando na verdade, isso poderia ser corrigido a qualquer momento. Fui até mais longe, ao dizer que ela tinha que estacionar o carro duas quadras antes toda noite. Depois falei que precisava de tempo para acomodar as roupas dela, o que era verdade e, por fim, depois de um ano de namoro, encontramos um lugar para morar juntos, onde coubesse suas coisas e as minhas.

— Vocês mal reataram e agora já quer a coisa definitiva — Carter afirmou.

— Você tem noção de a quem está se referindo? — perguntei.

— Reagan, claro.

Inclinei para frente, no sofá em que eu estava sentado, e disse:

— *Minha* Reagan.

Ele sorriu e vi que estava me zoando.

— Então, você vai pedi-la em casamento finalmente?

— Você vai, não é? — Rhys emendou.

Dei de ombros e me recostei contra o sofá de novo. Sorrindo de orelha a orelha, eu apenas disse:

— Sim, eu vou.

— Quer que eu arme alguma coisa durante a transmissão de um jogo do Hawks? — Rhys perguntou. Aquele foi o jeito que ele pediu minha irmã em casamento. E, por mais que pudesse ser épico, não queria uma cópia do dele. Precisava fazer da minha própria maneira. Queria que fosse especial e único para nós dois.

— Não, eu vou pensar em algo.

— Bom, se você precisar de alguma ajuda, é só dizer — Rhys disse. — Tenho muitas ideias.

Olhei para o meu pai e ele sorriu para mim.

— É bom ver que finalmente você está com a pessoa que te faz feliz.

Nunca admiti para ninguém, mas só tinha sossegado por causa de Jessica. Claro, eu a amei – ainda mais porque era a mãe dos meus filhos –, mas nunca no mesmo nível que amava Reagan.

— Você não faz ideia de como isso me faz feliz, pai — repliquei.

Parei a um passo da mesa, vendo o jogo empolgante de Uno a pleno vapor, e atendi o celular que havia acabado de tocar no meu bolso.

— Valor.

— Temos outro homicídio — Shawn disse.

— Mesmo *Modus Operandi*?

— Sim.

Fechei os olhos por um instante, respirando fundo. Se fosse mais um caso registrado daquele assassino em série, pelo menos a vítima não era Reagan.

— Envie o endereço por mensagem. — Desliguei e encarei o pessoal que jogava. — Tenho que ir.

— Está tudo bem? — meu pai perguntou.

— Sim, o dever me chama.

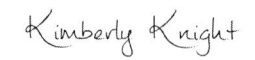

— Você pode nos deixar em casa no caminho? — Reagan averiguou.

— Eu... Na verdade, sim, vamos garantir que você fique segura em casa — respondi. Meu pai, irmão ou até mesmo Rhys poderiam deixá-las em casa, mas eu me sentiria melhor sabendo que elas já estavam lá, em segurança.

— Então... é o mesmo cara? — meu pai inquiriu.

— Shawn disse que é o mesmo MO, então é capaz que seja o mesmo.

Não desperdiçamos tempo com as despedidas. Desculpei-me com todos, até mesmo com Reagan e Maddison, e a única coisa que minha mulher disse para mim foi: *"pegue esse cara"*.

— *Estou trabalhando nisso, flor* — foi o que respondi.

Liguei para Evan, e ele nos encontrou no meu apartamento. Senti-me mal por ele ter que trabalhar no feriado, mas, como eu, ele também estava de plantão. Antes de sair, assegurei-me de que as garotas estivessem seguras dentro de casa. Não queria arriscar, já que poderia ser alguma espécie de chamariz, e fiz questão de conferir se não havia ninguém lá dentro ou alguma maldita placa antes de deixá-las.

As luzes azuis e vermelhas brilhavam na noite escura. Estacionei e me aproximei da porta, vendo Shawn à minha espera.

— O que temos aqui?

— O primeiro policial a chegar ao local já me informou alguns detalhes. Temos uma vítima de vinte e dois anos de idade.

— Esfaqueada?

— Múltiplas perfurações.

— Merda — sibilei, enquanto colocava os protetores.

— Placa de madeira?

— Sim.

— Porra — rosnei e entrei na pequena casa de um cômodo apenas. Shawn havia dito que era o mesmo MO, mas era horrível saber que outra mulher jovem tinha perdido sua vida porque não conseguimos ser rápidos suficiente para solucionar os casos.

Assim como os outros assassinatos, a vítima estava deitada em um sofá encharcado de sangue.

— Já liguei para Shay — Shawn disse. — A vítima é Fiona Jones, e era estudante na Lakeshore também.

— É claro que ela era.

— Já enviei uma viatura para levar o laptop dela para o Will.

— Ótimo. Escuta — chamei —, nós precisamos pegar esse filho da puta de uma vez por todas. Quero tudo revirado cinco vezes, se preciso for, e cada fiapo maldito analisado. Tem que haver alg...

— Sargento — Heather, da unidade de perícia, me interrompeu. — Encontramos um fio de cabelo, e parece que essa vítima lutou contra o agressor.

— Apresse as análises disso. Quero o resultado hoje à noite ainda.

— Pode deixar.

Todo mundo continuou o trabalho, e eu apenas encarei o corpo ensanguentado de Fiona. Ela não estava nua como as outras vítimas, mas como apresentava múltiplas perfurações e a maldita placa de madeira, estávamos certos de que era o mesmo cara. Possivelmente um cara ruivo. E se Fiona havia lutado contra ele durante o ataque, então tínhamos o DNA, e talvez essa fosse a brecha que estávamos esperando.

Bom trabalho, Fiona.

Kimberly Knight

CAPÍTULO 26

REAGAN

O colchão afundou ao meu lado, fazendo com que eu acordasse.

— Amor? — murmurei.

— Sim — Ethan respondeu, puxando minhas costas contra seu tórax.

— Que horas são?

Eu estava cansada demais para olhar para o relógio ao lado da cama. Depois que ele nos deixou no apartamento, eu e Maddie assistimos a um filme, mas só o que conseguia pensar era se aquilo tudo acabaria em breve. Como Ethan não chegou mesmo quando o filme acabou, tentei dormir, mas virei e revirei na cama, até que o sono finalmente me derrubou. Não parecia que eu havia dormido há tanto tempo quando ele chegou.

— Quase quatro.

Eu só tinha uma pergunta a fazer:

— Ele deixou uma placa de madeira?

Ethan deu um longo suspiro antes de responder:

— Sim. — Ficamos ali deitados por alguns minutos até que ele falou outra vez: — Mas dessa vez, havia um fio de cabelo vermelho no corpo, que não batia com o da vítima.

Virei-me em sua direção, finalmente abrindo os olhos, mas não vendo nada além de escuridão. Ele ajustou o braço forte e o apoiou contra meu quadril.

— Agora vocês têm o DNA.

— Infelizmente não foi o suficiente, e não havia nenhum registro no banco de dados. — Ele suspirou.

— Merda. — Expirei com força.

— Isso aí, mas ele se ferrou dessa vez. O que significa que está vacilando, e uma hora ou outra, vamos pegá-lo.

— Que número estava marcado na parte de trás da placa? — perguntei depois de uma pequena pausa.

— Quatro.

— Mas na minha tinha o número dois, e tem que haver um três em algum lugar. — Pisquei.

— Não tenho muita certeza se ele está obedecendo à ordem numérica para cometer os crimes, já que a segunda vítima tinha a placa com um nove.

— Isto não faz o menor sentido. Por que numerá-los então?

— Talvez seja a ordem de mulheres que ele encontrou e começou a observar.

— Você acha que ele passou batido por mim porque não pode mais me observar pelo computador?

— Talvez, mas não podemos arriscar. Você ainda vai continuar com os guarda-costas até pegarmos esse cara.

— Não foi isso o que eu quis dizer. Estou dizendo que talvez ele não esteja mais observando a vítima número três.

Ethan suspirou audivelmente.

— Espero que seja esse o caso, e não que ela já possa estar morta, mas ainda não encontramos o corpo.

— Talvez a terceira tenha adquirido um novo computador, sei lá, e o assassino não possa mais acessar a webcam — sugeri.

— Pode ser. Ainda estamos tentando descobrir como ele consegue acessar os endereços de IP. Não há nenhum rastro nos servidores da Universidade.

Ethan nunca tinha me contado tanto a respeito das investigações antes, e eu queria que ele continuasse a falar mais sobre o assunto. Odiava ser mantida no escuro, principalmente porque estava envolvida de alguma forma.

— As outras vítimas estavam no primeiro ano ou eram calouras?

— Não. Cada uma delas frequentava a Lakeshore há mais de um ano.

— Sabe o que é mais estranho? — Pensei um pouco antes de dizer.

— O quê? — Bocejou.

— Comecei a estudar lá nem bem um mês antes de tudo acontecer. Como ele pode ter me escolhido para espiar?

— Quisera eu saber. — Ethan suspirou.

— Quero dizer, não usei meu laptop em outro lugar, a não ser na faculdade e em casa.

— Eu sei.

— É esquisito isso. Como se eles tivessem acessado meus dados direto da Universidade.

— Foi por isso que analisamos os servidores, mas não havia nada lá.

Ficamos deitados na cama por um longo tempo enquanto meu cérebro funcionava. Sabia que não conseguiria dormir. Já estava amanhecendo, e as luzes de um novo dia penetravam pelas frestas da cortina, até que um pensamento me ocorreu.

Deslizei para fora da cama, peguei o laptop dentro da mochila e o liguei assim que me sentei no chão, recostando-me contra o colchão. Depois que a equipe de informática escaneou meu computador, o programa que o assassino usava para me espionar foi deletado, e só então Ethan me devolveu o laptop para que eu pudesse usá-lo durante as aulas. Eu agora o estava usando para pesquisar por vagas de emprego e ainda não havia tido sorte, mas esperava que tivesse a ver com a temporada de feriados.

O som inconfundível do computador iniciando preencheu o ambiente silencioso. Tentei acionar o botão de volume várias vezes, para reduzir o ruído, mas foi tarde demais.

— Volte para cama, flor. Não consigo dormir sem você.

— Só um segundo. Preciso conferir um negócio.

— Está tudo bem?

Não respondi nada. Ao invés disso, abri o campo de busca da internet, digitei o endereço do meu e-mail e conferi na caixa de entrada por todas as mensagens que havia recebido da Lakeshore.

— Reagan? — Ouvi quando Ethan se sentou na cama, mas não interrompi o que estava fazendo para olhar para ele.

Meus olhos arregalaram assim que encontrei o e-mail que estava procurando. Cliquei na mensagem e senti meu corpo se retesar; só então olhei para Ethan. O olhar dele se moveu do meu computador para mim, enquanto ele dava uma conferida na tela.

— Você está vendo este link? — Apontei para a mensagem.

— Sim? — questionou.

— Acredito que todo estudante recebe um link direcionado deste, porque é através dele que conseguimos criar o nosso perfil de aluno para acessar o site da universidade. É como conseguimos acompanhar notas, horários, e por aí vai.

— Você está insinuando que talvez tenha sido assim que ele tenha conseguido os endereços de IPs?

— Tem que ser isso. Se não existe nada nos servidores da Lakeshore, a não ser o Wi-Fi que os estudantes acessam quando estão na faculdade, então só pode ser esse o elo. Não sei como essas coisas funcionam, mas talvez o cara esteja pescando informações quando os alunos usam a internet desprotegida.

— Puta merda! — Ethan retirou o laptop da minha mão, colocando-o sobre o colchão, indo em seguida para o *closet*. — Talvez você esteja no caminho certo.

Eu sorri. Se aquela fosse a peça que estava faltando para conseguir rastrear o cara, então tudo poderia acabar em breve.

— Você acha que estou certa?

— Não sei — respondeu, já vestindo uma calça preta —, mas vou levar isto para a delegacia. — Ele apontou para o meu computador. Daquela vez não reclamei, porque dessa vez eu mesma queria que ele levasse. Estava esperançosa de que o ajudaria de alguma forma.

Maddie e eu fomos almoçar. O tempo todo, mantive um olho no meu celular para ver se Ethan me enviaria uma mensagem ou me ligaria para dar alguma notícia. Não disse nada a ela de que talvez um avanço tivesse sido feito em relação ao caso, porque não queria que se preocupasse com nada daquilo. Eu só queria que ela tivesse um feriado tranquilo ao meu lado.

— Eu vou chegar em casa por volta de meia-noite e quinze hoje — informei, pegando as chaves sobre a mesinha perto da porta. — Se você ainda estiver acordada...

— Vou estar acordada. — Ela riu.

— Tudo bem.

Nós nos abraçamos e eu saí, sendo seguida por Pablo. Precisava que aquele lance do link do e-mail fosse de alguma forma uma pista, porque do jeito que estava, minha filha tinha muito mais liberdade do que eu. Evan ou Pablo sempre me acompanhavam no carro os dois quarteirões até o Judy's, e ficavam sentados em uma mesa perto da porta do bar até que Ethan chegasse para me levar para casa.

Pablo me seguiu depois que passei pelas portas dos fundos, trancando-a em seguida. Nós não estávamos mais mantendo em sigilo o fato de que eu tinha escolta. Ethan disse aos guarda-costas para ficarem próximos a mim o tempo inteiro. E eu estava de boa com aquilo. Não *queria* estar em perigo iminente, mas queria que aquilo acabasse logo.

Horas depois, eu ainda não havia tido notícias de Ethan. Esperava que aquilo significasse que minha dica os tenha levado a alguma pista, e que agora estivessem caçando o cara. Eu tentava focar no trabalho, já que era uma sexta-

Kimberly Knight

-feira, e o bar estava bastante movimentado, mas só queria saber o que estava acontecendo. *Precisava* descobrir se eles já tinham conseguido prender algum suspeito, para que pudesse parar de olhar o tempo todo por cima dos ombros.

Indo em direção ao meu próximo cliente, balancei a cabeça.

— O que você está fazendo aqui?

— Eu vim comer alguma coisa com você — Maddie respondeu, levantando uma embalagem de papel pardo.

Estava na ponta da minha língua dizer que ela não estava segura ali, mas pensei melhor antes de falar alguma coisa. Não queria que se preocupasse. Ela não estava, necessariamente, em perigo. Minha filha não estudava na Universidade Lakeshore, e parecia que aquele era o ponto-chave para o *Modus Operandi* do assassino. Talvez ele não soubesse nada a respeito dela.

— Você fez o jantar? — perguntei.

Maddison riu antes de responder:

— Fiz, mas é só sopa e biscoito de queijo.

— Perfeito para esta noite fria. — Ainda que estivesse suada de tanto trabalhar, eu comeria, pois estava morrendo de fome, e porque minha filha havia feito para mim.

— Cheguei muito cedo?

Olhei para o relógio que ficava atrás no bar.

— Não. Vamos nos sentar lá nos fundos.

Depois de limpar o balcão, fiz uma pausa.

— Deixe-me só avisar o Pablo para que ele possa comer alguma coisa também.

— Tudo bem, eu já vou ajeitando as coisas.

Maddie foi para a sala de descanso, e fui em direção ao local onde Pablo estava sentado.

— Maddison me trouxe o jantar. Ficaremos na sala de descanso, ali atrás. Por que você não aproveita e vai comer alguma coisa?

— Tem certeza? — perguntou.

— Sim. Eu juro que não vou sair de lá até você voltar.

— Okay. Não vou me demorar.

— Eu tenho trinta minutos de intervalo.

Ele assentiu e desceu da banqueta. Fui me encontrar com Maddison e vi que ela já tinha colocado a sopa de galinha em vasilhames. O cheiro estava delicioso.

— Eu faço muito isso no dormitório.

Franzi o cenho em confusão quando me sentei à mesa.

— Não me lembro de ter visto um fogão naquele dormitório minúsculo.

Ela sorriu.

— Não tem mesmo, mas lembra que você me deu a sua panela elétrica?

Tomei um bocado e tossi quase que de imediato.

— É mesmo, e isso aqui é apimentado, hein?

Maddie sorriu com gosto.

— Eu sei.

— Mas está gostoso. Você faz isso na panela elétrica?

Aparentemente, minha garotinha esteve bem ocupada nas últimas horas.

— Sim. São só quatro ingredientes: frango, caldo de galinha, salsa e queijo.

— Está delicioso.

— Você tem que provar comendo os biscoitinhos junto.

Fiz o que ela sugeriu, enfiando um biscoito tipo cracker na minha vasilha, trazendo cheio de sopa, como se fosse uma colher. Ficava maravilhoso.

— Uau. Onde você aprendeu a fazer isso?

Ela deu de ombros antes de responder:

— No Pinterest.

Comemos mais um pouco da refeição.

— Obrigada por ter feito isso para mim.

— Que isso... você tem que comer, não é?

— Sim. E você tem que me deixar no domingo... — Franzi o cenho. Eu queria tanto que ela ficasse mais tempo comigo. Sentia falta do nosso momento mãe e filha.

— Estarei de volta em poucas semanas, para o feriado de fim de ano.

— Eu sei, mas vou sentir sua falta.

— Eu também vou sentir a sua. — Ela se levantou e me deu um abraço. — Você sabe que pode ir me visitar a hora que quiser, não é?

— Talvez eu faça exatamente isso.

— Leve o Ethan com você.

— Você gostou dele? — Eu sorri.

Ela revirou os olhos tão iguais aos meus.

— Gostar é um eufemismo. Ele é perfeito para você.

— Ele é mesmo, né? — Suspirei, sonhadora.

— Vocês vão se casar?

Pisquei. Será que íamos nos casar? Sempre foi nosso plano quando jovens, mas eu não sabia se ainda seria viável.

— Eu não sei.

— Mas vocês se amam, não é?

— Claro.

— Então casem-se — Maddie afirmou. — Posso ser sua madrinha?

Comecei a rir.

— Claro, querida. É óbvio que pode. — Terminamos nossa sopa e vi que já era hora de voltar ao meu posto. Quando saímos pela porta, vi que Pablo já estava ali. — Tem certeza de que você vai me esperar acordada? — perguntei.

— É claro. Sou uma universitária, mãe. Nunca durmo antes das duas.

— Certo. — Sorri e lhe dei um abraço. Ela se afastou e saiu pela porta, enquanto eu voltei para o trabalho.

Três horas depois, já estava quase dando o meu horário de ir para casa. Ainda não tinha recebido nenhuma notícia de Ethan, apesar de ter enviado um monte de mensagens para ele, e ele não era de sumir assim. No entanto, no instante em que peguei minha bolsa do armário, ele me ligou.

— Ei, já estou pegando minhas coisas — respondi ao invés de cumprimentá-lo.

Ouvi o suspiro do outro lado da linha.

— *Não estou aí fora, flor. Ainda estou na delegacia.*

— Ahh... — suspirei.

— *Peça ao Pablo para te levar para casa, okay?*

— Tudo bem.

— *Eu te amo, e sinto muito.*

— Eu também te amo. — Fechei meu armário. — Mas isso significa que as coisas estão seguindo pelo caminho certo com as investigações?

— *Sim. O e-mail nos deu uma pista. Passamos o dia inteiro rastreando todos os funcionários.*

— Era um funcionário? — perguntei e caminhei até a área onde Pablo estava sentado, para avisá-lo de que já poderíamos ir embora, e que ele teria que me acompanhar até em casa.

— *Sim. Estamos trabalhando em algumas hipóteses, mas finalmente parece que isso abriu a brecha que precisávamos. Obrigado por isso.*

Sorri e parei em frente ao guarda-costas.

— Fico feliz que pude ajudar.

— *Vá pra casa e passe mais tempo com Maddie. Não precisa me esperar, tudo bem?*

— Tá bom.

— *Te amo* — Ethan disse outra vez.

— Também amo você.

Desligamos a chamada e encarei os profundos olhos castanhos de Pablo.

— Ethan está na delegacia ainda, e perguntou se você pode me deixar em casa.

— Claro — ele respondeu e sinalizou para que eu fosse à frente até as portas dos fundos.

Assim que saímos dali, entramos no SUV preto que devia pertencer à companhia de segurança particular onde ele trabalhava, e seguimos pelos dois quarteirões até o apartamento de Ethan – que eu também já encarava como meu lar, embora não contribuísse com o aluguel. Ele me disse que sua irmã o mataria se ele permitisse isso, além de me dizer que não precisava do meu dinheiro. Na verdade, era o dinheiro do meu ex, já que ele ainda me pagava a pensão alimentícia, mas enfim...

Se Ethan e eu nos casarmos, aquilo mudaria. Não precisava do dinheiro de Grant, mas era bom receber um cheque mensal pelo correio, já que ele havia me traído pela maior parte do nosso casamento. Sua secretária foi a última antes de eu descobrir tudo, quando, durante a festa de Natal da empresa em que trabalhava, os dois acharam que estavam sendo discretos para dar uma rapidinha no banheiro.

Pablo estacionou e tomamos o elevador até o andar do apartamento. Quanto mais subíamos, mais eu tinha a sensação de que algo estava errado. Só não conseguia ter a certeza do quê. Ao som do alerta do elevador, e no instante em que as portas se abriram, senti um frio na barriga que me indicava que Maddie não estava em casa, como ela afirmara que estaria. *Intuição materna.*

Ao chegar à porta, conferi se estava trancada antes de enfiar a chave na fechadura. Eu dizia para mim mesma que aquele era um bom sinal – de a porta estar trancada –, mas podia sentir meu coração acelerado, como se algo estivesse prestes a acontecer.

Abri de uma vez, percebendo que o apartamento estava às escuras, e senti o arrepio percorrer os pelos da minha nuca. Olhei para Pablo, em desespero.

— Maddie disse que estaria à minha espera aqui.

— Deixe-me ir na frente e dar uma olhada.

Engoli em seco, minha mente já pensando no pior.

— Tudo bem — sussurrei e me afastei para que ele passasse. Meu coração estava enlouquecido à medida que esperei... e esperei... e esperei, o que se pareceram horas ao invés de segundos. Então o terror tomou conta de mim quando Pablo voltou e disse:

— Está limpo, mas Maddison não está aqui.

CAPÍTULO 27

DESCONHECIDO

Aquela era *a* noite.

A noite em que Jack saberia que não podia brincar comigo e me fazer de idiota. Nunca cometi dois assassinatos com um intervalo de quarenta e oito horas, mas isto fazia parte do meu plano. Era desse jeito que eu pegaria Reagan sozinha. Enquanto o sargento Valor estivesse trabalhando no caso de Fiona, eu me vingaria de Jack, usando Reagan como meu peão.

Desde o dia em que os vi rindo juntos e *flertando*, no Judy's, Jack voltou à minha casa quase todas as noites para transar. Mas aquilo acabaria ali. Eu afastaria a obsessão dele para longe. Eu o faria implorar, suplicar por perdão, e então o faria assistir Reagan dando seu último suspiro. Mostraria o que acontecia quando alguém me magoava, achando que eu era apenas mais que um pedaço de bunda para ele. Ações têm consequências e Jack veria o momento em que eu tiraria a vida de Reagan, para saber que não podia me sacanear.

Não poderia me enganar.

Não poderia foder comigo.

A morte de Reagan seria diferente. Eu não tinha uma chave para seu apartamento, porque tenho quase certeza de que ela havia trocado as fechaduras, mas não precisava de uma de toda forma. Eu a seguiria depois que ela saísse de seu turno no Judy's, pela porta dos fundos, forçaria minha entrada em sua casa e a nocautearia com o mesmo éter que usei em Fiona. Depois, eu traria Reagan para a minha casa. Ficaria à espera de Jack e suas escapadelas noturnas, e então a diversão teria início.

No entanto, quando fui ao Judy's, vi Reagan com uma cópia sua e meus planos mudaram. A mini Reagan seria mais fácil de abater, já que não estava empregando meus métodos usuais, e ainda faria Jack assistir o ato, garantindo que ele soubesse que não podia mais me trair, ou eu acabaria com Reagan também. Queria mostrar a *todos* que aquele era meu jogo, minhas regras, e se eles pensavam que eram mais espertos do que eu, veriam quão errados estavam.

Tendo em conta que eu não estava mais observando Reagan, não fazia ideia de que sua miniatura estaria por ali. Sempre que a via no *campus*, percebia que estava conversando com alguém, o que deduzi ser a filha por conta das palavras carinhosas que ela empregava como "querida", "universitária", e todas as coisas que dizia para parecer ser uma mãe descolada. Mal sabia ela que suas ações teriam consequências. Se não trabalhasse no Judy's, não teria flertado com o meu homem, e eu não estaria a instantes de levar a vida de sua filha.

Bem, não se pode ganhar sempre.

A mini Reagan saiu pela noite fria de Chicago. Nossos olhares se encontraram rapidamente, e ela sorriu com educação. Comecei a segui-la assim que passou por mim. Quando estávamos perto do meu carro estacionado, peguei a lata de éter de dentro do meu bolso do casaco e embebi o tecido com o líquido. Chegando mais perto, guardei a lata de novo e fiz meu movimento. Meus braços circularam seu corpo, e minha mão cobriu seu rosto; o cabelo longo se espalhou pelo meu peito, e eu a segurei com força quando tentou se livrar do meu agarre. Em instantes senti o corpo flácido. Para minha sorte, por ser uma noite muito fria, não havia ninguém por perto. Consegui colocá-la dentro do meu carro, no banco de trás, e só então dirigi para longe dali.

Estávamos em um sinal vermelho quando ela começou a despertar. Peguei o tecido encharcado com o éter de novo e coloquei sobre seu rosto, cobrindo o nariz. Eu precisava dela apagada. Aprendi com o meu erro quando matei Fiona. O éter só funcionava por cerca de dez, quinze minutos depois que o afastávamos do rosto da pessoa. Então eu precisava de pelo menos uns vinte minutos para chegar à minha casa.

Entrando pela garagem, desliguei o carro e fui atrás do carrinho de mão que tinha deixado ali. Arrastei a mini Reagan do assento traseiro do meu carro, colocando-a no carrinho. Não conseguiria carregá-la por todo o caminho até meu porão. Empurrei a mulher desfalecida, mal conseguindo passar com o trambolho pela porta.

Matar minhas vítimas em suas próprias casas era muito mais fácil. Eu me esgueirava para dentro, as nocauteava com drogas, arrastava para o sofá, as matava e pronto. Como estava na minha casa, não queria arruinar meu sofá ou qualquer um dos meus móveis, então fiz o que vi na TV, cobrindo uma boa parte do meu porão com uma lona que comprei na mesma loja de ferragens onde arranjei a madeira para fazer o meu trabalho artesanal. Paguei em dinheiro, é claro.

Quando cheguei ao porão, tirei o tecido do rosto da mini Reagan, e deslizei o corpo dela do carrinho de mão, e a carreguei pelas escadas abaixo, fazendo com que seus pés dessem um passo de cada vez. Antes de amarrá-la com as cordas a uma cadeira de metal coberta em plástico, coloquei o tecido embebido em éter outra vez sobre seu rosto, só por garantia. Eu ainda não queria que ela acordasse, porque Jack estava prestes a chegar a qualquer instante. Depois de amarrar seus pulsos e tornozelos com a corda de nylon, deixei a mini Reagan amordaçada em meu porão, para esperar pelo meu amante.

No momento em que subi o último degrau, minha campainha tocou. Meu coração começou a bater mais acelerado, tendo ciência de que Jack estava prestes a saber quem de fato eu era. Não tinha a menor preocupação de que ele fosse direto à polícia. Eu era excelente no que fazia, e não havia evidência alguma que me conectava aos outros homicídios. Também não haveria nenhuma prova sobre o assassinato de mini Reagan, porque depois de acabar com ela, eu queimaria tudo até o chão.

Inclusive ela.

Tranquei a porta do porão e corri para cumprimentar Jack. Com um sorriso enorme no meu rosto, abri e o vi de pé, à minha espera. Era sempre o mesmo: ele tocaria a campainha, eu abriria a porta, e ele me empurraria contra a parede mais próxima como se não tivéssemos nos visto por meses. A porta se fecharia com um baque, nossas roupas seriam arrancadas uma a uma, deixando um rastro pelas minhas escadas, até meu quarto, onde foderíamos.

E *era* foder mesmo. Não havia amor envolvido naquilo que fazíamos. Não significava que eu estava de boa com ele sair por aí flertando com outras pessoas. *Tudo bem,* eu o amava. E era por isso que mostraria a ele o meu outro lado. O lado que fazia meu sangue correr acelerado. O lado que me fazia viver e que me mostrava que *eu* estava sempre no controle.

No quarto, eu sempre deixava Jack assumir o comando. Ele me tomava por trás, pela frente, de cada maneira possível até que ambos gozássemos. No escritório, nós apenas sorríamos um para o outro, dávamos um sutil aperto de mãos quando ninguém estava olhando, e então, à noite, foderíamos tudo de novo.

Só que, agora, tudo seria diferente assim que ele soubesse a verdade.

Ele me empurrou contra a parede assim que abri a porta; a mesma se fechou com um baque surdo assim que sua boca encontrou a minha, e fizemos a mesma trilha de roupas arrancadas até o quarto. Jack me fodeu com força, e nós dois ficamos esgotados, mas antes que ele saísse da cama para ir embora, agarrei seu pulso, impedindo-o.

— Toda noite será assim? — perguntei.

— Assim como? — Ele ergueu uma sobrancelha.

— Você chega como um ladrão na calada da noite e me fode antes de deixar minha cama cheirando a sexo.

Jack riu.

— Esse é o seu jeito de me pedir para passar a noite aqui?

— Sim, eu quero que você fique. — Dei de ombros.

Ele se deitou e me encarou.

— Achei que você só quisesse uma aventura.

Foi a minha vez de rir.

— Uma aventura não dura tanto tempo. Nós estamos fazendo isso há mais de um mês já.

Ele afastou uma mecha do meu cabelo vermelho para trás da minha orelha.

— Eu sou o seu chefe. E se alguém me vir deixando sua casa pela manhã?

— Ninguém do trabalho mora por essas bandas.

Eu sabia daquilo porque conferi os arquivos de todos os funcionários, e seus endereços, logo após começar a trabalhar na Lakeshore. Ninguém morava ali perto. Nem mesmo Jack. Ele morava a duas quadras do Judy's. Nunca fui capaz de acessar sua webcam porque todo mundo que trabalha com Tecnologia da Informação sabe que deve manter sua rede de Wi-Fi criptografada, além de usar uma senha para seus roteadores. A maioria de nós usa fios para conectar à internet e não tem o Wi-Fi habilitado pela mesma razão que me permitiu acessar as pessoas da minha lista.

— Sabe, se eu ficar, isso acaba sendo mais que uma aventura, certo?

— Eu sei, mas também tenho uma proposta para te fazer...

Ele ergueu uma sobrancelha, com um sorriso safado no rosto.

— Que seria...?

— O que você acha de fazermos um ménage?

Seus olhos se arregalaram.

— Com outro homem?

Balancei a cabeça.

— Não. Na verdade, eu sou bissexual, e estava pensando se você está a fim de trazer outra mulher para a cama.

Jack riu abertamente.

— Nenhum homem diria não a uma proposta dessas.

— Okay. — Eu sorri de volta.

— Mas nós temos que manter isso em segredo. Tem problema para você?

— Sou mestre em guardar segredos. — *Alguma vez não fui?* — E você?

— Estive mantendo nosso caso em sigilo por quase um mês, não é? — Ele riu.

Finalmente olhei para ele.

— Tenho que te mostrar uma coisa.

— É mesmo?

— É um segredo. — Eu ri. — Promete não contar a ninguém?

— Para quem eu contaria? — Dei de ombros. — Se eu disser, significa que descobririam sobre nós dois.

— Isto é verdade.

Jack rolou o corpo para ficar por cima de mim.

— Então não vou falar nada.

Ele estava duro e pronto para outra rodada, ainda mais porque ficaria aquela noite comigo, mas imaginei que mini Reagan já pudesse ter acordado e poderia se juntar ao nosso *joguinho*.

— Quero te mostrar antes de transarmos de novo.

— Isto está ao alcance das mãos? Porque não estou muito a fim de deixar você escapar.

Eu sorri.

— Não, mas te garanto que vai valer a pena.

Pressionando os lábios contra os meus, ele disse:

— Ótimo, mas vamos nos apressar. Ainda temos uma *longa* noite pela frente.

— Você não faz ideia... — Meu sorriso se alargou. Saímos da cama e vesti meu jeans.

— Temos que nos vestir?

— Sim — argumentei. — Lá embaixo está frio.

— Lá embaixo?

Joguei sua calça e comecei a caminhar para fora do quarto, para apanhar o restante de nossas roupas que ficaram pelo caminho.

— No porão.

— Estamos indo para o porão?

Ouvi o som do tecido arrastando pelo seu corpo e o chamei por cima do ombro.

— Exatamente.

— E o que tem lá?

— É uma surpresa. Coloque suas meias também.

— Você está falando sério?

— Vai valer a pena. — Vesti minha camiseta preta de manga longa.

— Estou confuso.

— Apenas se vista, baby.

— *Baby*? Estamos usando apelidos carinhosos agora, é?

Eu me virei em sua direção.

— Sim, agora que tornamos nosso caso oficial e porque te am...

— Okay, *baby* — ele me interrompeu. — Lidere o caminho.

Colocamos nossos sapatos e, sem mais perguntas, Jack me seguiu pelas escadas abaixo. Destranquei a porta do porão e comecei a descer os degraus até o subsolo. Gemidos preenchiam o lugar, e eu não estava certa se Jack os ouviu. Depois de dar o último passo, fiquei de lado e esperei que ele visse o que havia ali guardado. Mini Reagan começou a se sacudir na cadeira, mexendo as pernas como se o fato de se debater as pudesse romper.

Jack parou ao meu lado.

— Que porra é essa, Katrina?

CAPÍTULO 28

ETHAN

A adrenalina corria nas minhas veias pelas poucas horas de sono durante as últimas quarenta e oito horas ou mais. A dica de Reagan acabou nos levando a uma pista, mostrando que estávamos lidando com alguém que realmente trabalhava no *campus*, mais especificamente, no Departamento de Informática. O técnico da Unidade Cibernética em serviço vasculhou os e-mails de Reagan, e percebeu que um deles estava realmente criptografado de forma que coletasse dados e informações, inclusive, o endereço de IP. Era o suficiente para nos garantir um mandado, e passei o dia inteiro trabalhando naquilo, para que nas primeiras horas da manhã nós conseguíssemos um juiz para dar a autorização.

Iríamos analisar o DNA dos folículos capilares de todos os funcionários do Departamento de TI, já que a pessoa que trabalhava ali manjava dessas coisas de computador. A única merda era porque estávamos em um final de semana de feriado, e a maioria dos empregados estava fora da cidade. Portanto, iríamos para o *campus* na segunda pela manhã para coletar tudo – depois de conseguir os mandados expedidos pelo juiz. Daquela forma, ninguém poderia avisar ao assassino, se fosse o caso. Não queria ter que rastrear nenhum funcionário.

Era esse o plano, até que recebi a ligação de uma Reagan desesperada.

— Ei — cumprimentei —, estou...

— *Maddie não está aqui!*

Olhei para Shawn e ele ergueu uma sobrancelha assim que ouviu meu questionamento.

— O que você quer dizer com "não está aí"?

— *Ela foi até o bar para me levar o jantar e disse que me esperaria acordada, mas acabei de chegar em casa e ela não está aqui.*

— Você tentou ligar pra ela? — Olhei para meu relógio de pulso e vi que passava um pouco da meia-noite.

— *É claro que liguei. Mas ela não atende.*

— Talvez ela tenha ido para a casa de alguma amiga?

Os pelos da minha nuca se erriçaram, mas eu não queria que Reagan surtasse mais do que já estava. Estava pensando em todas as possibilidades, quando sabia que, de fato, o assassino poderia ter sequestrado Maddie, pensando que fosse Reagan. Elas se pareciam muito, exatamente como se Maddie fosse a mãe, só que mais nova.

— *Ela não conhece ninguém aqui, Ethan!* — Reagan gritou. — *Tem algo errado... Você...*

— Porra — soltei. Se o assassino tivesse sequestrado Maddie, nós ainda não havíamos descoberto sua identidade, mas eu estava a segundos de bater às portas de cada funcionário que trabalhava na Lakeshore. Eu me levantei e comecei a andar enquanto me mantinha ao telefone. — Você quer que eu vá para casa, ou que eu vá atrás desse filho da puta?

— *Os dois?*

— Não consigo fazer os dois ao mesmo tempo. Você sabe disso. — Suspirei.

— *Eu sei. Só quero Maddie de volta, em segurança.*

— Acredito que estamos muito perto, graças a você. Peça ao Pablo para ficar com você, e fique aí para o caso de ela voltar. Quando isso acontecer, me ligue.

— *O que você vai fazer?*

— Vou tentar rastreá-la.

— *Como?*

Rosnei, irritado.

— Fazendo a porra do meu trabalho. Apenas me ligue quando ela aparecer por aí. — Fiz questão de dizer *quando* e não *se*. Eu precisava que Reagan se mantivesse calma, mesmo que soubesse que ela não estava nem um pouco.

— *Estou apavorada* — admitiu.

— Eu sei, amor, mas pense positivo. Me ligue quando ela chegar em casa.

— *Tá bom, mas, por favor, traga ela de volta.*

Fechei meus olhos e exalei um longo suspiro.

— Vou fazer isso.

Eu só esperava que conseguisse levá-la de volta ainda com vida. Se algo acontecesse com Maddison, isso mataria Reagan. Nós estávamos vivendo à sombra do medo e agora, com Maddie desaparecida, o peso de tudo o que vinha acontecendo pelos últimos meses caiu sobre os meus ombros.

Depois de Reagan me informar que roupa Maddison estava usando, além do número do celular, prometi outra vez que encontraria sua filha e desliguei. De um jeito ou de outro, eu a *encontraria*.

— O que está acontecendo? — Shawn perguntou.

— A filha de Reagan está desaparecida. — Comecei a relatar tudo a ele.

Shawn deu um longo suspiro antes de dizer:

— Porra!

— Expressou meus pensamentos — eu disse enquanto andava de um lado ao outro.

— Vá para casa para ficar com sua mulher.

— Eu quero fazer isso, mas se fosse com Julie, você iria querer encontrar esse cara mais ainda.

— O capitão não me deixaria trabalhar no caso, assim como ele não vai deixar você fazer.

Parei de andar e encarei meu parceiro.

— Bem, então que bom que ele está fora da cidade, não é?

— Você acha que vamos conseguir resolver isso antes de segunda-feira?

— É melhor conseguirmos. Estamos falando da filha de Reagan. — Eu gemi.

— Certo. Então vamos conseguir logo que esse juiz assine os mandados para fazer isso assim que o dia raiar.

Eu não tinha certeza se teríamos tempo até o amanhecer. A contar do fato de que os exames laboratoriais indicaram sobre os dois homicídios anteriores, Amy e Daisy foram mortas horas antes de os corpos serem encontrados. Ainda tínhamos que esperar pela confirmação da hora da morte no caso de Fiona, mas ela já tinha uma cor cadavérica quando chegamos até a cena do crime.

O que sabíamos sobre a morte de Fiona era que ela planejou ir a uma festa na casa de uma colega da faculdade. A mesma amiga que havia encontrado o corpo quando foi averiguar porque Fiona não compareceu ao jantar e nem mesmo atendeu ao telefone.

— Vamos ver se conseguimos rastrear o celular de Maddison.

— Mas isso só cobrirá uma área de localização — Shawn argumentou.

— É melhor do que nada. Talvez algum dos funcionários more pela região.

— E se não for um empregado? E se isso não estiver conectado?

Esfreguei as mãos com força sobre meu rosto e respirei profundamente.

— Não quero pensar nessa hipótese. Isso tem que estar interligado.

Encaramo-nos por um longo tempo antes de Shawn dizer:

— Okay, vamos ver o que podemos descobrir.

Fomos a toda pressa para a sala de informática.

— Maria — chamei assim que entrei —, preciso que você localize um celular para mim.

— É pra já. — Entreguei a ela o número que havia anotado. Esperei em expectativa enquanto fazia sua mágica. — O telefone deve estar desligado. É impossível rastrear.

— Caralho! — gritei. — O assassino deve ter desligado.

Shawn bateu em meu ombro e apertou com gentileza.

— Não sabemos se é a mesma pessoa...

— Isso não ajuda nem um pouco!

— Eu sei, e sinto muito. Nós precisamos trabalhar nisso como se fosse qualquer outro caso, mesmo que se trate da filha da sua namorada.

Reagan era mais do que minha namorada, e Maddison era mais do que sua filha. Elas eram minha família, mas Shawn estava certo. Nós éramos treinados para isto e eu precisava me concentrar e trabalhar como fazia em qualquer outro caso, porque era assim que encontrávamos as pessoas. Se permitisse que minhas emoções nublassem meu julgamento, então poderia ser tarde demais para salvá-la.

Voltamos às nossas mesas e ordenei que alguns policiais já começassem a fazer a varredura próxima ao Judy's em busca de qualquer testemunha ou de algum sinal que pudesse nos ajudar a achar o paradeiro de Maddison; eu e Shawn ainda estávamos presos à burocracia de tentar conseguir os mandados.

Com a mente abstraída, preenchi toda a papelada necessária, revendo o telefonema com Reagan sem cessar, na cabeça, até que algo me ocorreu.

— Eita, merda! — gritei em meio à delegacia deserta.

Shawn olhou para mim, tomado de surpresa.

— O que foi?

— Reagan disse que Maddison e ela jantaram juntas.

— E?

— E isso significa que ela saiu do Judy's e estava voltando para o meu apartamento.

— Tudo bem...

Meus olhos arregalaram enquanto eu gesticulava.

— Câmeras. Há bares, restaurantes, um banco nas proximidades. Câmeras de vigilância do trânsito.

— Certo, vamos arranjar umas intimações...

— Não — interrompi —, nós não precisamos de intimação para acessar as câmeras no circuito online.

Ele estalou os dedos e apontou para mim. Ainda que as câmeras estivessem ligadas no sistema de transmissão ao vivo, elas também mantinham os registros de gravação, e tínhamos acesso a isso.

— Você está certo.

— Então vamos embora agora — ambos nos levantamos —, e podemos checar o circuito dos postes que ficam do lado externo do Judy's. Talvez consigamos ver alguém que possa ter seguido Maddison ou sei lá. Ter alguma pista.

— Vamos então.

Nós voltamos à Unidade de Crimes Cibernéticos e pensei duas vezes antes de ligar para Will, a fim de que se juntasse a nós, mas todo mundo estava fora para comemorar o feriado. Todos menos eu e Shawn.

Todos menos Reagan e Maddie.

Meu estômago deu um nó só de pensar em encontrar o corpo de Maddison sem vida e ter que dizer a Reagan que sua filha estava morta. Eu não podia deixar aquilo acontecer. Não fazia ideia de quanto tempo ainda tínhamos – se tínhamos algum –, mas não dormiria até encontrá-la.

— Maria, precisamos que você acesse uma ou duas câmeras de vigilância — declarei, entrando no escritório e parando à sua mesa. Outra vez. Ela era a única em serviço naquela noite.

— Claro. Quando e em qual rua? — Ela começou a digitar e lhe passei todas as informações necessárias. — O que estamos procurando mais precisamente?

— Quem — corrigi e passei a descrição de Maddison a ela, além da roupa que vestia. Quando estivemos mais cedo em sua sala, a única coisa que informei foi o número do celular de Maddie, e não o motivo.

Ficamos parados atrás de sua cadeira enquanto ela alinhava imagem por imagem. As gravações em preto e branco rodavam com um pouco mais de velocidade do que o normal. Não rápido o bastante. Eu precisava encontrar o filho da puta naquele momento. O alerta no meu celular informou que uma mensagem havia acabado de chegar.

Reagan.

> Descobriu alguma coisa?

>> Ainda não, mas estou trabalhando nisso. Eu vou te avisar. Vá dormir um pouco.

> Eu não consigo dormir, Ethan!

>> Eu sei. Estou tentando correr contra o tempo...

Reagan não respondeu mais e voltei a concentrar minha atenção na tela do computador. Finalmente, depois de um século, avistei o que parecia ser um sedan quatro portas, branco. Estava estacionado um pouco abaixo do Judy's e o que supus ser uma mulher desceu do carro. Não dava para ter certeza se era realmente uma mulher ou um homem de menor estatura, mas parecia estar usando um rabo de cavalo. Suspirei, pensando que não era a pessoa que estávamos procurando, já que nossa busca era por um homem *forte*. Alguém que pudesse dominar uma mulher sem nenhum esforço.

Mudei de ideia quando vi a pessoa parar do lado de fora do bar, à espera de alguém; e quando Maddie saiu pela porta, começou a segui-la. Olhei para Shawn naquele momento. Era agora. Engoli em seco quando vi a pessoa retirar alguma coisa do bolso, colocando sobre o rosto de Maddison. Tínhamos apenas uma visão de suas costas, sem ter um vislumbre sequer de sua aparência.

— Precisamos de outro ângulo — afirmei.

Maria apertou mais alguns botões e, então, estávamos olhando para a tela com a visão frontal. Ela acelerou as imagens até o tempo certo e vimos o momento em que Maddie foi abordada por trás, o corpo caindo desfalecido, e a pessoa a arrastando para o sedan alguns metros longe dali.

— Eu quero cada um dos policiais aqui vasculhando o sistema atrás de todas as licenças e placas registradas dos funcionários da Universidade Lakeshore — ordenei. — E dê um *zoom* no rosto dessa puta.

Maria assim o fez e entrecerrei os olhos. Os pixels estavam granulados.

— É uma mulher — Shawn disse.

Assenti. Definitivamente, se parecia a uma.

— Sim — concordei, mas ainda era impossível ter uma visão clara de sua fisionomia. No entanto, a forma como teve certo trabalho para colocar Maddison dentro do veículo mostrou que realmente se tratava de uma mu-

Kimberly Knight

lher. — Veja se consegue clarear mais isso — instruí Maria.

— Certo.

Shawn e eu saímos dali e começamos a fazer uma pesquisa cruzada na lista dos empregados com os carros registrados para acesso à universidade. Eu não queria dizer a Reagan que havíamos conseguido ver o momento exato em que Maddie foi sequestrada. Queria esperar um pouco mais, até que tivesse mais informações. Infelizmente, tínhamos poucas pessoas trabalhando ali, tanto por já ser tarde da noite, quanto por conta do feriado, mas todos os policiais que estavam na delegacia se juntaram em uma força-tarefa para nos ajudar.

Achei que aquela era a pista da qual precisávamos e esperava que as peças daquele quebra-cabeças se encaixassem, incluindo o sequestro de Maddison estando ligado aos assassinatos. Odiava desejar aquilo, mas estávamos nos esforçando tanto para solucionar os casos e, se não houvesse conexão alguma, não saberíamos mais o que fazer.

— Sargento — o policial Kendrick me chamou, parando à minha mesa.

— Sim? — Olhei para ele.

— Acho que encontrei alguma coisa. — Meu coração começou a bater mais rápido quando ele estendeu um papel à minha frente. — Katrina Carpenter possui um Toyota Camry branco. Ela trabalha no Departamento de Informática da Universidade Lakeshore.

— Conseguiu o endereço? — perguntei.

— Sim — apontou para o papel sobre a mesa —, e também consegui a imagem de seu crachá.

— Uma ruiva? — perguntei, rezando em silêncio.

— Sim, senhor.

Nós a pegamos.

— Tudo bem. Todo mundo nas ruas. Essa porra acaba agora.

CAPÍTULO 29

KATRINA

— Que porra é essa, Katrina? — Jack perguntou.

Aproximei-me da garota que se debatia contra as amarras e passei o dedo ao longo de sua bochecha.

— Esta é a mini Reagan.

— Mini Reagan? — ele hesitou, surpreso. Eu achava a semelhança perturbadora.

— Quem é você? O que está fazendo? Me deixe sair! — a cópia de Reagan gritou e se debateu mais ainda contra as cordas.

— O que você quer dizer com "mini Reagan"? — Jack questionou outra vez, me encarando e ignorando a garota.

— Oras, eu ia trazer a outra Reagan, mas então vi a versão mais jovem e pensei que talvez você fosse gostar mais dessa.

— Gostar mais dessa para o quê?

— Me deixe sair! — ela gritou outra vez.

Peguei um pedaço de fita *Silver Tape* e coloquei sobre sua boca. Ela murmurou contra a fita, ainda esperneando contra as amarras. Ignorei-a e me virei para Jack.

— Você disse que topava um ménage.

Ele inclinou a cabeça em minha direção.

— Você tem uma garota amarrada no seu porão e achou que eu estava a fim disso?

Fui em sua direção e percorri o tórax musculoso com a ponta do meu dedo.

— Você sabe o tanto que é bom obter prazer com uma pessoa e depois matá-la?

— *Você* sabe? — cortou. Seu olhar se voltou para a garota que ainda se debatia, mesmo que não fosse a lugar nenhum.

Dei-lhe um sorriso e olhei de volta para ela quando confessei:

— Sim. Eu sou a assassina da Universidade Lakeshore.

Kimberly Knight

— Você... vo-você é o-o quê? — Jack gaguejou.

— A assassina do Lakeshore — eu disse com um sorriso orgulhoso. — Mesmo que eles não tenham me dado essa alcunha, supercombina, não é mesmo?

— Foi você quem matou aquelas duas moças?

— Três — corrigi. — Matei a terceira ontem à noite.

— Você está falando sério, porra? — perguntou e deu um passo atrás.

— É tão divertido, Jack. — Olhei de volta para mini Reagan e dei uma risadinha.

— Katrina, isso é uma porra insana. — Jack começou a andar de um lado a outro.

— Sim. — Virei-me para encará-lo. — Mas apenas pense no quanto vai ser bom prová-la, foder esse corpo jovem, e depois, matá-la. Eu sequer consigo descrever para você a sensação surreal que sinto quando estou no controle.

Ele me encarou por um segundo quando parou de caminhar e, como se minhas palavras tivessem acabado de fazer sentido, ele disse:

— Certo, então me mostre como isso é bom.

Bati palmas, excitada, ouvindo o choro de mini Reagan; ela implorava por ajuda por trás da fita.

— Eu normalmente faço isso quando elas estão inconscientes. — Fui em direção à lata de Éter que já havia deixado a postos na estante atrás da minha vítima.

— Espere! — ele gritou e me virei para encará-lo. — Nós estamos em dois agora... Será que não podemos imobilizá-la e... fazer o que queremos?

Um sorriso deslizou lentamente pelo meu rosto.

— Você gosta quando elas reagem com uma boa luta?

— Eu gosto de estar no controle. — Ele engoliu em seco.

— Eu também.

— No entanto — continuou —, estou ansioso por ver você tomando a frente neste caso.

Cheguei perto dele e depositei um beijo suave em seus lábios. Ele ainda estava com meu gosto, e eu mal podia esperar o momento de degustar uma mistura dos meus fluidos e os de mini Reagan naquela boca.

— Eu sabia que nós tínhamos muito mais do que um caso.

— Isso mesmo. Então... como vamos fazer?

— Bem — olhei para a garota —, ela já está amarrada.

— Sim, mas acho que devíamos ficar mais confortáveis. Vamos lá para cima.

— Eu não revesti em plástico lá em cima. Sangue é muito complicado para limpar e pode acabar deixando rastros da nossa *diversão*.

— Não. Não estou dizendo que devemos matá-la na sua cama, amor. Vamos subir, nos divertir com ela lá em cima onde está mais aquecido, e depois a trazemos de volta para cá — ele sugeriu.

— Mas ela pode acabar escapando... — argumentei.

— Então vamos deixá-la amarrada.

— Eu também posso amarrar você, se quiser. — Eu sorri.

Jack deu uma risada antes de dizer:

— Eu gosto de manter as mãos livres. Mas posso amarrar você...

Pensei por um momento.

— Você acha que consegue lidar com duas de nós amarradas?

— Só há um jeito de descobrir. — Ele riu.

— Talvez em outra vez.

Eu não queria correr nenhum risco com a mini Reagan. Se eu estivesse contida e ela tentasse escapar, não poderia confiar em Jack para impedir sua fuga. Não entregaria o controle assim. Este jogo era meu, e ele era apenas meu parceiro de equipe.

— Okay, então qual é o seu plano?

Eu estava eufórica, meu sangue correndo acelerado em minhas veias ante o pensamento de ver meu plano prestes a dar frutos.

— Eu sempre deixo placas artesanais de madeira com seus nomes gravados. Reagan já tem a dela, e... bem, eu não sei o nome dessa aqui. — Apontei para nossa prisioneira.

Ele se aproximou de mini Reagan e arrancou a fita que cobria sua boca.

— Qual é o seu nome, doçura?

— Vá. Se. Foder! — rosnou entre os dentes.

Eu sorri de onde estava.

— Agressiva. Eu gosto!

— Mulheres agressivas têm um sabor incrível — Jack afirmou e sorriu para mim.

— Você se refere a mim?

— Sim. Só que ainda não testamos um sexo com você amarrada. E se eu a amarrasse antes e deixasse a... — ele se virou para mini Reagan — Qual é o seu nome?

— Vá. Se. Foder — ela repetiu.

Ele se inclinou e sussurrou algo em seu ouvido. Eu não podia ouvir o

Kimberly Knight

que estava sendo dito, mas ele ergueu o corpo e perguntou outra vez:

— Qual é o seu nome?

Ela encarou os olhos escuros de Jack, até que finalmente respondeu:

— Maddison.

— O que você disse pra ela? — questionei.

— Eu disse que se ela não quisesse uma morte dolorosa, era melhor nos dizer a porra do seu nome.

Irradiei de felicidade.

— Você é tão perfeito para mim.

— Concordo. Agora, vamos tornar essa noite inesquecível. — Jack pegou Maddison no colo, com cadeira e tudo.

— Vamos voltar para o meu quarto?

— Ou a sala de estar. Quero que ela me veja te fodendo duro — ele propôs.

— Nunca tive ninguém me observando antes. Eu era aquela que sempre as observava. Ou a *ela*.

— Ela? — Ele inclinou a cabeça na direção de Maddison, para saber se eu estava me referindo à garota.

Balancei a cabeça e sorri.

— Não. Ninguém. Vamos embora.

— Por favor, não me machuque — Maddison implorou.

Eu a alcancei e coloquei a fita outra vez sobre sua boca.

— Quando estou observando, eles não podem me ouvir. Será melhor se ela não puder falar nada.

— Concordo. — Jack acenou com a cabeça para que eu começasse a subir as escadas. Eu sabia que ele era forte, mas só agora confirmava esse fato ao observá-lo carregar de um jeito estranho uma Maddison imobilizada na cadeira.

Quando cheguei ao último degrau, olhei para baixo e vi Jack ainda no primeiro.

— O que está fazendo?

— Tive que ajustá-la nos meus braços. Ela é pesada.

Comecei a rir.

— Nem me diga... Eu tive que carregá-la do carro até aí embaixo.

— E como conseguiu fazer isso? — Ele começou a subir os degraus com Maddison em seus braços.

— Usei um carrinho de mão até chegar aqui, e depois a arrastei pela escada abaixo.

— Muito esperta. — Ele riu.

Meu coração inchou ao vê-lo reconhecer minha inteligência. Nunca tive alguém que fizesse aquilo antes.

Nós nos dirigimos à minha sala de estar e ele depositou a cadeira em que Maddison estava amarrada, próxima ao sofá. Pensei ter ouvido um ruído do lado de fora da minha porta, e voltei minha atenção para checar, até que senti Jack atrás de mim. Ele segurou um pano sobre meu rosto e...

ETHAN

Com as armas em punho, nos dirigimos para a frente da porta de modo furtivo. Estacionamos os carros no fim da rua, sem luzes em nossas viaturas ou os que usávamos à paisana, já que não queríamos ser detectados.

Acenei para o policial com o aríete em mãos e, um segundo depois, a porta de entrada estava no chão. Não hesitei em ser o primeiro a entrar na casa. Eu podia sentir no meu íntimo que era este o lugar; que enfim estávamos prestes a capturar o assassino. Se não fosse, eu ia enlouquecer.

— Polícia de Chicago, coloque as mãos para cima, agora! — ordenei assim que entrei na sala e notei o homem parado próximo ao sofá. Meu olhar aterrissou na cadeira onde Maddison estava amarrada e, no mesmo instante, suspirei em alívio. Minha atenção se focou outra vez no suspeito e tive um vislumbre de um cabelo ruivo esparramado no sofá.

— Eu estava ajudando — ele afirmou.

Olhei de volta e o identifiquei como Jack Clark. Suas mãos estavam erguidas para o alto, e segundos depois estava sendo algemado por Shawn. Ajoelhei-me diante de Maddie.

— Você está bem? — perguntei.

Ela assentiu.

Removi a fita que recobria sua boca.

— Está ferida?

Ela negou com a cabeça.

Depois de liberá-la das cordas em seus pulsos e tornozelos, puxei-a para um abraço.

— Porra. Estou tão feliz que você está bem.

Maddie começou a chorar em meus braços; seu corpo sacudindo com os soluços.

— Ela ia me estuprar e me matar.

Olhei por cima de seu ombro para a mulher inconsciente no sofá. Inúmeros policiais apontavam suas armas para ela. Esta tinha que ser nossa assassina, já que o cabelo vermelho era um forte indicativo por ter sido encontrado na última cena do crime.

— Eles iam estuprar e matar você?

Ela negou com a cabeça.

— Apenas a mulher. Ela confessou que era a Assassina de Lakeshore, e ele estava tentando me ajudar.

— Viu! — Jack exclamou. — Eu não ia permitir que Katrina a machucasse. Ela disse ter matado outras três garotas. Não tive nada a ver com isso e, quando descemos para o porão, também não fazia a menor ideia de que Maddison estivesse lá. Então fingi aceitar participar do jogo dela e, quando subimos, eu a apaguei com o éter.

— Vamos pegar seu depoimento na delegacia — Shawn informou.

— Ela também te deixou inconsciente com o éter? — Porra de éter. A mesma substância que aquele louco usou para apagar minha irmã, quando tentou sequestrá-la.

— Acho que sim. Quando acordei, estava sozinha no porão. E já estava amarrada.

— Porra! — rosnei outra vez. Olhei para Shawn, com Maddie ainda nos meus braços. — Vou solicitar os paramédicos e pedir que ela seja examinada. Algeme-a — apontei para a ruiva no sofá — e, quando ela acordar, traga-a também.

— Tudo bem. Você vai ligar para Reagan para que ela venha buscar Maddie?

— Ainda não — admiti. — Quero ter certeza de que Maddie está bem primeiro, e então eu mesmo vou levá-la para casa. Você pode cuidar de tudo por aqui? Depois nos encontramos na delegacia.

— Claro.

Peguei o celular do bolso e levei Maddison para o lado de fora da casa. Eu a mantive em meus braços enquanto solicitava uma ambulância. Suas lágrimas tinham diminuído, mas ainda assim eu queria que dessem uma olhada nela antes de levá-la embora. Quando Ashtyn foi drogada, ela precisou apenas de ar fresco e descanso, então enquanto estávamos à espera dos paramédicos, ficamos ali, inspirando o ar gélido.

— Eu sinto muito, Maddie, mas você sabe que vai ter que me contar exatamente o que aconteceu, não é?

Nós nos sentamos no último degrau da varanda, e coloquei meu braço sobre seus ombros, trazendo-a para mais perto.

— Eu não sei de muita coisa.

— Conte-me o que você se lembra.

Ela suspirou antes de dizer:

— Jantei com a minha mãe e, quando estava caminhando de volta para o seu apartamento, alguém me abordou por trás. Depois, acordei em um porão frio, amarrada a uma cadeira. Tentei gritar, mas ninguém apareceu por um longo tempo.

— Quanto tempo?

Ela deu de ombros.

— Não sei. Talvez trinta minutos ou mais.

— E o que aconteceu quando eles desceram?

— O que ele disse é verdade. Eles estavam discutindo e ele pareceu surpreso quando ela lhe disse o que planejava fazer comigo, além de dizer que era a assassina que você estava à procura.

— Você tem certeza de que ele não sabia de nada? — Jack era o diretor do Departamento de TI e Katrina era sua funcionária. Todos os pontos estavam conectados, mas todo aquele tempo estive seguro de que buscávamos um homem. Mulheres podiam ser fortes, mas será que era possível que fossem capazes de matar sem nenhum sinal de luta ou desordem na cena do crime? Peso morto, ou um corpo inconsciente, era algo pesado.

— Ele não parecia saber de nada e a mulher o tempo inteiro se referia a mim como mini Reagan. Ela disse que estava atrás da mamãe, mas que, quando me viu, mudou os planos.

— Então, ela *era* um alvo. — Por mais que tenha sido há meses que Reagan ganhara aquela porra de placa, eu ainda pressentia que ela estava em perigo. E por isso optei em colocar guarda-costas na sua cola. Deveria ter feito o mesmo com Maddison. Achei que tudo estaria bem, já que Maddie não estudava na Lakeshore e estava apenas de passagem pela cidade.

Eu estava errado.

— O que mais aconteceu? — perguntei.

— Eles perguntaram qual era o meu nome depois de conversarem sobre o meu estupro.

— Caralho — suspirei.

— A princípio eu não ia revelar meu nome, aí o cara sussurrou no meu ouvido que ele ia me ajudar, e que eu precisava cooperar.

— E o que ele disse mais cedo é verdade?

— Sim. Quando a mulher começou a subir as escadas, ele pegou as coisas que a fizeram desmaiar. Segundos depois, vocês arrombaram a porta.

— Sinto muito que você teve que passar por isso.

— Estou feliz por não ter sido com a minha mãe.

Eu também estava, mas Maddie sendo o alvo não tornava isso melhor. Antes que eu pudesse responder, a ambulância estacionou e a guiei até o veículo para que fosse examinada. Assim como minha irmã, ela apenas precisava de tempo para que o éter evaporasse por completo do seu sistema. Quando foi liberada, deu o depoimento para Shawn, dizendo exatamente o mesmo que havia me dito. Só depois nos dirigimos para casa.

Ela estava a salvo, Reagan também e a assassina estava, felizmente, em custódia.

CAPÍTULO 30

REAGAN

Eu não conseguia ficar quieta. Havia um nó no meu estômago e a ansiedade me dominava enquanto eu andava de um lado ao outro pela sala. Meu desejo era ligar para Ethan a cada dez minutos, mas eu sabia que ele me ligaria assim que a encontrasse.

— Posso pegar alguma coisa para você? — Pablo perguntou.

— Minha filha — cortei e suspirei em seguida. — Me desculpe.

— Eu entendo. Não consigo imaginar o que faria se algo assim acontecesse à minha filha.

— Você tem uma filha? — perguntei ao interromper meus passos.

Ele assentiu.

— Ela tem quatro aninhos.

Eu não fazia ideia. Ainda que ele e Evan fossem meus guarda-costas, não conversei muito com eles. E não porque não importasse, mas eles sempre se mantinham do lado de fora de onde eu estivesse, ao contrário dos policiais Belt e Chase quando ficaram de escolta.

— É um sentimento horrível — respondi.

— O sargento Valor vai trazê-la de volta.

— Espero que sim.

Porra, eu realmente esperava que sim. Ethan disse que a dica que dei a respeito do link do e-mail os levou a uma pista, mas eu não sabia detalhes.

Não sei por quanto tempo andei de um lado ao outro, até que finalmente resolvi me sentar no sofá. Não liguei a TV e tudo o que conseguia fazer era encarar a parede, pensando.

Finalmente, a porta se abriu. Meu olhar deu de encontro à Maddie e Ethan entrando e me levantei, correndo para abraçar minha filha.

— Ai, meu Deus! — gritei ao envolvê-la em meus braços. — Você está bem?

— Sim — ela respondeu contra o meu ombro.

Meu olhar encontrou o de Ethan e ele deu um sorriso discreto. Deu-me um beijo na lateral da cabeça assim que passou por mim. Afastei-me um pouco, mantendo as mãos apoiadas nos braços de Maddie.

— O que aconteceu?

— Ah, você sabe... só um sequestro... — respondeu, dando de ombros.

Olhei para Ethan e ele acenou em concordância. Voltei minha atenção para Maddison.

— Você foi sequestrada?

Ela sorriu, de leve, e ergueu um ombro, em descaso.

— Sim.

Puxei-a para outro abraço apertado.

— Nunca mais vou deixar você longe das minhas vistas.

— Até que eu volte para Michigan no domingo, né?

Meu coração afundou, e me afastei outra vez para olhar em seus olhos verdes.

— Tem certeza de que está bem?

— Será que a gente pode conversar sobre isso depois que eu dormir um pouco?

— É claro. — Dei um passo para trás. — Tem sido uma noite difícil e longa. Todos nós devíamos ir para cama.

— Na verdade, eu tenho que voltar à delegacia — Ethan informou.

— Sério?

Em poucos passos ele chegou ao meu lado e me deu um beijo suave.

— Graças a você, conseguimos pegar a mulher, flor.

— Conseguiram?

— Vou te contar tudo assim que voltar para casa, mas vocês duas precisam descansar agora. Foi uma noite estressante.

— Espera — falei assim que percebi o que Ethan havia dito. — Você foi sequestrada por uma mulher? E era ela a assassina?

— Sim — Maddie assentiu.

— Nossa... — suspirei e fechei os olhos; uma lágrima deslizou pelo meu rosto. Era tudo culpa minha. *Tudo* era culpa minha. Até mesmo o que aconteceu aos filhos de Ethan. E agora, Maddie foi colocada em perigo por minha causa.

Ethan enlaçou-me em seus braços.

— Agora acabou. Maddison está segura, assim como você. A assassina está atrás das grades. Acabou.

— De verdade? — perguntei, me assegurando de ter ouvido corretamente.

— De verdade. Acabou. Agora, durma um pouco e de manhã nós conversaremos sobre tudo.

— Já é de manhã — avisei. O sol nasceria em poucas horas.

— Eu sei. — Ethan sorriu. — Todos nós tivemos uma noite longa, mas preciso de mais algumas horas para processar tudo o que aconteceu esta noite.

— Tudo bem. — Olhei para Pablo. — Acho que não vamos mais precisar dos seus serviços.

— Na verdade — Ethan me interrompeu —, vou ficar mais tranquilo se mantivermos seus guarda-costas até termos certeza de que capturamos o único assassino.

— Pode haver mais de um? — Maddie perguntou.

— Você acabou de dizer que estava tudo acabado — repliquei.

— Embora eu esteja quase certo de que estávamos lidando com apenas um, e que tudo tenha acabado, quero apenas ter total certeza antes de liberar Pablo e Evan.

Ele estava certo. Não conhecia todos os detalhes a respeito do caso, mas até que esta pessoa – esta mulher – fosse condenada, era realmente uma boa ideia manter meus seguranças. Seria um puta azar que houvesse outra pessoa e essa saísse em busca de vingança.

— Você sabe por que fui escolhida como alvo? — perguntei.

— Ainda não, mas isso é o que vou descobrir.

— Vou para cama. — Maddie bocejou.

Dei mais um abraço apertado em minha filha.

— Vá, querida. Estarei aqui se precisar. Amo você.

— Também te amo, mãe. — Ela se virou para Ethan e o abraçou. — Obrigada.

Ele retribuiu o abraço.

— Você não precisa me agradecer. Estou feliz em saber que está bem.

Com isso, ela se virou e seguiu para o quarto.

— Sinto muito por tudo o que aconteceu esta noite — Pablo disse.

— Não comece... — Ethan retrucou. — Maddie não era sua responsabilidade.

— Não, mas eu poderia pelo menos tê-la acompanhado até aqui enquanto Reagan estava trabalhando.

— Não havia como saber que algo assim aconteceria. Agora tudo está resolvido. Vá dormir um pouco também.

— Eu vou é encher minha filha de beijos quando chegar em casa.

Kimberly Knight

— Faça isso e, por favor, não comece a se culpar. — Ethan deu um tapinha em seu ombro.

Pablo assentiu.

— Tudo bem. Vejo vocês amanhã.

— Boa noite. — Acenei. Assim que ele deixou o apartamento, Ethan me puxou para o calor de seus braços. — Fiquei tão assustada.

— Eu sei, flor, mas foi você quem ajudou a solucionar o caso.

— Como?

— O e-mail nos levou à descoberta de que era um funcionário da universidade. Nós conseguimos acessar as câmeras de vigilância de circuito externo e cruzamos referência do carro que aparecia nas imagens, com o registro dos veículos de cada trabalhador.

— Não consigo acreditar que era alguém da universidade. Embora, até faça sentido, já que todas as vítimas eram estudantes da Lakeshore.

— E uma mulher.

— Sim, isso também é muito louco.

Ouvi o chuveiro sendo ligado no fim do corredor.

— Maddie está bem mesmo?

Ele manteve os braços ao meu redor.

— Fisicamente? Sim. Emocionalmente? Pode ser que leve um tempo até ela esquecer tudo. Ela é obstinada, e o máximo que aconteceu foi ter sido levada à força e amarrada.

— O que *exatamente* aconteceu? — Inclinei a cabeça para trás, focada em seus olhos.

Ethan me contou tudo o que sabia. O diretor do Departamento de TI estava envolvido na história, mas seus planos consistiam em ajudar Maddie assim que soube o que a assassina pretendia fazer.

— Não consigo acreditar até agora.

— Eu sei. — Ele me beijou suavemente. — E parece que tudo realmente teve ligação com você.

Um nó se formou em meu estômago e uma lágrima deslizou pelo meu rosto outra vez.

— Eu sei.

— Não quis dizer que tenha sido sua culpa. Eu disse por conta da ideia a respeito do e-mail. Se não tivéssemos tido essa informação, não acredito que a tivéssemos capturado. E mais, se Jack Clark realmente estava disposto a salvar a vida de Maddie como parecia que estava, as coisas acabariam vindo à tona e nada aconteceria com Maddison.

— Bem, estou feliz por ela estar a salvo.

— Eu também, flor. Vá para a cama e logo mais estarei de volta.

— Okay. Obrigada por salvar minha filha.

— Ao seu dispor.

Nós nos beijamos outra vez antes de ele sair. Fiz questão de tomar uma ducha rápida antes de me enfiar na cama com Maddie. Segurei-a com firmeza em meus braços até que, finalmente, ela adormeceu.

CAPÍTULO 31

ETHAN

Eu estava exausto.

Já fazia quase vinte e quatro horas que eu me encontrava acordado, sem conseguir dormir direito pelos dias anteriores, mas Shawn e eu precisávamos interrogar Katrina Carpenter. Antes de seguir para a sala de interrogatórios, peguei um copo de café.

— Como Maddison está? — Shawn perguntou, tomando um gole de sua bebida.

— Acho que vai ficar bem. Está apenas cansada.

— Estou exausto — ele suspirou.

— Acho que sou capaz de dormir por uma semana depois disso.

— Eu também. E Reagan?

— Está agradecida. Aliviada como todos nós.

— Com certeza. — Largou o copo em cima da mesa. — Vamos logo acabar com isso para podermos finalmente dormir em paz.

Depois de tomar o último resquício do meu café, eu e Shawn percorremos o corredor até a sala onde a ruiva estava aguardando para ser interrogada. Antes que entrássemos, ele segurou meu braço.

— Tem certeza de que está bem para fazer isso?

Eu o encarei e, sem piscar, respondi:

— Estive esperando por meses por este momento.

— Tudo bem, porque você sabe que posso pedir a Shay ou outra pessoa para entrar comigo.

Dei um tapinha em seu ombro.

— Estou bem, cara.

E era verdade. Eu estava muito puto, mas, como Reagan, também estava grato e aliviado. Se algo tivesse acontecido com Maddison, eu jogaria essa vagabunda na parede. Para mim, ela não passava de um monstro. Mas eu já estava na polícia há mais de vinte anos e sabia o que tinha que fazer para colocar essa puta atrás das grades, sem nunca mais ver a luz do dia.

— Você quer que eu lidere? — Shawn perguntou.

Acenei uma negativa.

— Deixe comigo.

Entrei primeiro e estava prestes a falar quando Katrina me interrompeu:

— Sargento Valor, é bom vê-lo de novo.

Eu e Shawn nos entreolhamos quando ele fechou a porta. Sentei-me à frente dela, na mesa, encarando-a com firmeza.

— De novo?

Ela deu uma risadinha e se ajeitou na cadeira, agitando as algemas em seus pulsos em cima da mesa que nos separava. Pode ser que ela tivesse dito aquilo porque esteve observando Reagan através da webcam, e eu sempre estava ao lado dela, mas deixei que ela respondesse à minha questão.

— Sim, mas não tenho certeza se prefiro você de terno ou sem ele.

— É mesmo? E quando você me viu sem usar um?

— Sargento Valor... — ela piscou os cílios, coquete. — Uma dama nunca divulga seus segredos.

— Tudo bem. — Estava agora com outro copo de café e bebi um longo gole olhando-a por cima da borda. — Ah, você aceita uma xícara?

Ela riu.

— Para que você consiga colher meu DNA?

— Por que acha que precisaríamos do seu DNA? — questionei. — Você está sendo acusada por sequestro. É o que temos aqui. — Havia outras acusações contra ela, mas antes queríamos que confessasse seu crime ao abduzir Maddison. — Então, vamos começar com isso.

— Não sei do que você está falando.

Bufei uma risada.

— A jovem que resgatamos da sua casa. Você ainda não sabe do que estamos falando?

— Que jovem?

Olhei de relance para Shawn, que tomava nota de tudo, e continuei:

— O que você disse?

— Eu não faço ideia de que mulher é essa da qual estão falando. Acordei de uma soneca, algemada e cercada por policiais com suas armas apontadas para mim.

— E por que você acha que os policiais estavam lá?

Katrina deu de ombros.

— Não sei. Por que você não me diz?

Shawn se inclinou e colocou uma fotografia à sua frente.

— Este aqui não é o seu carro?

— Muitas pessoas possuem este modelo de carro, detetive.

Eu tinha a impressão de que Katrina pensava ser mais esperta que nós. Mas era óbvio que não era.

— Então nos diga como aquela garota entrou na sua casa depois de ter sido levada por alguém que possui o mesmo modelo que você dirige — exigi.

Mais uma vez ela apenas sacudiu os ombros.

— Não sei. Eu não era a única pessoa que estava lá.

Ela queria fazer joguinhos? Então era o que faríamos.

— Quem mais estava lá? – perguntei. Jack também já havia sido levado da casa quando ela recobrou a consciência.

A mulher apenas balançou a cabeça, devagar.

— Não havia mais ninguém lá? — perguntou.

Olhei para Shawn.

— Havia outra pessoa por lá?

— Não vi ninguém mais.

— Então, Katrina — eu disse —, vou perguntar mais uma vez. Como aquela jovem foi parar na sua casa com um carro idêntico ao seu?

Ela abriu a boca para falar, mas desistiu após alguns segundos quando olhou de mim para Shawn. O sorriso de merda tinha sumido e ela finalmente disse:

— Quero um advogado.

— Ótimo. — Fiquei de pé. — Um policial virá aqui para levá-la, de forma que possa fazer sua ligação. Eles também virão coletar seu DNA.

— Pensei que vocês não precisassem do meu DNA?

Eu sorri enquanto a perscrutava com o olhar.

— Você não está sabendo, Katrina? Um fio de cabelo foi encontrado em uma cena de crime no dia de Ação de Graças. Quando ele bater com o seu, você estará enrascada por algo muito mais grave do que um sequestro. Afinal de contas, como é mesmo o nome que você mesma se deu? A assassina de Lakeshore?

Sem mais uma palavra, eu e Shawn saímos da sala de interrogatório. Ela podia até pensar que era mais esperta que eu, mas estive interrogando suspeitos pela maior parte da minha vida. Assim que se sentiu acuada, solicitou o advogado. Normalmente eu ficava irritado quando isso acontecia, porque queria ter a possibilidade de conseguir mais respostas dos suspeitos, mas dessa vez não. Estava tão cansado que temia desmaiar a qualquer momento. Além do mais, soube que foram encontradas placas de madeira em seu porão, e aquilo era mais do que o suficiente para classificar como evidência, naquele instante. Shawn e eu reuniríamos mais provas, e a mandaríamos para a cadeia pelo resto de sua vida. Ela tinha sorte de residir no estado de Illinois, porque se aqui valesse a condenação à pena de morte, eu faria questão de conseguir isso com a promotoria.

— Você quer conversar sobre o assunto? — Shawn perguntou enquanto nos dirigíamos às nossas mesas.

— Que assunto?

— O fato de ela ter visto você e Reagan transando. — Ele riu.

Estaquei em meus passos, o encarei e comecei a rir.

— Vá se foder. Esse assunto nem mesmo vai chegar aos ouvidos de Reagan.

— Tudo bem, mas pode ser que isso venha à tona no julgamento.

— Vou me preocupar com isso depois. Ela e Maddie passaram por muita coisa já.

— Assim como você — ele argumentou.

— Você diz por conta dos meus filhos? — Shawn assentiu. — Que nada... Aquilo foi a Jess sendo uma cadela.

— Verdade. Agora você pode descansar.

— *Nós* podemos — rebati. — Tiramos essa puta das ruas.

— É isso aí! — Demos um aperto de mãos e compartilhamos um abraço tipicamente masculino. Não era o primeiro caso que nós solucionávamos, claro, mas foi um onde eu sentia, literalmente, que minha vida dependia disso.

Até que cheguei em casa, o sol já estava nascendo. Entrei no quarto, vendo que Reagan não estava na cama. Os lençóis estavam arrumados, como se ninguém tivesse se deitado ali. Quando me virei, dei de cara com ela.

— Eu te acordei? — perguntei.

— Não. Na verdade, não consegui dormir. Estava velando o sono da minha filha.

Puxei-a para o calor dos meus braços.

Kimberly Knight

— Acabou.

Ela afastou a cabeça para trás, de forma que pudesse me olhar diretamente.

— Oficialmente?

— Os peritos encontraram no computador dela o programa de *malware* usado; o fio de cabelo do último homicídio certamente será compatível ao dela; estamos analisando todas as facas, e encontramos uma bancada em seu porão com placas de madeira artesanais. Então... acredite em mim quando digo que acabou.

— Graças a Deus! — Ela suspirou.

— Vou tomar uma ducha e dormir por uma semana.

— Eu te espero aqui.

Beijei seus lábios e fui tomar um banho quente. Quando saí do banheiro, Reagan estava encolhida na cama, de costas para mim. Aninhei-me contra seu corpo e depositei um beijo no topo de sua cabeça.

— Estou querendo ir a Michigan com Maddie amanhã. Só para ter certeza de que ela vai chegar em segurança — informou.

Pensei por alguns segundos antes de dizer:

— Acho uma excelente ideia. Talvez ela precise de terapia ou outra coisa por conta da experiência traumática.

— Sim. Também acho. Estou pensando em ficar o tempo que ela precisar de mim.

— Quer que eu vá com você?

Reagan se virou para me encarar.

— Você pode ir?

— Por alguns dias, posso, sim, se você quiser. Eu só pego os meninos na próxima quarta, então preciso voltar antes disso. Posso usar seu laptop para atualizar meu relatório sobre o caso. Além do mais, o capitão sabe que preciso de uma pausa. Shawn também. Não tive um período de férias há anos.

— Tudo bem, vou adorar sua companhia. Acho que ela também vai se sentir mais segura com a sua presença.

Depositei um beijo em sua têmpora, antes de dizer:

— Então é isso que vou fazer.

CAPÍTULO 32

REAGAN

Ethan dirigiu o carro de Maddie até a Universidade de Michigan. Não tínhamos reservado nenhum hotel ainda, já que pretendíamos apenas deixá-la lá em segurança. Consegui que um dos outros bartenders cobrisse meus turnos, mas também achava que não conseguiria mais trabalhar no Judy's. Aquilo não fazia parte dos meus planos a longo prazo, de todo jeito, e eu temia que sempre que deixasse o bar, seja pela porta da frente ou dos fundos, acabaria pensando que havia alguém me observando. Precisava falar com Judy. Ethan estava certo de que o assassino havia sido capturado, mas e se houvesse mais de um?

Ele estacionou o carro próximo ao dormitório onde Maddie ficava, no *campus*. Descemos do carro e segurei a mão da minha filha enquanto Ethan pegava sua bagagem no porta-malas.

— Tem certeza de que vai ficar bem? — perguntei à medida que nos dirigíamos até a porta de entrada do prédio.

— Não pretendo sair nunca mais sozinha por aí.

Suspirei. Eu odiava aquilo. E essa era uma das muitas razões pelas quais preferia que tudo tivesse acontecido comigo. Maddie estaria olhando por cima de seu ombro a todo momento, por sabe-se lá quanto tempo. No entanto, ela era forte e resiliente e eu sabia que venceria seus medos. Ela não queria abandonar a faculdade e eu não a culpava por isso. A vida pode apresentar muitas coisas que são difíceis de superar e é preciso força para resistir, mas criei uma mulher resistente.

— Você sabe que pode ir morar com a gente — sugeri e olhei para Ethan. Eu não havia conversado com ele antes sobre isso, mas se Maddie precisasse, daríamos um jeito. Já estávamos precisando de uma casa maior por conta da semana após o Natal, onde teríamos a presença de nossas crianças: a minha e os dele.

— Eu vou ficar bem. — Sorriu.

Nós a levamos até a porta de seu quarto, e Maddison colocou a chave na fechadura. Antes que pudesse girar para destrancar, a porta abriu de supetão. Maddie foi engolfada em um abraço apertado.

— Até que enfim você chegou! — a garota disse.

— Ethan dirige no limite da velocidade, já que ele é tira e tal. — Elas se separaram e todos nós caímos na gargalhada.

— Mãe, esta é a Sophie.

Meus olhos se arregalaram quando percebi que a garota em questão era a namorada de Maddie. Estendi a mão e disse:

— É um prazer finalmente conhecer você. Maddie me falou muito a seu respeito.

— É um prazer também, Sra. McCormick.

— Por favor, me chame de Reagan. Este é meu namorado, Ethan.

Achei que Sophie o cumprimentaria também com um aperto de mãos, mas ao invés disso, ela lhe deu um abraço imenso.

— Obrigada por ter salvado minha garota.

— Sempre — Ethan respondeu e olhou para mim por cima do ombro de Sophie. Eu lhe dei um sorriso largo.

— Por que vocês duas não colocam o papo em dia enquanto eu e Ethan saímos para procurar um hotel? — Olhei para Maddison. — Podemos nos encontrar aqui depois para jantarmos juntos.

— Claro — Maddie respondeu.

— Talvez pudéssemos procurar uma locadora de veículos também? — Ethan sugeriu.

— Vocês podem usar meu carro — Maddie retrucou. — Não vou precisar dele enquanto vocês estão aqui.

— Tem certeza? — Ethan perguntou.

— Eu posso ir a pé para minhas aulas — ela disse.

— Okay, então.

— Vou enviar uma mensagem de texto quando estivermos de volta — assegurei.

— Eu te amo. — Maddison enlaçou meu pescoço.

— Te amo mais.

Ethan e eu saímos dali, em direção ao estacionamento.

— Então... Sophie? — perguntou.

Eu sorri.

— É a namorada de Maddie. Eu ia te contar, mas ela também não tinha me falado nada sobre estar namorando uma garota até o dia em que chegou, na quarta-feira. Depois... aconteceu aquele monte de coisas...

— Compreensível. — Ele colocou o braço sobre meus ombros. — O que você acha de irmos para algum lugar no início do ano, só nós dois?

— Eu mal posso esperar por isso.

— Ótimo. Já que não temos nenhum julgamento marcado por agora, vou solicitar uma folga.

— Você acha que talvez eu consiga algum trabalho até lá?

— Em alguma unidade de criminalística?

— Sim. — Assenti.

— Talvez. Mas não soube de nada até o momento.

— Tudo bem. O trabalho certo vai chegar em algum momento.

— Vai sim.

Saímos no carro de minha filha enquanto eu procurava por algum hotel nas redondezas. Ainda bem que não tivemos que ir muito longe, já que encontramos um a cerca de quatro minutos de distância, de carro. Reservamos um quarto para três noites e, enquanto eu me refrescava para me arrumar para o jantar logo mais, Ethan trabalhava. Quando terminou o que estava fazendo, enviei uma mensagem para Maddison avisando que estávamos no caminho.

Havia uma hamburgueria nas proximidades do *campus* e foi o lugar que escolhemos para jantar. Maddie sorria, ria e isso me tranquilizou o bastante para saber que ela *ficaria* bem. Mesmo que seu relacionamento com Sophie fosse recente, eu podia afirmar que as duas estavam apaixonadas. A forma como se tocavam, como se olhavam, refletia a mesma maneira como eu e Ethan nos olhávamos. Pode ser que elas não estivessem destinadas a ficar juntas para sempre, mas eu sabia que era o que Maddison precisava naquele momento para passar pelo trauma que sofreu.

Como elas teriam aula logo cedo, encerramos a noite sem demora.

— Quer nos encontrar para tomar um café depois da sua primeira aula? — perguntei a Maddie.

— Sim, eu vou adorar. Vamos poder, finalmente, tomar um café de verdade, juntas, ao invés de ser através de uma conversa telefônica — respondeu.

— Você também está convidada, Sophie.

— Tenho aulas até as 11h45min. E depois, será a vez de Maddie ter aula.

— Verdade — Maddison concordou. — Nós quase nunca nos vemos até a hora do jantar.

— Então podemos jantar juntos outra vez — Ethan emendou.

— Perfeito — Maddie replicou.

Nós nos despedimos e, quando estávamos nos afastando, algo me ocorreu.

— Ei, Maddie!

— Sim, mãe?

— Você vai dizer ao seu pai? — Não precisei dizer mais que isso para ela entender.

— Ainda não decidi.

— Você deveria — argumentei.

Ela olhou para o celular em sua mão.

— Ainda é muito cedo em Denver.

— Sim — concordei. — Você pode me ligar se precisar de mim. Estamos hospedados na rua de baixo.

— Eu vou ficar bem — ela suspirou.

— Tudo bem. — Dei-lhe um último abraço antes que eu e Ethan finalmente fôssemos embora.

Quando chegamos ao nosso quarto, tomei um banho enquanto ele trabalhava. Eu não tinha certeza se aquele era um novo Ethan ou se era por minha causa, mas sabia que Jessica pediu o divórcio por ele ter escolhido o trabalho acima dela. Queria acreditar que era por mim, como pessoa – o amor da sua vida –, e não porque estivesse com medo de eu deixá-lo também.

— Está acabando? — perguntei assim que saí do banheiro, enrolada em uma toalha branca.

— Quase. — Ele pressionou mais algumas teclas; parei atrás dele, percorrendo seu peito com minhas mãos. — Você está tentando arrancar minhas roupas, flor?

Eu dei um sorriso.

— Talvez...

Ele girou a cadeira e, com um movimento rápido, arrancou a toalha que recobria meu corpo, jogando-a no chão acarpetado.

— Parece que eu arranquei as suas primeiro.

— É mesmo... E o que você vai fazer a respeito disso? — Comecei a rir.

Ethan se levantou e me pegou no colo; enrolei as pernas ao redor de seus quadris, de imediato.

— Você se lembra da única vez em que estivemos em um hotel juntos?

— Como eu poderia esquecer? — Inclinei-me para colocar meus lábios sobre os dele.

A época à qual ele se referia aconteceu no mês de maio, antes que eu me formasse no ensino médio. Nós dissemos aos meus pais que eu ficaria na casa de uma amiga – Rebekah –, mas na verdade fomos de carro até Indianápolis para assistir às 500 Milhas durante o dia todo. Literalmente, o dia todo. Ficamos no hotel na noite anterior à corrida e voltamos para casa logo após o encerramento. Naquela noite, no hotel, não tivemos que nos preocupar em sermos pegos no flagra por nenhum de nossos pais; não tivemos que ser rápidos ou silenciosos. Foi uma noite que nunca mais me esqueci, porque passamos o dia *conectados*; foi a noite que descobri que queria passar o resto dos meus dias com ele.

Antes de ele me colocar sobre o colchão, parou e voltou para a mesa em que estava sentado.

— O que está fazendo?

— Só por precaução — disse ao fechar o laptop.

— Por precaução, por quê? — Senti um frio na barriga. — Pensei que vocês tinham pego a pessoa.

— E pegamos. Mas nunca sabemos quem pode estar nos observando.

Senti um arrepio percorrer minha pele.

— Isso é assustador.

— Sim, é. — Quando ele me beijou outra vez, todos os pensamentos de ter alguém nos observando através da webcam foram desligados assim como a tela do laptop.

Minhas costas tocaram o colchão enquanto nossas bocas duelavam. Estávamos famintos um pelo outro. E se a assassina tivesse conseguido me matar, e eu não fosse mais capaz de desfrutar de seus beijos, da sensação de sua respiração sobre minha pele, de seu amor?

— Obrigada — eu disse ao afastar meus lábios dos dele. Eu sentia a necessidade urgente de lhe dizer exatamente aquilo. Não fazia ideia se já o tinha agradecido antes, por ter salvo minha filha. Tudo era ainda um borrão.

— Pelo quê? — Ele afastou a cabeça.

— Por Maddie.

— Amor — ele se ajoelhou na cama —, você não tem que me agradecer por salvá-las e protegê-las.

— Eu sei. É só que...

— Shhh... Está tudo bem. — Ele ajeitou uma mecha do meu cabelo escuro atrás da orelha.

— Eu sei.

Eu queria lhe dizer que daquela vez tudo estava bem, mas que também precisava esquecer-me de tudo o que passou. No entanto, ao invés de dizer mais alguma coisa, comecei a puxar sua boxer para baixo. Ethan me impediu, saiu da cama e foi em busca de algo em sua mala. Ele pegou a camisinha, tirou a cueca por completo e revestiu a si mesmo.

— De quatro, amor.

Não hesitei por nem mais um instante.

— Hummm... essa bunda... — ele gemeu em aprovação. Virei a cabeça para olhar por cima do meu ombro, vendo-o acariciar seu pau enquanto encarava meu traseiro. Só uma vez na vida alguém reivindicou minha bunda e eu estava olhando exatamente para ele. Eu queria tudo com Ethan Valor.

Eu o queria para sempre.

Ver Ethan acariciando seu pau enquanto admirava meu corpo estava me deixando excitada. Senti a barriga vibrar em antecipação, minha boceta ficou encharcada, e gemi. Os olhos lindos encontraram os meus.

— Está pronta para mim?

Assenti, ainda olhando por sobre o ombro. Ele deu um passo à frente à medida que ergui meus quadris mais alto, para que tivesse um melhor ângulo. Abrindo as pernas, esperei que se posicionasse para me penetrar. Ele bombeou algumas vezes.

— Empine essa bunda e segure-se na cabeceira da cama.

Fiz exatamente o que comandou e meu corpo deu um salto no instante em que atingiu o ponto que me levou à loucura, tamanho o prazer. Ethan acelerou o ritmo, gemendo e observei meus seios balançando a cada estocada.

— É maravilhoso te comer desse jeito.

— Ohh, meu Deus... — gemi. Eu era incapaz de dizer qualquer outra coisa enquanto ele continuava a atingir *aquele* ponto. Ele gemeu outra vez. Eu fiz o mesmo. A cama do hotel sacudiu e a cabeceira começou a se chocar contra a parede.

Sem ter mais como segurar, gozei. Meu corpo pulsava ao redor do pau de Ethan à medida que ele continuava a dar suas estocadas. As sensações me sobrecarregaram outra vez, fazendo o prazer aumentar. Eu não sabia como isso era possível, mas bastava ele manter o ritmo acelerado. Eu amava isso. Suor cobria meu corpo enquanto o ritmo de Ethan não cessava, trazendo-me mais perto de outro orgasmo avassalador.

— Porra... — sibilei, fazendo meu corpo sincronizar com o dele. Até que gozei de novo; meu corpo tremia enquanto ainda mantinha meu agarre na cabeceira. Ethan ainda assim não parou. — Ethan... — ofeguei.

— Aguente firme. Sei que você pode me dar três...

Será? Dois era o meu máximo – ou o limite –, e eu não tinha certeza se era capaz de gozar outra vez. No entanto, Ethan manteve o ritmo e eu me segurei; a cama ainda sacudindo e se batendo contra a parede. Talvez ela tivesse até saído do lugar. Prazer começou a rastejar pelo meu corpo outra vez, e eu não sabia se era porque Ethan continuava arremetendo com firmeza dentro do meu centro ou porque, naquele ângulo, ele ainda estivesse atingindo *aquele* ponto.

— Ethaaan... — gemi outra vez.

— Você consegue, amor.

E realmente, consegui.

Gozei pela terceira vez. No entanto, não gemi em meu orgasmo. Eu gritei. Meu corpo desabou, lânguido, incapaz de me segurar à cabeceira por mais tempo. Por sorte, eu não precisaria mais mesmo...

— Pooorraaaa... — ele disse entredentes, estocando mais algumas vezes para só então liberar seu orgasmo com um rosnado.

Ethan me puxou até que minhas costas estivessem coladas ao seu tórax, e ambos cavalgamos as últimas ondas do nosso clímax até que recuperássemos o fôlego.

— Eu disse que você podia ter três.

Dias depois, tomamos um agradável café da manhã antes que Maddie tivesse que voltar para a aula. Ethan e eu alugamos um carro para viajar de volta a Chicago, então estávamos nos despedindo dela à porta de seu dormitório minúsculo. Apenas duas camas de solteiro e duas escrivaninhas pequenas cabiam ali dentro.

— Me ligue se precisar de mim. Chegarei aqui em menos de duas horas. — Eu não estava nem aí se o tempo de viagem entre as duas cidades levava mais de três. Se minha filhinha precisasse de mim, eu dirigiria o mais rápido que pudesse.

— Eu vou ficar bem. Sophie vai... — Ela olhou para a namorada e sorriu. — Bem, ela fica comigo todas as noites.

— Sim — Sophie concordou. — Emily nunca está aqui mesmo.

— E por onde ela anda? — perguntei.

Kimberly Knight

As duas se entreolharam antes de Maddie responder:

— Vamos dizer que ela é um pouco louca por rapazes...

— Ah... — Assenti e olhei para Ethan. Eu não era louca por garotos na época da faculdade, porque só tinha olhos para um cara que estava a milhões de quilômetros de distância, mas podia entender como universidades, garotos e festas funcionavam como um atrativo.

— Será que posso ter uma palavrinha com você? — Ethan perguntou a Maddison. Franzi o cenho, sem entender. Ele queria conversar com minha filha? — Não é nada sobre garotos *ou garotas,* mas tem a ver com... aquela noite.

— Claro — ela respondeu. Os dois saíram do quarto, caminhando em direção ao corredor do dormitório. Eu não sabia por que ele precisava de privacidade, mas talvez tivesse a ver com o fato de a investigação ainda estar em curso. Pode ser que ele quisesse perguntar alguma coisa e não poderia fazer na frente de Sophie.

— Eu vou cuidar da Maddie, de verdade — ela disse, rompendo o silêncio constrangedor.

— Eu sei, querida. Estou feliz que ela tenha você.

— A gente se encaixa, sabe?

Olhei pela porta do quarto aberta. Ethan estava de costas para nós.

— Eu sei. — Era o que havia acontecido comigo e ele. Um encaixe perfeito. Desde sempre. — Você pode me chamar se achar que Maddie está precisando de mim.

— Pode deixar. — Ela sorriu.

Maddison e Ethan voltaram com sorrisos nos rostos.

— Está tudo bem? — perguntei.

Jogando o braço sobre meus ombros, ele me deu um beijo na têmpora antes de dizer:

— É claro que sim, flor.

Despedimo-nos pela última vez, deixando o carro com Maddie, e solicitamos um Uber até a locadora de veículos mais próxima. Alugamos o carro e dirigimos de volta a Chicago.

Estava nevando e tudo o que eu queria era me enrolar em um cobertor no sofá contra o corpo forte de Ethan, para assistirmos a algum filme.

— Qual é a programação para hoje à noite? — perguntei assim que estacionamos na locadora de Chicago, para fazer a devolução do veículo.

— Não tenho certeza. Preciso dar um pulo na delegacia por algumas horas e depois pegar os meninos.

Ah, é mesmo, os garotos. Eu não tinha me esquecido de que era quarta, mas estava tão cansada por tudo o que aconteceu durante aquela semana... Porra, os últimos meses foram exaustivos, mas eu também sabia que as crianças eram pilhadas e precisavam de algo mais além de ficarem sentados em casa.

— Quer sair para patinar?

— Sério?

Dei de ombros.

— Sim. Não estive em uma pista em anos.

Ethan assentiu, devagar.

— Sim, os garotos vão amar.

— Ótimo. — Saímos do carro, e meio que esperei que Pablo ou Evan se esgueirassem das sombras, desde que Ethan estava indo trabalhar. — Quem vai ficar comigo hoje à noite? Evan?

— Ah... — Ele deu a volta no carro e pegou nossas malas no bagageiro. — Acho que sim. Vou ligar para avisar que estamos de volta.

— Eu *ainda* preciso de segurança? — perguntei enquanto esperávamos pelo funcionário da locadora fazer o check-in do carro. Ethan disse que ainda queria mantê-los até se assegurar de que tivesse prendido o único assassino, mas também acho que ele não teria saído da cidade se não tivesse sido o caso.

Pensando por um momento, ele respondeu:

— Não. Acho que não precisa mais.

Assenti, de leve.

— Tudo bem então.

— Mas se você ainda quiser, não me importo em ligar para os caras. — Colocou um braço sobre meus ombros.

— Não. — Observei seus olhos azuis. — Vai ficar tudo bem. — Seria meio estranho, mas eu também não poderia ter guarda-costas me seguindo por razão nenhuma.

Pegamos um Uber de volta para casa e comemos um sanduíche leve. Ethan foi para a delegacia enquanto me sentei no sofá, sem saber o que fazer naquele momento. O apartamento estava silencioso, agora que Maddie não estava mais ali, e comecei a pensar naquela noite. Pensei em tudo o que poderia ter acontecido. Então, sem nada para fazer e já livre para ir a qualquer lugar, acabei decidindo dar um pulo na Lakeshore.

Eu estava nervosa assim que encostei o carro na calçada. Desci correndo e atravessei o estacionamento rumo ao prédio administrativo. Ainda nevava um pouco e, assim que passei pelas portas, pude sentir o calor me aquecer. Eu era acostumada a enfrentar períodos de neve, já que morei em Denver e Chicago pela maior parte da minha vida, mas também não me importaria nem um pouco em morar na Flórida, onde meus pais viviam.

Fui direto para o Departamento de TI e peguei o elevador que me levaria até o subsolo. Hesitei por um momento, mas respirei profundamente e segui em frente. Parei em frente à mesa da recepcionista, que afastou o olhar do computador para me atender.

— Será que... será que posso te ajudar? — gaguejou.

— Gostaria de falar com o diretor.

— Seu nome?

— Reagan McCormick.

— Você tem hora marcada?

— Não — sacudi a cabeça —, mas só levará um minuto.

— Deixe-me ver se ele está disponível. — A mulher se levantou e andou por um corredor largo até que sumiu de vista.

Olhei ao redor do ambiente. Ainda que fosse uma espécie de conjunto de escritórios, não havia nada de decoração. Por mais que a área em que trabalhavam fosse totalmente voltada ao mundo cibernético, ao invés do mundo real, não faria mal ter algum tipo de quadro ou pintura motivacional pendurado por ali.

A mulher voltou acompanhada de um homem e inclinei a cabeça sutilmente ao perceber quem era ele: Sr. Uísque Puro, ou Jack, como ele havia se apresentado recentemente. Meu coração começou a trovejar ao me lembrar de todas as vezes em que nos esbarramos por aí; no Judy's, na cafeteria da universidade e em outros lugares. Como ele poderia *não* estar envolvido se tive tanto contato com ele?

Ele sorriu para mim.

— Reagan.

— Jack? — cumprimentei, mas percebi que acabou parecendo como se eu estivesse em dúvida por conta da confusão. E do medo. No entanto, se ele estivesse envolvido, não estaria preso agora?

— Está tudo bem? O sargento Valor...

— Você ajudou minha filha?

— Vamos conversar no meu escritório. — Ele acenou para que eu o seguisse.

— Tudo bem. — Eu o segui pelo corredor. Sua sala era a primeira à esquerda. Assim que entramos, sentei-me na cadeira de frente à mesa. —

Ethan me disse o que aconteceu. Eu só gostaria de te agradecer.

Ele suspirou e se recostou à cadeira.

— Tenho que admitir que nunca imaginei que algum dia precisaria salvar um refém de um estupro seguido de morte.

— Como você foi parar lá? — O que entendi era que a assassina era funcionária dele. Tudo o que aconteceu se deu tarde da noite naquele dia, então *por que* e *como* ele estava lá?

— Minha equipe ainda não sabe de nada e não pretendo revelar isso até que seja necessário, mas Katrina e eu estávamos tendo um caso.

— Hummm... — Aquilo não explicava o motivo de seu envolvimento.

— Como eu disse ao seu namorado e ao outro detetive, fui até a casa de Katrina para... — ele fez uma pausa — passar a noite.

— E minha filha também estava lá...

— Não. — Ele balançou a cabeça. — Eu e Katrina fizemos... nossa coisa, antes... Então ela me levou até o porão. Foi ali que vi sua filha amarrada à cadeira.

Senti o nó no estômago apertar. Mesmo que eu soubesse de tudo o que havia acontecido, ainda me afetava ouvir detalhes. Era minha filhinha e eu a coloquei em perigo.

— Por que nós? — sussurrei.

Jack respirou profundamente antes de responder:

— Não pude perguntar muito mais à Katrina, mas, pelo que entendi, ela não gostou de saber que você era a bartender que sempre me atendia. Por um momento, ela quase teve um deslize e confessou que me amava. Não dei bola para aquilo porque não retribuía ao sentimento, e isso poderia ter se transformado em algo constrangedor, apesar de que o fato de encontrar uma mulher amarrada no porão também ser louco e sem noção.

Franzi o cenho.

— Então você acha que ela fez tudo isso porque o amava? Isso não faz o menor sentido.

— Eu acho que ela fodeu com tudo exatamente por isso. Ela realmente achou que eu seria cúmplice de seus planos.

— O que você obviamente não fez — afirmei.

Ele se inclinou à frente, apoiando os antebraços na mesa.

— Você precisa acreditar em mim quando digo que nunca teria deixado nada acontecer a Maddison. Assim que a vi amarrada e Katrina me disse que a sequestrou por ela se parecer a você, percebi o quão doente e obcecada ela estava. Eu faria o que fosse preciso para proteger sua filha.

— Obrigada — eu finalmente disse.

— Você não tem que me agradecer.

— Sim, eu tenho. — Foi exatamente por aquela razão que eu estava ali.

— Eu teria feito o mesmo, ainda que não fosse sua filha.

— Eu sei. — Quer dizer, não sabia, tecnicamente, mas pareceu a melhor resposta na hora. Jack parecia ser um cara decente, mesmo que há um tempo ele tenha dito que queria *me* amarrar. Arregalei os olhos. — Você se lembra quando disse para mim que não se importaria em me amarrar? Quando nos esbarramos na cafeteria do *campus* aquela vez?

Jack começou a rir.

— Sim, e me arrependo disso. Nunca mais pensarei em amarrar outra pessoa no futuro, mesmo sendo prazeroso.

Senti meu rosto corar.

— Bom, tenho que ir. Obrigada, mais uma vez. De verdade. — Fiquei de pé.

— De nada. — Ele também se levantou. — Vou levá-la até a saída.

— Obrigada.

Nós dois caminhamos de volta até o elevador, subimos ao térreo e ele me levou até a porta do prédio.

— Te vejo no Judy's, na quinta à noite.

— Tudo bem. — Acenei para ele e fui de volta para o meu carro.

Aquela conversa com Jack era exatamente do que estava precisando. Meus instintos indicavam que realmente tudo estava acabado. E eu esperava que Ethan tivesse provas suficientes para manter a tal Katrina por trás das grades.

Para sempre.

CAPÍTULO 33

ETHAN

Nas semanas que se seguiram, a vida não diminuiu o ritmo. Shawn e eu continuamos nosso trabalho no caso dos assassinatos de Lakeshore, colhendo todas as evidências possíveis para a condenação de Katrina Carpenter. O computador que ela usava em casa foi vasculhado de cima a baixo e o programa que utilizava para acessar os outros foi detectado; o fio de cabelo era compatível ao da prova encontrada no último assassinato; todas as placas de madeira foram comprovadamente feitas na oficina que ela tinha no porão; a faca usada em seus crimes também foi encontrada e analisada; além de uma impressora 3D que ela utilizava para fazer as cópias das chaves da casa de suas vítimas. No entanto, o que martelou o último prego de seu caixão foi a lista encontrada em suas coisas.

A lista de vítimas.

Reagan entrou com o aviso-prévio no bar de Judy. Eu não a culpava. Por mais que tenha sido ali o ponto crucial para que nos reconectássemos, ela sempre havia definido que aquele seria apenas um emprego temporário. Ainda não havia nenhum trabalho na área de criminalística nas delegacias onde deixou o currículo, mas eu tinha certeza de que na hora certa ela receberia alguma posição.

Com o Natal a menos de um mês, desde nosso retorno de Michigan, quase não tivemos tempo hábil para procurar uma casa mais espaçosa para acomodar nossa família.

Nossa família.

Lá no fundo, nunca tinha perdido as esperanças de algum dia voltar a me encontrar com Reagan. Daí, o Judy's foi o palco que serviu para que tudo acontecesse e nunca o apelido dado pela minha família foi tão certeiro: o bar que trazia seu amor de volta. Eu não podia discutir com isso. Reagan sempre foi a mulher com quem sonhei em construir uma vida juntos. Pode até ser que não tivemos muitas experiências um ao lado do outro, no passado, mas isso não significava que não poderíamos no futuro.

Kimberly Knight

E já que precisávamos de um lugar maior o mais rápido possível, decidimos sair em busca de casas para alugar ao invés de uma para comprar, pelo menos por enquanto. Acabamos encontrando uma não tão longe de onde meus pais e meus filhos moravam. Para que conseguíssemos arrumar a casa a tempo, tivemos a ajuda da minha família durante a mudança. Nós realmente éramos uma família e Reagan e eu tínhamos agora um lugar só nosso, que sempre quisemos – ainda que não fosse realmente nosso.

Eu estava planejando tornar tudo *oficial*.

Antes de deixarmos Michigan, conversei em particular com Maddison e pedi sua permissão para me casar com sua mãe.

— Não é sobre a outra noite que quero conversar com você — eu disse, enquanto nos encaminhávamos para o corredor.

— Hum? — Ela inclinou a cabeça, confusa.

Cocei a nuca, nervoso.

— Na verdade, quero saber se está tudo bem para você se eu pedir para me casar com sua mãe.

Maddison arregalou os olhos e, de repente, parecia estar contendo um pequeno grito histérico.

— Você está falando sério?

— Sim — afirmei. — Estava planejando pedi-la em casamento desde... bem, desde sempre.

— Ela me contou o que aconteceu quando o namoro de vocês acabou enquanto ela estava na faculdade.

— É... — suspirei. — Mas agora estamos juntos outra vez e quero passar o resto da minha vida ao lado dela, como minha esposa.

— É óbvio que você tem a minha benção. — Ela sorriu.

— Tudo bem, mas não diga nada. Preciso comprar um anel e tudo mais.

— Meus lábios estão selados, Pai.

Comecei a rir.

— Acho que vou acabar me tornando seu pai, não é mesmo?

— Sim... e estou superempolgada.

— Eu também.

Com a benção de Maddie, já era mais do que hora de oficializar as coisas, então acabei ligando para o cara mais romântico que eu conhecia.

— Nossa, a que devo esta honra de receber sua ligação? — Rhys perguntou assim que atendeu ao telefone.

— Preciso da sua ajuda. — Ele ficou em silêncio por um longo momento. — Rhys?

— Eu escutei direito mesmo? Que você está precisando da *minha* ajuda?

— Sim.

— O mesmo sargento Valor que salvou a *minha* vida, agora precisa da *minha* ajuda?

— Sim, seu idiota. — Revirei os olhos, mesmo que ele não pudesse me ver fazendo isso. Eu amava aquele cara, mas ele era maluco. O tipo de maluco que levaria um tiro pela minha irmã, o que o tornava o cunhado perfeito, na minha opinião.

— Como eu poderia lhe ser útil?

Respirei profundamente antes de responder:

— Preciso que me ajude a elaborar o melhor pedido de casamento de todos os tempos.

Rhys se engasgou do outro lado da linha.

— Eu sabia! Eu sabia! Eu sabiiiiiaaaa!

— Todo mundo sabia que esse dia chegaria. — Eu mesmo soube no instante que ela adormeceu no meu sofá na primeira noite em que nos reencontramos.

— Hum, sim.

— Você vai me ajudar ou não?

— É claro que vou!

— Tudo bem... então... você tem alguma ideia?

— É claro, cara. Tenho um monte de ideias.

Passamos a hora seguinte planejando a forma como eu pediria meu primeiro e único amor para se casar comigo. E eu precisava admitir: estava muito empolgado.

A casa estava toda decorada com uma árvore de mais de dois metros de altura, com luzes coloridas do lado de fora e meias penduradas na lareira só à espera de serem preenchidas por presentes. Eu tinha minha mulher e tudo o que eu precisava era dos meus dois filhos para fazer deste um Natal perfeito. Claro, também queríamos a presença de Maddison, mas ela estava em Denver e não viria para cá até depois do dia 25.

Eu queria que este feriado fosse especial para os meus garotos, já que fiquei aquelas duas semanas afastado deles e acho que se decidíssemos ir a algum lugar, eles não se importariam. Eu poderia comprar qualquer brinquedo que quisessem, mas isso não seria tão marcante. Agora, o que toda criança acharia a coisa mais legal do mundo era receber a visita do Papai Noel em casa. E eu conhecia o cara perfeito para se fantasiar.

— Coloquem seus pijamas e vão direto para cama — ordenei aos meus filhos assim que entramos em casa pela porta da garagem. Havíamos acabado de voltar da ceia da véspera do Natal, na casa dos meus pais, e os meninos estavam empolgados com o bom velhinho. Mal sabiam eles que assim que estivessem prontos para dormir, receberiam a visita do próprio Sr. Noel para lhes trazer seus presentes antecipadamente.

— Estou explodindo de felicidade — Reagan disse, me abraçando, na cozinha.

— Eu também — admiti. E era mais do que somente por conta da visita em breve de Rhys. A noite não encerraria por ali.

— Quando Maddie tinha quatro ou cinco anos, eu a levei ao shopping para tirar uma foto com o Papai Noel. Não foi a primeira vez, mas foi nessa idade que ela descobriu quem realmente era aquele cara vestido de vermelho. Ela ficou louca. Não consigo nem imaginar o próprio Papai Noel batendo à nossa porta.

— E ele bate à porta? — perguntei assim que o pensamento me ocorreu. Não era como se Rhys fosse descer pela chaminé.

— Eu não sei. — Ela deu de ombros.

— Bom, acho que vamos descobrir em breve. — Sorri.

— Sim, senhor. — Sorriu de volta.

— Aceita uma taça de vinho? — perguntei.

— Você leu a minha mente.

Havia uma razão para mantê-la ocupada, e não era por causa de Rhys chegando a qualquer instante. Reagan não podia entrar no quarto. Ela poderia acabar descobrindo meus planos e eu não podia correr esse risco. Rhys e Ashtyn passaram aqui em casa antes de irem para o jantar na casa dos meus pais para dar prosseguimento à programação. Foi o único jeito, já que Reagan havia passado o dia todo em casa antes de buscarmos os garotos para a ceia.

Servi duas taças e estendi uma a ela. Cohen e Tyson entraram correndo na cozinha.

— Já estamos prontos para dormir — Cohen declarou.

— O Papai Noel está chegando! — Tyson gritou, empolgado.

— Vocês escovaram os dentes?

Os dois se entreolharam e eu sabia que a resposta era não. Estava prestes a mandar que fizessem isso, quando uma batida à porta atraiu nossa atenção. Parece que Papai Noel realmente batia à porta.

— Quem será a essa hora? — fingi surpresa enquanto me dirigia à porta da frente.

— Fiquei sabendo que o Papai Noel estava por aqui, na vizinhança — Reagan disse. — Talvez seja ele...

Cohen prendeu o fôlego e começou a me seguir.

— Por que ele viria até a nossa casa? — perguntei, girando a maçaneta. Abri a porta e comecei a rir ao ver Rhys vestido com a roupa clássica do bom velhinho: gorro, botas e um cinto preto que espremia a barriga *imensa*. Ele também estava usando a barba branca e carregava um saco de presentes às costas.

— Ho! Ho! Ho! — disse em uma voz profunda.

— Papai Noel!!! — os meninos gritaram em uníssono.

— Cohen! Tyson! Eu sabia que os encontraria por aqui — Rhys replicou, ainda com o vozeirão. Em seguida, entrou em casa.

— Sério? — Cohen perguntou.

Fechei a porta e apoiei meu braço sobre os ombros de Reagan, enquanto seguíamos os três até a sala, apreciando o show e nossa taça de vinho.

— Eu estava procurando vocês porque tenho algo especial para os dois.

— O que é? — Tyson insistiu.

— Vamos até o sofá e vou mostrar para vocês.

Rhys sentou-se na poltrona e os garotos no chão, à frente dele. Eu e Reagan nos entreolhamos e vi o sorriso imenso que ilustrava seu rosto. Beijei o lado de sua cabeça enquanto emoções turbulentas atravessavam meu corpo. Em menos de uma hora eu me ajoelharia – algo que sempre sonhei em fazer –, e pediria que ela se tornasse minha esposa.

— Deixe-me tirar uma foto rapidinho! — Reagan exclamou e pegou o celular do bolso traseiro da calça.

Rhys deu um tapinha em seus joelhos e os garotos se sentaram um de cada lado. Depois da foto, Reagan veio em minha direção enquanto meus filhos voltavam à posição anterior, no chão em frente ao sofá.

— Eu trouxe um livro para ler para vocês dois. — Rhys abriu a imensa sacola vermelha.

— Trouxe? — Cohen inquiriu.

Meu cunhado pegou a edição encadernada do conto clássico, mas esta tinha o Papai Noel na capa.

— É você! — Tyson afirmou apontando para o livro.

— Sou eu! — Rhys deu uma risada em zoação.

— Existe um livro sobre a sua vida? — Cohen questionou.

— Existem muitos, mas este aqui é sobre o dia antes do Natal, o que seria... hoje.

— O que diz aí? — Cohen insistiu.

Rhys abriu o livro, e eu e Reagan o observamos declamar um poema curto, mostrando figura após figura em cada página.

— É uma história bem antiga — Cohen afirmou.

Rhys deu uma gargalhada que chegou a sacudir a barriga imensa, e eu e Reagan tivemos que disfarçar nosso riso.

— Isso é porque sou muito velho! — Rhys respondeu em sua voz profunda.

— Velho quanto? — Tyson sondou.

— Muito, muito velho — Rhys respondeu.

— Mais velho que o meu avô? — Cohen perguntou. Todos nós rimos.

— Sim, Cohen... sou mais velho que todos os avôs...

— Poxa, isso é bem velho mesmo — Tyson disse com naturalidade. Dessa vez não conseguimos conter as gargalhadas.

— Será que vamos ganhar nossos presentes agora? — Cohen perguntou.

— Sim. Preciso ir para poder entregar todos os outros presentes. — Rhys fuçou sua sacola vermelha outra vez. — Tenho uma noite bem ocupada hoje, mas quis parar por aqui antes por saber que vocês foram muito bons meninos o ano inteiro. — Ele entregou um par de pantufas para cada. Cohen ganhou uma do Incrível Hulk, enquanto Tyson ganhou a do Batman. É óbvio que nenhum dos presentes estava embalado, porque Papai Noel e seus duendes não tinham tempo para isso. — Agora, não se esqueçam de usar essas pantufas pela manhã assim que acordarem, para ver o que deixarei para vocês enquanto estiverem dormindo.

— Você não vai poder dar nossos presentes agora? — Cohen cogitou.

Rhys se levantou e jogou a sacola por cima do ombro.

— Não. Eu não estou com eles aqui. Minhas renas estão com eles no trenó.

Os olhos de Cohen se arregalaram.

— E onde está o seu trenó? Eu quero ver!

— Não vai dar. — Rhys começou a se dirigir para a porta. — A Mamãe Noel está colocando todos os presentes dentro do trenó para esta noite, e eles só terão tempo de passar aqui rapidinho para me pegar.

— A Mamãe Noel vai com você? — Tyson perguntou.

— É claro. Ela é a chefe que garante que eu cumpra meu horário. — Reagan e eu bufamos uma risada. Minha irmã realmente *era* a chefe, mas a Mamãe Noel do folclore ficava em casa. — E tem mais... ela adora leite e cookies.

— Nós vamos deixar alguns biscoitos para você antes de a gente ir dormir — Cohen afirmou.

— Com gotas de chocolate?

Cohen olhou para mim, que assenti com um sorriso.

— Sim!!!

— Trato feito. Agora é melhor eu ir. — Rhys abriu a porta e parou antes de sair.

— Vamos ver você de novo? — Tyson perguntou.

Rhys deu um toque gentil na cabeça do meu filho.

— Talvez no próximo ano, se você for um bom menino.

— Nós seremos! — Cohen exclamou em animação.

— Muito bem, então. Agora, vão dormir e, quando acordarem, coloquem suas pantufas antes de conferir o que deixei para vocês.

— Tchau! — os garotos gritaram em uníssono e, logo depois, Rhys fechou a porta. Eles correram para abri-la outra vez. Quando olharam, ele já não estava mais lá. Meu cunhado, provavelmente, estava se escondendo na lateral da casa, mas meus filhos não precisavam saber disso.

— Isso foi tão legal! — Cohen gritou.

— Sim, foi mesmo — afirmei. — Agora é melhor os dois escovarem os dentes e irem direto para a cama, para que, quando ele volte, possa deixar os presentes de vocês. — Os garotos correram para o banheiro sem mais nenhuma palavra. — Vou dar um beijo neles. Encontro você no chuveiro? — perguntei a Reagan.

— Claro. — Sorriu.

Abri a porta do banheiro, deixando o vapor escapar assim que entrei no quarto com uma toalha amarrada na cintura. Reagan e eu tomamos um *banho* juntos até que a água começou a esfriar. Caminhei até o interruptor e cliquei para que apenas as lâmpadas ao lado da cama ficassem acesas.

Reagan veio logo atrás, com uma toalha ao redor de si.

— Por que você está acendendo as luzes?

— Por nada — menti. Ela ergueu uma sobrancelha em desconfiança. — Vá se vestir, flor. Nós temos alguns presentes para colocar debaixo da árvore, além de cookies para comer.

Vestimos nossos pijamas e saímos na ponta dos pés do quarto, deixando as luzes acesas enquanto seguíamos até a sala de estar. Enfiei um cookie na boca no caminho.

— Colocar os presentes do Papai Noel debaixo da árvore nunca perde a graça — afirmei enquanto me deliciava com o biscoito de chocolate.

— Nunca pensei que faria isso outra vez, já que Maddie está com quase dezenove anos. — Foi a vez de ela pegar um cookie. — É tão divertido.

Fomos até a garagem e pegamos todos os presentes que havíamos comprado para os meninos. Cohen ganhou uma nova bicicleta, e Tyson, um kart Batmóvel que ele vai ter que pedalar. Ajeitamos tudo debaixo do pinheiro e enchemos as meias penduradas com doces e guloseimas antes de apagar as luzes para voltarmos ao quarto. Meu coração começou a bater acelerado quando senti o peso do anel dentro do meu bolso da calça de flanela.

— Podemos desligar as luzes agora ou você está com medo do bicho-papão?

— Vá para a cama. Vou apagar as luzes — respondi, rindo.

Reagan se deitou em seu lado no colchão e se virou para apagar a luz em seu criado-mudo. Desliguei as luzes da cabeceira, vendo o brilho das estrelas fluorescentes. A primeira vez que transamos aconteceu debaixo de luzes de neon, e, quando arquitetei meus planos com Rhys, eu soube que os adesivos de estrelas dariam o toque romântico por conta do nosso passado. Desliguei o último interruptor, sem entrar debaixo das cobertas ainda. A impressão é que horas se passaram até que Reagan se deitou de costas e olhou para o teto. Assim que fez, ofegou.

— Ethan...

Andei até o seu lado na cama, sendo guiado pelo brilho parco, porém suficiente das estrelas fluorescentes. Acendi a luz de sua cabeceira e me pus de joelhos, tirando a aliança de esmeralda do meu bolso. Ela ofegou outra vez ao se sentar, cobrindo a boca com as mãos.

— Reagan Hunter — engoli as emoções que queriam me sufocar —, eu posso até fazer um pedido longo como os que acontecem nos filmes, mas acho que já sabe o quanto amo você. Eu te amei por toda a minha vida e, oficialmente, quero te chamar de Sra. Valor. Então, flor... — desliguei a lâmpada de novo e olhei para as estrelas no teto, lendo em voz alta as palavras que foram desenhadas com a disposição dos adesivos. Trabalho de Ashtyn e Rhys, claro. — Você quer se casar comigo?

O brilho das estrelas de neon era claro o suficiente para que eu pudesse distinguir a fisionomia de Reagan. Ela assentiu e pulou para fora da cama, enlaçando meu pescoço com seus braços enquanto desabávamos no chão acarpetado do nosso quarto.

— Sim! Um milhão de vezes, sim!

CAPÍTULO 34

REAGAN

Quando sonhei com o dia em que eu e Ethan nos casaríamos, nunca pensei que teria que esperar até os quarenta para acontecer. Também nunca imaginei que nosso noivado seria breve, de apenas uma semana, e que nos casaríamos no Cartório de União Civil.

No entanto, era exatamente o que estava acontecendo.

Eu não me importava nem um pouco, porque se Ethan tivesse me pedido para me casar com ele no dia em que entrou no Judy's pela primeira vez, eu teria dito sim. Também não estava nem aí para o fato de não termos nos visto por mais de vinte anos. Nunca deixei de amá-lo. Sempre houve aquele pedaço do meu coração que estava partido, esperando para ser consertado, de forma que meus batimentos voltassem a ser iguais.

E finalmente, tinha acontecido.

No dia depois do Natal, Maddie pegou um voo de Denver até Chicago. Já do aeroporto saímos para comprar meu vestido. Não era nada parecido ao primeiro vestido de casamento que usei. Este tinha o comprimento um pouco abaixo do joelho, era branco, sem mangas, com uma cobertura rendada por cima do tecido e uma barra formada somente com a renda delicada. Sinceramente, era perfeito. Eu não precisava do vestido bufante que fazia com que as noivas necessitassem de ajuda caso quisessem ir ao banheiro. Não precisava de uma festa de casamento que durasse o dia inteiro. Também não precisava dançar uma valsa como marido e mulher, porque tudo o que eu mais queria, já tinha em mãos: o homem com quem sempre sonhei me casar e a família que eu amava de todo o coração.

— Pronta? — Maddison perguntou enquanto retocávamos a maquiagem no banheiro do Cartório.

Todos haviam chegado ao mesmo tempo para testemunharem nossas bodas e, por mais que Ethan já estivesse com toda a papelada pronta, escapuli com Maddie para respirar por um minuto. Eu precisava de um tempinho para absorver o fato de que, em poucos minutos, eu finalmente me casaria com o meu homem. Aquele que me deu meu primeiro beijo; que carregou meus livros na escola; que fez amor comigo pela primeira vez debaixo de estrelas de neon; de quem me separei por causa de um estúpido beijo ao estar bêbada; o homem que não teve um segundo de dúvidas ao agarrar a chance de ficarmos juntos outra vez, após vinte e três anos de afastamento; o que contratou uma equipe de segurança particular para me manter a salvo; o mesmo que sempre me amou.

Pegamos uma longa e acidentada estrada até onde estávamos agora, mas eu não me arrependia de como as coisas tinham acontecido, porque se eu não tivesse partido seu coração, hoje não teria Maddison, e ele não teria Cohen e Tyson.

Olhei para minha filha e inspirei profundamente.

— Estou pronta. — Sorri.

— Isso aí. — Ela me estendeu o buquê roxo de Botões-de-Ouro Persa. Era a estação certa para que florescessem, já que nasciam no inverno. Embora, qualquer flor estaria boa o suficiente, afinal, eu estava me casando com Ethan Valor. Antes que eu desse um passo para fora, meu celular começou a tocar dentro da minha bolsa de mão. Quando peguei o aparelho, vi que era um número local, então, atendi.

— Alô?

— Olá, estou falando com Reagan McCormick?

— Sim, sou eu. Quem fala?

— Aqui é Heather Wentworth. Sou a investigadora-chefe da 15ª Delegacia do Departamento de Polícia de Chicago. Recebi seu currículo, e estou te ligando para agendar uma entrevista.

Inspirei profundamente, em silêncio.

— Sim, claro. Tenho disponibilidade a qualquer hora.

— Bom, já que hoje é véspera de Ano Novo, que tal deixarmos marcado para o dia 3? Às dez da manhã está bom para você?

— Perfeito.

— Ótimo. Vou te enviar o endereço para garantir, e te vejo em breve.

— Obrigada. Até logo.

Encerrei a ligação e me virei para Maddie, com os olhos arregalados de emoção.

— Tenho uma entrevista de emprego na 15ª Delegacia!

— Uhuu! — Ela me deu um abraço apertado. — Estou tão feliz por você!

— Obrigada, meu amor.

Com um último abraço, nos separamos.

— Agora vamos amarrar você! E hoje à noite teremos mais um motivo para comemorar.

Kimberly Knight

— Vamos lá.

Saímos do banheiro e nos dirigimos à sala de espera do lado de fora de onde seria celebrado o casamento.

— Pronta? — Ethan perguntou ao segurar minha mão.

Minha resposta nunca mudaria, não importava quem estivesse me perguntando.

— Sim.

Todos entraram na sala e Ethan e eu caminhamos juntos, de mãos dadas. Meus pais tinham vindo da Flórida e, mesmo que estivéssemos com mais do que as quinze pessoas permitidas como testemunhas de nossos votos, o juiz não disse nada, em coleguismo ao sargento Valor. Além do mais, fora ele que colocou a Assassina de Lakeshore atrás das grades. A promotoria já até mesmo conseguira a condenação da acusada à prisão perpétua por conta de todo o esforço da investigação.

Os convidados se sentaram rapidamente e aqueles que não conseguiram assentos ficaram de pé, recostados à parede enquanto eu e Ethan esperávamos em frente à mesa do juiz de paz. Ele disse algumas palavras de um roteiro que seguia, afirmando sobre as promessas de nos unirmos em família, porém eu não estava ouvindo uma palavra sequer. Apenas encarava os olhos azuis de Ethan, tentando não chorar de emoção. Nunca fui tão feliz em toda a minha vida. O nascimento de Maddie e o dia em que eu estava me casando com minha alma gêmea lideravam o ranking.

— Ethan, você aceita Reagan como sua legítima esposa, esquecendo-se de todas as outras, para amar, honrar e respeitar na saúde ou na doença, nos bons ou maus momentos, até que a morte os separe?

— Sim — ele respondeu com um sorriso enorme direcionado a mim.

— E Reagan, você aceita Ethan como seu legítimo esposo, esquecendo-se de todos os outros, para amar, honrar e respeitar na saúde ou na doença, nos bons ou maus momentos, até que a morte os separe?

Sorri para Ethan antes de responder:

— Sim.

Como um borrão, trocamos alianças como o sinal de nossa fé e amor, enquanto repetíamos os votos que o juiz proferia.

Assim que fomos declarados marido e mulher, ele disse para Ethan a célebre frase: "pode beijar a noiva". Estava esperando um beijo suave daqueles que ele sempre me dava – ainda mais porque estávamos na frente de nossa família –, mas Ethan me surpreendeu ao segurar meu rosto e me beijar profundamente e por um longo momento, até que ambos estivéssemos sem fôlego. Rhys assobiava e fazia uma bagunça no fundo; em seguida, Carter gritou para que arranjássemos um quarto. E não havia nada mais que eu quisesse fazer do que isso, com o meu marido. No entanto, tínhamos um compromisso musical. Pelo menos, Rhys tinha.

— Pronta para entrar no Ano Novo como marido e mulher, Sra. Valor? — ele perguntou.

— Sim, marido. Estou muito pronta. — Dei um largo sorriso.

Ele me beijou outra vez e então trocamos os cumprimentos com nossos familiares antes de deixar o Cartório para dar início ao nosso "para sempre". Maddie seguiu conosco para a pequena comemoração que faríamos.

— Tenho novidades — anunciei enquanto Ethan dirigia em direção ao bar.

— O que é? — perguntou, olhando-me de relance.

— Enquanto eu estava no banheiro, recebi uma ligação para uma entrevista de emprego.

— É mesmo? — Seus olhos se arregalaram.

— Sim!

— Meus parabéns. Eu sabia que você conseguiria.

— Bom, nós não *sabemos* disso ainda.

— Não há razão nenhuma para você não dar conta — ele rebateu. E era verdade. O cargo era em nível iniciante e eu precisava começar de algum lugar. Mas, ainda assim, dependia muito da quantidade de pessoas que estariam disputando a mesma vaga que eu.

Nós ficamos em silêncio enquanto ele dirigia pela cidade até que Maddie se enfiou entre os nossos bancos e perguntou:

— Vocês vão cantar?

— Talvez — respondi.

— Você vai, Ethan? — ela insistiu.

Ele sorriu para mim e disse:

— Eu tenho uma música em mente.

— É mesmo? — inquiri. Pensei que ele só cantasse se estivesse bêbado. Bom, talvez ele acabasse a noite desse jeito.

— É surpresa, flor. — Esfregou meu joelho logo abaixo da barra de renda.

— É uma música country de novo?

— Você já cantou uma música country? — Maddie interrompeu.

— Não há nada de errado com esse estilo musical — Ethan declarou.

— É claro que não. Também sou apaixonada por elas — ela disse.

— Então... é isso? — provoquei.

— Não vou te dizer. — Ele riu.

— Bem, mal posso esperar. — Dei um sorriso enorme.

E realmente não tive que esperar muito.

Casar na véspera do Ano Novo foi perfeito. Rhys havia conseguido para nós algumas mesas VIPs no Karaokê do Otis e todo mundo estava vindo para celebrar e cantar. Ao chegarmos ao bar, fomos direto à área reservada entre as cabines até que todos chegassem. Trocamos abraços e felicitações, e Rhys deu início à cantoria. Aquele estava sendo o melhor dia – e noite – que uma mulher poderia desejar.

Maddie e eu compartilhamos um sorriso perspicaz assim que vimos Ethan subir ao palco em seu *smoking* preto. Ashtyn e Rachel estavam sentadas em nossa mesa, observando enquanto ele se preparava para começar. Um breve *déjà vu* dominou minha mente, trazendo a lembrança daquela noite longínqua em que Ethan cantou para mim. E o que tornava esta noite ainda melhor era o fato de que agora era meu *marido* que estava ali em cima, e eu sabia que qualquer música escolhida por ele estava sendo cantada para mim.

Ele acenou para o Mestre de Cerimônias e, quando os acordes da guitarra começaram a soar, reconheci a música no mesmo instante.

— É uma música country — eu disse para Maddie.

Ela sorriu e voltamos a focar nossa atenção no palco. Ethan começou no tempo certo, me encarando a todo momento. Percebi que ele alterou a primeira frase da música, que falava sobre meus cuidados maternos com Maddie. Então cantou sobre eu cuidar dele, sobre como eu iluminava o ambiente onde estivesse, e como ele queria ser o homem que eu queria que ele fosse. Eu não precisava de uma música para me dizer isso, porque Ethan Valor era o homem que sempre quis. Tudo nele, desde o adolescente por quem me apaixonei até o homem com mechas grisalhas com quem me casei. Comecei a me balançar no assento enquanto ouvia a letra falando sobre acordarmos juntos todos os dias, sem nunca deixar de dizer "eu amo você". Ashtyn se inclinou e disse as mesmas palavras que dissera da primeira vez em que Ethan cantou no karaokê:

— Meu irmão te ama.

Eu sorri e respondi também usando as mesmas três palavras de antes, que sempre foram mais do que verdadeiras.

— Sim, ele ama.

Ethan pulou do palco e eu sorri para ele ao me levantar. Ele continuou cantando a música, me puxando para o calor de seus braços enquanto dançávamos, como marido e mulher.

Depois de vinte e três anos, éramos, finalmente, Sr. e Sra. Valor.

FIM

NOTA DA AUTORA

Caro leitor,

Espero que tenha se divertido com *Observe-me*. Por favor, reserve um tempinho para divulgar a todos para que descubram Ethan e Reagan. Eu também ficarei honrada em saber sua opinião, gostando ou não da história. Você pode me enviar um e-mail diretamente: authorkimberlyknight@gmail.com.

Por favor, também assine minha Newsletter para ficar por dentro de todas as novidades sobre os próximos lançamentos. O link pode ser encontrado aqui no site: www.authorkimberlyknight.com. Siga-me também nas redes sociais, como Facebook (www.facebook.com/AuthorKKinight), ou no Instagram:

@authorkimberlyknight

Obrigada, mais uma vez. Você realmente me ajudará ao deixar uma resenha nas plataformas de leitura. Seu amor e apoio significam tudo para mim, por isso os estimo tanto.

Beijos,
Kimberly

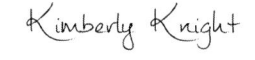

AGRADECIMENTOS

Sr. Knight, obrigada por "discutir" comigo a respeito do enredo e das ideias sobre como meu *serial killer* poderia estar observando suas vítimas. Fazer tudo se encaixar é estressante. Bem-vindo ao meu estado mental diário. Eu te amo, sabia?

À minha revisora, Jennifer Roberts-Hall: obrigada por trabalhar comigo e me acalmar quando eu ficava estressada por conta dos prazos e tudo mais. Nós funcionamos como uma máquina muito bem-lubrificada, você não acha?

À Laura Hull, The Red Pen Princess: obrigada pela olhada e a ajuda para deixar este livro lindo.

Às minhas alfas: Leanne Tuley, Kerri Mirabella, Stacy Nickleson, Kristin Jones e Carrie Waltenbaugh. Obrigada por serem minhas ouvintes e por me ajudarem em seus tempos livres, a criar histórias após histórias. E, também, agradeço aos seus maridos, irmãs e primos por responderem minhas perguntas. Eu agradeço de verdade, por se juntarem à minha tribo.

À Jennifer King Ortiz: obrigada por me emprestar seu cérebro sobre tudo a respeito de Tecnologia de Informação. Estou muito feliz por você ter sido uma perseguidora perfeita no momento certo.

À Fiona Jones: obrigada por me deixar "matar você". Bem, não de verdade, mas você sabe... ter aceitado fazer parte da equipe e ser assassinada em minha história.

Às minhas Knight Keepers: obrigada por toda a libertinagem de cada dia. Vocês arrasam e amo poder compartilhar minha vida pessoal, assim como todas as novidades!

A todos os blogueiros e autores que participaram do meu lançamento de capa, blog tour e tudo mais que circula ao redor de um livro recém-lançado! Não posso expressar o quanto estou grata a cada um de vocês que me ajuda a divulgar meus livros. Sem vocês, não estaria vivendo este sonho.

E, finalmente, aos meus leitores: obrigada por acreditarem e darem uma chance aos meus livros. Sem vocês, gente, eu não continuaria a escrever todas as histórias que circulam pelo meu cérebro dia após dia.

SOBRE A AUTORA

Kimberly Knight é autora Best-seller USA Today e vive nas montanhas, perto de um lago, com o marido amoroso e o gato mimado, Precious. No tempo livre, ela gosta de assistir aos seus programas de TV favoritos, aos jogos do Giants San Francisco vencendo a World Series e o San Jose Sharks vencendo o time adversário.

Ela também lutou contra um câncer desmóide por duas vezes, o que a deixou mais forte, tornando-se uma inspiração para os seus fãs.

Agora que mora perto de um lago, está empenhada em ganhar um belo bronzeado, bem como passar mais tempo ao ar livre observando caras gostosos praticarem esqui aquático. No entanto, na maior parte do tempo, se dedica à escrita e leitura de romances e ficção erótica.

www.authorkimberlyknight.com
www.facebook.com/AuthorKKnight
twitter.com/Author_KKnight
Pinterest.com/authorkknight
Instagram: authorkimberlyknight

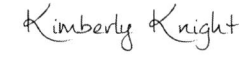

A The Gift Box é uma editora brasileira, com publicações de autores nacionais e estrangeiros, que surgiu no mercado em janeiro de 2018. Nossos livros estão sempre entre os mais vendidos da Amazon e já receberam diversos destaques em blogs literários e na própria Amazon.

Somos uma empresa jovem, cheia de energia e paixão pela literatura de romance e queremos incentivar cada vez mais a leitura e o crescimento de nossos autores e parceiros.

Acompanhe a The Gift Box nas redes sociais para ficar por dentro de todas as novidades.

 www.thegiftboxbr.com

 /thegiftboxbr.com

 @thegiftboxbr

 @thegiftboxbr

Impressão e acabamento